有爱的青春陪伴者

meitiandeni
dou
hentian

每天的你都很甜

陆路鹿

著

中国·广州

图书在版编目（CIP）数据

每天的你都很甜 / 陆路鹿著. — 广州 : 广东旅游出版社, 2020.10
ISBN 978-7-5570-2125-2

Ⅰ. ①每… Ⅱ. ①陆… Ⅲ. ①长篇小说－中国－当代 Ⅳ. ①I247.5

中国版本图书馆CIP数据核字(2020)第028545号

每天的你都很甜

Mei Tian De Ni Dou Hen Tian

陆路鹿 / 著

◎出版人：刘志松　◎总策划：苏瑶　◎责任编辑：何方
◎策划：伍奕兴　◎设计：刘艳　Cain酱　◎封面绘制：似山音

出版发行：广东旅游出版社
地址：广东省广州市荔湾区沙面北街71号
邮编：510130
电话：020-87347732
印刷：长沙鸿发印务实业有限公司
地址：长沙黄花工业园三号
邮编：410137
开本：889毫米×1194毫米　1/32
印张：9.5
字数：272千字
版次：2020年10月第1版
印次：2020年10月第1次
定价：38.00元

目录 contents

目录
contents

Chapter · 01

老街的路灯比月光还要朦胧，少年就站在光下。

九月的清晨，金秋送爽，尤霓霓遭殃。

正当她踩着早读预备铃的尾巴，猫着身子，打算从高二（13）班的后门偷溜进去时，她的身后蓦地响起一道男声，中气十足，传遍整个楼层——

“尤霓霓，迟到了还不自觉是吧！赶紧给我出来！”

小荷才露尖尖角就被逮了个正着，企图逃脱班规制裁的人跪倒在地，流下悔恨的泪水。

三秒后，尤霓霓顶着全班同学的关爱目光，脚似千斤重地往外走去，提前做好“人固有一死，或死于班主任的咆哮，或死于写检讨”的心理准备。

不过雷正平并不是一个不懂体谅学生的老师。相反，他十分理解现在的高中生，知道他们学习压力大，早上想赖会儿床无可厚非，因此大多时候他都选择睁一只眼闭一只眼。

唯独某个人过分至极，用“死猪不怕开水烫”来形容也不为过。

等“死猪”一出来，雷正平劈头盖脸就是一顿骂：“这才开学一周，你就迟到了五天，你说说你到底想干什么，啊？少睡五分钟对你来说就这么困难？”

确实……很困难。

在朋克养生盛行的当下，尤霓霓不忘初心，始终遵循传统养生之道，每天坚持十一点之前睡觉，六点半以后起床。

充足的睡眠时间倒是保证了，由此产生的副作用也显而易见。

比如，作业经常做不完；再比如，三天两头迟到，落得集齐两种“死法”的凄惨下场。

好在这些都难不倒尤霓霓。

她早早想好对策，这会儿有理有据道：“雷老师，您不知道，我这是迟到一分钟，清醒一整天啊！您看我上课什么时候打过瞌睡？”

“你还好意思说！”

是，尤霓霓上课的确从不打瞌睡，而且眼睛睁得比谁都大，不上清华北大简直对不起这股认真劲儿。可事实呢，她成绩中等不说，还总是没有一点进步。

这说明什么？

雷正平不想深究，以免更生气，回归正题：“行了。既然你不想早读，那就去教室外面好好反省一下上课都干什么去了，晚自习之前把反省结果交给我。”

“啊？”

拖长的尾音如同一道尾迹云，夹杂着惊讶、郁闷和不情愿等情绪，又很快消散在雷正平不断升级的严厉里。

“啊什么啊！这个月你再迟到，直接请家长！”

“哦……”

其实比起新解锁的“死法”，尤霓霓更怕写检讨。毕竟她写过太多次，也该江郎才尽了，然而眼下的情况又容不得人讨价还价。

她只能无力地垂下脑袋，揪着无辜的书包带，朝教室门口走去，决定痛定思痛。

思到重点的时候，不远处突然传来另一个中年大叔的声音，问道：“今天为什么迟到？”

新战友来了？

尤霓霓立马分心，转头一瞧。

只见斜对面的高三（1）班外站着一个男生，看不见脸，但能够清晰地看到他的背影，高而瘦，还有些微微驼背，不像是迟到该有的样子，反而显得散漫随意，站也没个站相。

看上去有种混不吝的少年气，偏偏他又规矩地穿着校服。

校服却不太规矩，尤其是裤子，短了一截，露出的踝骨皮肤冷白，隐约透出青筋，构成干净的线条感，如同炭笔在素描纸上轻描。

见状，尤霓霓触景伤情，忍不住低头自我打量。

从小，她就对自己的身高寄予无限厚望，所以当初统计校服尺码的时候，她非常自信地报了个一米六五，结果如今连一米六的坎儿都没迈过，校服也大了不少。

唉。

她怒己不争，很快又听见一个比她身高还没求生欲的回答。

“睡过头了。”

在一阵朗朗读书声中，他低沉地开口，声音困倦，仿佛并不在意会招来什么可怕后果。

新手无疑了。

身为迟到界的前辈，尤霓霓发自肺腑地替他感到惋惜，不料惨遭现实打脸。

“是不是又学得太晚了？唉，我知道你们这些成绩好的同学平时也很努力，但凡事得有个度，千万别顾此失彼，累垮了身体，知道吗？”

这样都行？

尤霓霓不服气，不听了。趁雷正平出来透气，现学现卖道：“雷老师，其实我迟到是学得太晚……”

“犯错还撒谎！多加一篇检讨！”

“……”

说好的逆天改命变成搬起石头砸自己的脚，她两个小肩膀一垮，比刚才更加消沉，完全没注意这时斜对面投来了一道视线，带着点玩味，仿佛找到了什么乐子。

这样萎靡不振的状态一直持续到晚自习结束。

一听见下课铃声的刹那，尤霓霓回了点血，抓起书包就往外跑。

刚出校门，她又被一声“霓霓”叫停脚步。

见是赵慕予和苏糊，她也不着急了，犹如异乡逢知己，两眼泪汪汪地站原地等着。

四年前，尤霓霓跟随工作调动的父母搬来桐市。两个姑娘是她新认识的第一批朋友，友谊持续至今，同班的缘分却止于高一下学期，因为她选择读文科。

尤霓霓美其名曰保护脑细胞，实际上是不想动脑。

走近后，推着电动车的苏糊空出一只手，替尤霓霓理了理乱糟糟的短发。两手空空的赵慕予则仗着身高优势，一把揽过她，好笑道：“委屈什么呢，谁又欺负你了？”

闻言，尤霓霓垂下头，深叹一口气，倾诉道：“今天为了赶检讨，我都没睡成午觉。”

哦，敢情是困得流眼泪？

赵慕予收起泛滥的同情心，一巴掌拍在她的后脑勺上。

尤霓霓打不过赵慕予，只能揉着脑袋，看向一直没说话的苏糊，转移话题：“糊涂虫怎么了？”

“打嗝。”当事人正在憋气，同行者自觉代答，甚至提议，“要不我找人吓吓……”

话音还未完全落下，便被尤霓霓严肃地制止道：“木鱼，你别总不把吓人当回事儿。就算受到惊吓的人身体健康，时间一长，还是会影响心脏……”

“停、停、停——”

赵慕予知道她又要开始“养生小课堂”，及时地打断：“你说你年纪轻轻，怎么活得像个唐僧似的，能不能有点孙猴子的朝气？”

“迟到大王，在线挨骂”的场面隔三岔五地要在高二（13）班上演一回，

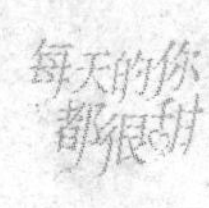

这一点众所周知。打嗝打到无法说话的苏糊更是感触颇深，立马拿出手机，打字附和。

——是啊，霓霓。要是你上学能有追星一半积极，也不至于每天被罚了。

追星是尤霓霓人生的第二大爱好。

作为行走的“收哥机”，她算不上长情，但相当深情。尽管从来没有过一段保质期超过三个月的感情，可一旦爱上，她保证爱到极致，买周边、打榜、刷数据一个不落。

不过，读书怎么能和人生爱好相提并论呢？

因此，对于这一建议，尤霓霓理解却不赞同，郑重地叮嘱道：“如果真有一天我‘弃哥从文’了，你们千万记得带我去医院看脑子。”末了，又很严谨地补上一句，“当然，我哥来上学的话，另当别论。”

“你哥？”

赵慕予知道四海之内皆她哥，并不意外这个称呼，更好奇另一件事：“这次的倒霉鬼又是谁？”

什么倒霉鬼啊。

尤霓霓不和她一般见识，喜滋滋地秀出手机壁纸，赵慕予瞥了眼便移开视线，脸色不太自然。

相比之下，苏糊热情得多，噼里啪啦敲出一串感叹。

——哇，霓霓，你也开始吃窝边草啦！

屏幕上的少年不是别人，正是同为三中学生的当红新生代演员——江舟池。

目前他就读于高三（1）班，而且和大多数不参与学习的明星学生不同，每学期他都会尽量保证正常到校上课。

可惜，那时候的尤霓霓还没追他，不幸错过最佳见面机会，如今只能寄希望于未来。

她无限憧憬道：“你们说江舟池这学期还会回来吗？”

赵慕予看着路边的提示牌，答非所问：“天仁街中段因为修剪树枝临时

封路，你得多走十分钟才有公交车坐了。”

“什么？”

尤霓霓被拉回现实，见前面果然停着几辆施工车辆，果断一屁股坐在电动车的后座上，十分自觉道：“没事，糊涂虫正好顺路送我。”

这话的本意是想说她们还能再聊聊，可赵慕予好像没听懂，直接道别：“注意安全，明天见。”

“……”

摸不着头脑的两人对视一眼，被迫踏上回家的路。

然而人有旦夕祸福，天有不测风云。

半路上，电瓶车突然出了点问题，尤霓霓和苏糊东看西看也没瞧出什么毛病，只得开始在漫漫长夜里寻找修车铺。

尤霓霓负责在前面探路，苏糊负责在后面推车。

以梧桐树闻名的桐市是座小城市，治安良好，没什么夜生活，尤其是老城区。晚上九点的街道上冷冷清清，除了餐馆，其他商铺基本打烊了。

幸好巷子口的一间修车铺依稀亮着灯，只是玻璃门上了锁，卷帘门也拉下来一半。

应该还有人吧？

怀揣着最后的希望，尤霓霓双手虚拢在太阳穴两侧，踮着脚趴在玻璃门上，使劲儿往里瞧，竟真的捕捉到一道身影。

那人站在角落的一辆摩托车旁，穿着一件深色短袖和一条运动裤，几乎和三分光七分影的夜色融为一体，看不清五官，只有一个大概的体形轮廓，身影瘦高修长。

有点眼熟？

尤霓霓皱了下眉，没多想，只喊道：“老板？”

没人理。

她又喊了一声：“老板？”

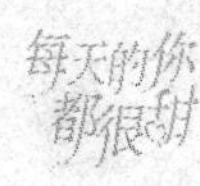

还是没人理。

怎么回事？

尤霓霓狐疑，只好吸气呼气，再气沉丹田吼了一声：“老——”

谁知第一个字刚提到嗓子眼，里面的人忽然转身，她应对不及时，被呛得不轻。等缓过来的时候，她朝下的视野里多出一只拎着长插锁的手。

只见这人的手腕瘦削，指骨匀称有力，根根筋脉若隐若现。

她一愣，立刻抬头，目之所及却是覆着一层薄汗的喉结，以及垂挂在肩头的黑色耳机线，里头的摇滚乐震耳欲聋。

原来他在听歌啊，怪不得半天没反应。

尤霓霓明白过来，又往后仰仰脖子，对上那双漫不经心的黑眸后，弯着一双眼睛，客客气气道：“请问您这儿可以修电动车吗？”

老街的路灯比月光还要朦胧，打过青黄交接的银杏叶，带着初生的秋意，在他身上投下凌乱暗影。本就分明的轮廓更加立体，眼尾的一点凛冽也都明明白白地显现出来。

这个男生看上去非常年轻，几乎和她差不多大。

他应该不是老板吧，而是打工的？

等待回复的空当，尤霓霓的脑子也没闲着，但很快便被眼前轻晃的黑影打断。

她聚焦目光一看。

里面的人走了出来，从杂乱的墙角踢过来一块砖头，抵住玻璃门后，重新回到店里，顺手按下墙上的照明开关。

延迟亮起的日光灯霎时驱走黑暗。

他站在光下，这次没再出来，而是懒散地弯着腰，捡起摩托车周围的工具，随手扔进工具箱。

一记记哐当声不规律地响起。

明明做的都是些毫无攻击性的行为，可看的人莫名胆战心惊，仿佛他骨子里天生带着点戾气，让人不好接近。

之前的熟悉感再次冒出来。

对于这个奇怪的心理现象，尤霓霓暂时还没弄清楚，到底是因为他长得好看，还是因为自己真在哪儿见过他？

她正想着，忽然间，哐当声消失。

她赶紧收起思绪，却猝不及防撞见刚才那双黑眸，里面没有光，面上隐含不耐烦。

这是……让她进去的意思？

……

正所谓一切尽在不言中。

这时，稍慢几步的苏糊也跟了上来，站在巷口问道："霓霓，可以修吗？"

尤霓霓转过脑袋，冲她比了一个"OK"的手势。

五分钟后，两人坐在店内的小板凳上，一会儿看看静音的电视，一会儿看看修车进度。

又过了五分钟，这两项直接简化成"围观修车"。

尤霓霓百无聊赖地托着脸颊，盯着那双没戴手套的手发呆，发现他指甲修剪得很整齐，圆而不尖，而且非常干净，完全不像经常修车的样子。

该不会他刚来打工吧？

看着看着尤霓霓的思绪渐渐飘向别的方向。还好苏糊没忘记正事，见他开始卸轮胎，赶紧问道："不是没气了吗？"

"内胎爆了。"

他动作未停，但终于开口说了今晚的第一句话，声音不高不低，在宁静的秋夜显得格外妥帖。

苏糊一听，似懂非懂地点点头，不再打扰他，继续看电视。

正在发呆的尤霓霓反应慢一拍，还在不停地轻点脑袋，心想他原来不是哑巴啊。

不过，他刚才说什么来着？

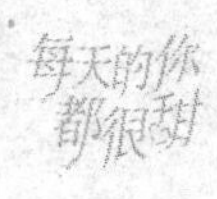

内胎爆了？

……

女生在体重问题上总是格外敏感，尤霓霓当即回过神，秀气的眉毛拧在一起，自言自语道："我没这么重吧。"

正专注于手上工作的人一顿，轻掀眼皮，扫了眼自找烦恼的姑娘。

她本来个子就不高，这会儿抱着书包，双腿并拢，坐在小板凳上，更是小小一团。

如果非要从她全身上下挑一处和"胖"有关的地方，只有那张婴儿肥尚未褪去的小圆脸了。

此刻，那张脸上写满惆怅。

苏糊没听见尤霓霓的嘀咕，反而指着电视，忽然说道："哎，霓霓，你哥代言了'俏老头'啊。"

"对哦！"

宝贝哥哥一出，尤霓霓瞬间将体重问题抛在一旁，如梦初醒般地看着苏糊，显然忘了这事儿。

为了弥补自己的过错，她提议道："走！咱们明晚就去吃！我请客！必须给我哥排面！"

苏糊的视线重新投向她，问道："你不是不吃垃圾食品吗？"

"对啊。不过哥哥代言的怎么能叫'垃圾'食品呢！"

新话题成功地点燃尤霓霓的热情，她不自觉地提高音量，腰板也挺直了点，打算详细讲解"追星"和"养生"如何共存。

但渐渐地，她的语速变慢，逐渐被旁边的人分走注意力。

只见他屈着一条腿，握着扳手，半蹲在车前，像是置身她们的聊天之外，可冷淡的嘴角不知什么时候勾起一道弧。

嘲笑的弧。

至少在尤霓霓看来是这样。

她觉得奇怪，本以为是自己的错觉，正想继续往下说，不料下一秒竟看

见他重新戴上耳机，同时映入眼帘的还有他身后的那面墙。

上面贴着一张“禁止喧哗，少说废话”的标语。

很明显，她属于后者。

……

被一个陌生人嫌弃的滋味宛如哑巴吃黄连，尤霓霓有苦说不出，只能看在对方好心帮她们修车的份上，闭上嘴巴，当一回大肚宰相。

当然，在这之前，她还得做一件事。

她挪了挪板凳，凑到苏糊耳边，用手挡着嘴，悄悄道：“糊涂虫，这人脾气好像不太好，下次你单独来一定要小心点啊。”

苏糊也看见了标语，笑了笑，模仿她道：“霓霓，别咒我，这种事我不想再有下次了。”

“OK！”

说错话的人在嘴上做了个拉拉链的动作，拉开沉默是金的序幕。

好在这样的局面从开始到结束只持续了十分钟。

离开时，修车铺真正的老板正好提着冰啤和一大盒烧烤回来，见自家修车铺里走出俩姑娘，这才明白刚才微信收到的付款是怎么回事。

他立马走进铺里，感谢道：“哟，小陈，不错啊，还帮我开了单生意！以后你还想改装车尽管来啊，不收你钱。”

陈淮望含混不清地“嗯”了声，算是回应了。

紧接着，老板又被角落里那辆改装好的黑色摩托车 Ducati 848 EVO 吸引，转着圈地细细打量：“啧，这车真是没得说啊！看看这钢管、车架！看看这双出尾排！咱桐市肯定找不出第二辆！”

说完，他又想起第二辆也在他家，打算改一改说法，却被一声短暂的尖叫打断。

老板吓得一哆嗦，赶紧看了看。弄清楚发生什么后，她不忍直视道：“哦哟，现在的小姑娘真皮实啊，撞了电线杆还这么高兴。看那校服，是你新转去的那个学校吧？”

陈淮望侧了侧头，微眯着眼，望向那扇影影绰绰的玻璃门。

昏黄街灯下，姑娘背着大大的书包，身子更显娇小，雪白额头上的通红印记也愈发明显，可她浑然不顾，兴奋地开启振动模式手舞足蹈。

等稍微走远，他才隐约听见她正不停地嚷嚷着“我哥要回来上课了”。

陈淮望轻轻挑了下眉。

虽然江舟池返校的消息不保证真实性，但尤霓霓还是因此“精神失常”了好一阵。

具体体现在“连续小半个月准时到校”和“睡午觉都在傻笑”这两点上。

开学第三周的周三中午，过来找她的赵慕予“有幸”亲眼看见尤霓霓睡午觉都在流口水，知道照这架势下去，就连午休结束铃也叫不醒她，果断采取非正常手段，一手捏她的鼻子，一手捂她的嘴巴。

很快，大脑缺氧的人一脸茫然地醒来，晶亮的褐瞳满含睡意，好像下一秒就能滴出几颗眼泪。

赵慕予也不废话，开门见山道：“听说待会儿有人会来检查团徽佩戴情况，你要是没有的话，记得找个地儿躲躲。”

团徽？

一听又是要写检讨的检查，尤霓霓的睡意顿时跑走一大半。

见自己胸前的校服果然空空如也，她二话不说，先是谢过赵慕予的救命之恩，而后抄起桌上已经见底的保温杯拔腿就跑。

原本她打算去食堂旁边的开水房避避风头，谁知刚出教学楼，一个男声忽然顺着秋风，吹进她的耳朵里，引起她的高度关注。

“我们舟舟到底具体几号回来啊？我还等着订饭店呢。”

舟舟？

舟舟！

尤霓霓很少从男生口中听见这种称呼，当下便对说话人的身份有了一个

大致想法。她抬头四处张望，并在几步之外发现两道可疑的背影。

由于角度的关系，她只看得见左边男生宽阔的背以及略偏棕色的头发，至于脸，她看不见，也不关心，着重锁定右边的男生。

此人她单方面认识——丛涵，男，江舟池发小。

说起来，这层关系被曝光还是因为一年前有人无意拍到他俩打篮球的照片，否则以江舟池保护隐私的程度，不可能在公开场合说自己的私事。

而现在，得到独家消息的机会近在眼前。

无论尤霓霓平时多守规矩，眼下也很难把持住。

因此，在象征性地天人交战一番后，她拿出手机，打算神不知鬼不觉地飘到丛涵身后。这样一来，就算到时候被发现，她也能假装是玩手机玩过了头。

真是个天衣无缝的计划。

尤霓霓不禁对想出这个计划的自己肃然起敬，浑然没察觉前面的人已经止步于自动售卖机前，还在埋头往前冲冲冲。

最后的结果可想而知，毫无悬念地以“她一头撞上左边的男生”作为结束。

……

好吧，计划确实是个好计划，就是不太合适她。

尤霓霓的脑袋埋得更低了。

她立马耷拉下高高竖起的耳朵，声若蚊蚋地说了句“对不起”，而后一溜烟地逃离案发现场，只留下一道仓皇的背影，活像只闯祸的小兔子。

和修车铺那晚活蹦乱跳的样子相差甚远。

这番动静引得丛涵探首张望，随口吐槽：“那是初中部的小学妹吧，消息这么灵通啊，都追你追到这儿来了。”

陈淮望没说话，只淡淡地看了他一眼。

不吃眼前亏的丛涵果断转移话题：“对了，你之前去老李那儿改装车改得怎么样了啊？打算什么时候带我兜兜风？”

空气安静。

丛涵习以为常，自顾自地继续道：“不过说真的，连续好几天在学校看见你还真有些不习惯。怎么着，来到新学校，终于打算从良了？”

丛涵叽叽喳喳的问题没完没了，陈淮望一个没回答。

“哐当”一声，汽水掉落。

陈淮望刚从下方的出货口拿出汽水，清静了没一会儿的耳根子又吵了起来，说的还是同一件事。

“不是吧，你真打算从良？”

闻言，陈淮望用垂放在身侧的右手拉开左手拎着的易拉罐，终于正眼看他，但表情冷淡，仿佛他问了一个无比弱智的问题。

“等等，你给我几分钟。”

这反应激起丛涵的斗志，他收回双手，撑在自动售卖机上，面壁思过似的开始思考，一副“就算没有原因本小爷也要硬想一个出来”的架势。

陈淮望没理由阻止他闭嘴，安静地喝了口汽水。视线回落时，他漫不经心地扫过不远处的墙角。

秋天的阳光温暖而干燥，像是一大把柔软的狗尾巴草，照拂着校园里的一草一木，也将一道长长的影子从墙后延伸到外面的水泥地上。

影子的主人对此还一无所知，陈淮望便站在建筑物投下的一方阴凉里，看着它想事。

丛涵拍案定论道：“你从良该不会是为了我吧？”

说完，他又郑重地发出警告：“我和你说，别想打我主意，还是去祸害舟舟吧。”

一听见江舟池的名字，一只“兔子”耳朵立刻从墙后悄悄探出，连带着一小半的侧脸也暴露在墙外，圆滚滚的弧度看上去很是眼熟。

当然，这种眼熟只针对陈淮望。

本来丛涵这话纯属无中生有，可落进一旁不知情的人耳朵里，顺理成章变成“不能说的独家内幕”。

吓得尤霓霓默默捂住耳朵，消失在拐角处，似乎不敢再往下听。

见状，陈淮望微微一哂，收回视线，轻瞥了眼丛涵那颗扬扬得意的脑袋，而后将另一罐饮料扔他怀里，难得关心道："好好补补。"

补什么？

丛涵没听懂，条件反射地接住后，低头一看，这才发现，那饮料名叫——六个核桃。

又名，补脑神器。

望着那道已经离去的背影，丛涵气愤地叫嚣道："陈淮望，你等着，我马上去给营销号投稿，曝光你对我们舟舟单方面的兄弟情！"

遗憾的是，这番威胁再次石沉大海。

丛涵飘散在空中的尾音逐渐被3D环绕的眼保健操声吞并。

午后的校园恢复最初的平静，徒留尤霓霓顶着一脸消化不良的表情，抱着保温杯，靠在墙上。

她发誓，这一次她真不是故意偷听，要怪只能怪开水房和自动售卖机正好位于两条直角边上。虽然互相看不见，但是毫不阻碍声音的传播。

这下好了，一不小心撞破一个不知真假的大秘密。

心情复杂的尤霓霓沉重地叹了口气，想了想，还是从兜里拿出手机，边往教室走，边发送语音。

小熊肥霓：通通，你认不认识一个叫陈淮望的人啊？五分钟内，我要他的全部资料！

托追星的福，她认识了不少"大触"，其中一位人称"百事通"，在搜集情报方面非常厉害，很快便发来她想要的东西。

百事通：陈淮望？不就是实验中学那位被上帝开了全景天窗的大佬吗？成绩好，长得好看，唯独性格不怎么样，好多女生想追他都不敢。对了，去年他休了一年学，这学期就转去你们学校了，还和你哥一个班呢。你要是感兴趣，可以自个儿去看看呗。

她才不感兴趣，只关心一个问题。

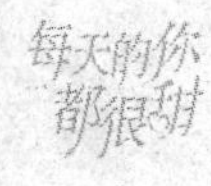

小熊肥霓：那他和我哥是什么关系？

百事通：这个……我就不清楚了。你知道的，你哥一向注重隐私，陈淮望也不是一个好惹的主，所以关于他俩的消息不多，基本就我告诉你的那些。

虽然百事通通桐市百事，但都只是略知一二。如果还想知道剩下的“三四五”，必须另寻他人。

至于具体找谁，百事通已经帮尤霓霓想好了。

百事通：要不你去问问你们学校的“解忧天团”？他们每周五晚上营业，主要负责帮助你们学校的少男少女解决青春期的烦恼，地点就在你们学校后门那条巷子里，那儿有家杂货铺，你应该知道吧？

……解忧天团？

这么浮夸做作的名字是真实存在的吗？

尤霓霓一不小心收获今日份“沙雕”，下意识产生抵触心理，暂时不打算把这个方法列入考虑范围。

回到教室后，她转战微博，在上面蹲了好久，却没蹲来半个营销号的爆料。

难道丛涵只是开开玩笑？

她东想西想了一晚上，不仅睡得不踏实，甚至破天荒地失眠了。而这一连串连锁反应又通通指向一个结果——

星期五，晚自习结束后，尤霓霓独自踏上寻找天团之路。

杂货铺位于巷尾。按理说，这个时间点应该没什么人才对，可等尤霓霓到的时候，店里依然生意爆棚，门口但凡能坐的空地几乎全被小木桌占领。

穿着不同学校校服的女生围坐在木桌旁，要么奋笔疾书地写着什么，要么眉飞色舞地咨询着什么，青春洋溢的脸上布满憧憬娇羞，画面看上去和谐又眼熟。

这完全就是广场上婚庆策划公司在摆摊招揽生意的场景啊！

看来这解忧天团确实有两把刷子。

尤霓霓决定收起之前的偏见，怀着敬畏之心，来到杂货铺门口，试探性

地看了看，却只见着一条正在追着自己尾巴跑的柴犬。

她又上前几步。

这一次，里面很快传出声音，业务熟练地说道："递情书 120 块，代写情书 200 块，套餐有优惠，一共 250 块。要谁的？"

尤霓霓连忙循声望去，这才看见收银台后面坐着个男生，正在玩手机游戏，听见她的动静也没抬头，直接报价，顺便拿出一本宣传册，放在收银台上，供她参考。

出于好奇，她随手翻了翻，发现但凡在他们学校有点名气的人，名字全被印了上去。

原来"青春期的烦恼"指的是这事儿啊。

忽然间，她好像有点理解"解忧天团"的存在意义了，并打从心底佩服这种"挂羊头卖狗肉"的大无畏精神。

不过等她逐一看完宣传册上的名字，她又打消了这个念头，失望道："没有陈淮望的吗？"

"陈淮望？哦，他刚转过来，暂时没写上去，目前可提供的服务还不多。"

"那能问几个关于他的问题吗？"

问问题？

这姑娘怎么选的全是不能踩的雷区。

李寂没道理放过到嘴的鸭子，但也不能把自己往火坑里推，抬头看了她一眼。见是张陌生的脸，于是他随便开了个价，反正都是乱回答。

"一个问题 10 块。"

"10 块？"

居然这么便宜？这人的行情到底是有多差啊！

尤霓霓没想到百事通的消息也有出错的时候，一时没控制好情绪，发自肺腑地惊呼一声。

可李寂一听，还以为自己开高了价，商量道："贵了？那……"

"不贵，不贵！"

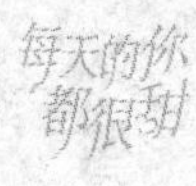

她连连摆手，从全是大钞的钱包里找出仅有的几张十元零钱，抓紧时间提问："听说陈淮望转学是为了追喜欢的人，真的吗？"

"假的。"

一张十元纸币被抽走。

假的？

"那他为什么转来我们学校？"

"这个啊，不知道。"

又一张十元纸币被抽走。

说这话的同时，李寂顺手从旁边的柜子里拿出一包零食，放在她的面前，重新给她指了一条明路。

"去问本人吧。喏，就在你后面。"

还在苦想上个问题的人暂时分不出精力搭理李寂，随口"哦"了声，直到又听见他说："小学妹正打听你呢。"

后知后觉地意识到发生了什么后，尤霓霓惊呆了。

还能这样出卖客户？太没职业操守了吧！什么黑心杂货铺啊！

她被店家的"无耻"刷新下限，又不能越过收银台捂他的嘴，只能双手合十拜托他别说，表情比除夕夜许愿还真挚。

可惜，还是晚了一步。

下一刻，一只手从她的身侧伸过来，拿走收银台上的零食。收回手的瞬间带起微风，吹动她的短发。

听完李寂的话，陈淮望眼角微挑，懒懒地盯着小动作不断的姑娘，嗓音低沉而缓慢，问道："打听我什么？"

尤霓霓整个人一僵，万万没想到，自己居然和"敌人"离得这么近。

近到她能够清楚地听见他撕掉零食包装的窸窣声，感受到他说话时的气流震动，甚至被他的气息包裹，恰如这个夜晚给人的感觉，清爽而微凉。

这下她更不敢回头了，唯有拼命瞪李寂，希望他见好就收。

谁知对方竟不惧压力，完整复述她的问题。

每多说一个字，尤霓霓的心就往下沉一寸，最后干脆抬手遮住眼睛，却忽然被人踢了下脚后跟。

她吓得一个激灵，立马稍息立正站好。

而后，耳畔再次响起那道半熟悉半陌生的声音，蕴着几分初秋夜晚的凉意以及一丝微不可察的玩味，语气不善道：“对我的私生活很感兴趣？”

Chapter · 02

月光清清亮亮，
一口袋的糖果在他手里晃晃荡荡。

“真是孔雀开屏。谁对你的私生活感兴趣，又不是吃饱了没事干。要不是为了我哥哥的前途，我才懒得在你身上多花一秒钟一分钱”这种话……尤霓霓一个字都说不出来。

纵观她十几年学生生涯，除了迟到，几乎没再做过其他出格的事。即使有几次和坏学生打交道的经历，那也是发生在梦里，真正的实战经验约等于零。

此刻的她，弱小、无助、可怜。

好在李寂终于良心发现。

看她紧张得快哭了，他觉得自己有必要提醒她一个事实，好笑道：“小学妹，你又不是吃白食，怕什么。来，听我的口令，向后——转。”

对哦，她又不是没给钱，为什么要做贼心虚？

被这么一提醒，尤霓霓瞬间底气满满。

她“咻”地憋回博取同情的泪水，拿出消费者维权时的态度和气势，挺直腰板，转过身子，打算好好瞧瞧这个陈淮望究竟是何方神圣。

结果不看不知道，一看她才发现缘分真奇妙。

站在她身后的不正是那晚在修车铺里遇见的人吗？

尤霓霓一抬头，便看到那双像初冬结冰的湖泊反射着阳光的眼眸，清冽又锋利。

她愣住，还以为自己产生幻觉了，第一反应是看四周，见没别人，这才

把他和“陈淮望”画上等号。

不过，明明上次见面的时候，他看上去还是一个不爱搭理人的叛逆少年，怎么套了身校服就摇身一变，变成了主动找人碴的学生呢？完全没有那晚的影子，害她差点没认出来。

好一会儿，尤霓霓才找回自己的声音，仰着头，有惊无喜道：“怎么是你？”

对于这个反应，陈淮望并不意外。和她拉开距离后，他随意坐在一旁堆叠的纸箱上，反问道：“聊得开心吗？”他的语气很淡，没什么起伏，但内容听上去似乎很关心用户体验。

尤霓霓一噎，好吧，皮变骨不变，嘴巴依然惹人厌。那晚的心理阴影又飘了回来，重新笼罩着尤霓霓。

这下她彻底接受他就是陈淮望的事实，也不怕他了，解释道：“你别误会啊，我就是正好路过，进来凑凑热闹而已，绝对不是因为对你有非分之想。”

然而这番话在李寂听来，更像是此地无银三百两。他被勾起好奇心，申请加入群聊，问道：“什么情况，你俩认识？”

“不认识！”尤霓霓当即否认，撇清关系的速度赶得上火箭发射，看得出很不想和他有什么牵扯。

空气瞬间安静。

陈淮望眉梢极轻地挑了挑，盯着尤霓霓，脸上没什么表情，可语气中似乎又带了点情绪，低哼道：“怎么，翻脸不认人？”

尤霓霓有些无语。

哇哦，看来真的有情况。李寂的视线在两人之间来来回回，最后明智地选择闭嘴，安静观战。

尤霓霓却陷入进退两难的境地，生气地埋怨道：“你今天怎么不嫌我废话多了？”

狭小的杂货铺里常年光线不足，却藏不住姑娘的喜怒哀乐，或许是因为

五官生得好，以至于她的每个表情都显得鲜活生动。即使只是稍稍一皱眉，也能感受到她的不高兴。

看来兔子急了真会咬人。

陈淮望往后一靠，倚着货架，眼底浮出零星情绪。在回答问题之前，他平视着她的双眼，很是正经地商量道："能站起来再说吗？"

站起来？什么意思，她没坐着啊。

尤霓霓一脸茫然，显然没转过来这个弯。

一旁的李寂倒是听懂了，没忍住，笑出声。

这一笑，她立马明白过来，看看站着的自己，又看看坐着的陈淮望，发现二者几乎没有身高差。

上次嫌她话多！这次又嘲笑她长得矮！这个人真是太坏了！

她不可忍受！

尤霓霓强压下心头的怒火，从钱包里抽出几张百元大钞放在收银台上，接着走向货架区，非常大手笔地买下店里所有像糖的零食。末了，她把零食通通塞进陈淮望怀里。而后，她拍拍他的肩膀，就像是劝导叛逆期的少年，语气温和道："生活很苦吧？来，多吃点甜的，以后说话别再这么酸了啊。"说完，趁气势还在，她头也不回地走掉。

可谓是一顿操作猛如虎。

李寂自发起立为尤霓霓鼓掌，顺便帮她讨回公道："我说你欺负人家小学妹干什么，不是你的风格啊。"

"嗯？"陈淮望收回视线，脸上不见悔意，反问道，"欺负的标准什么时候变这么低了？"

"收拾垃圾和欺负小姑娘能是一个标准吗！你就是因为平时不和小姑娘接触，才会……"

李寂恨铁不成钢，又开始了苦口婆心地教育，却没人搭理他。

在她走后没多久，一个戴着口罩、墨镜、棒球帽，捂得严严实实的人偷偷溜进杂货铺。

确定没有引起其他人注意后，他拉下口罩，抱怨道："陈淮望，你能不能选个隐蔽的地方！每次都来狼窝，搞得我很累啊！"

自从丛涵和江舟池的关系曝光之后，丛涵便成了众多曲线追星女孩重点观察的对象。

平时在学校还好，一旦出了校门，让外校的人看见他，虽不至于造成交通瘫痪，但肯定免不了被人"指指点点"一番，弄得他必须全副武装。

闻言，正在聊天的两人停下。

李寂率先开口："什么狼窝，尊重一下我好吗？"

"小孩子要什么尊重。"

丛涵又摘下帽子，理了理被压乱的头发。谁知这一低头，正好看见陈淮望捏在手里的花花绿绿的糖果。

他一脸震惊道："你一个铁骨铮铮的热血少年买这些糖果干什么！"

李寂不计前嫌，好心告诉他答案："小学妹送的。"

"小学妹？就是刚才从店里出来的那个小学妹？你还真是不收礼则已，一收礼惊人啊！老实交代，什么时候学会背着我去外面拈花惹草的？虽然我不反对你谈恋爱，但你……"

也许是因为在陈淮望身上栽过太多跟头，每次遇上能占他便宜的事，丛涵总是特别积极。就算只能逞一时口舌之快，他也不会放过。

可惜这次没人理他。

就着他的喋喋不休，李寂伸了个懒腰，继续埋头打游戏；而陈淮望连看都懒得看他，径直走出杂货铺，走进昏黄的小巷。

月光清清亮亮，一口袋的糖果在他手里晃晃荡荡。

虽然杂货铺之旅不太顺利，但好在中秋假期即将到来，这在一定程度上冲淡了这份不愉快。

唯一美中不足的是，逢长假必调休。因此，放假前的周末两天，所有学校正常上课。

这对尤霓霓来说不是一件容易事，毕竟连续超过五天都要早起摆明就是在挑战她的生理极限。

第二天早上，她毫无悬念地睡过头，又正巧赶上上班高峰期，最后她只得在沙丁鱼罐头似的公交车里夹缝求生。

快到站的时候，缝里突然多出一位盟友，和她热情地打着招呼。

“尤老板，早上好啊。”

这样的问候方式尤霓霓再熟悉不过，不用看也知道是同班同学兼同桌方遥雨，她条件反射地回道：“方会长，早上好啊！”

“尤老板”是玩笑话，“方会长”却不是，因为方遥雨真的是“江舟池三中后援会”的会长。

在迟到这件事上，还是尤霓霓更专业。

于是，她拿着刚得到的最新情报，请教道：“对了霓霓，听说今天‘5566’为了抓迟到的人，专门守在校门口。你说咱们待会儿下车就跑的话，还来得及吗？”

突然的话题转变让气氛陡然严肃起来。

尤霓霓瞬间打起精神，眼神坚定地看着方遥雨，肯定道：“必须来得及！”

“5566”本名文武、周禄，是学校的正、副教导主任，堪称“三中双煞”。要是被他俩逮到，轻则扫女厕所，重则扫男厕所。

作为曾经身心俱伤的受害者，尤霓霓打死也不想体验第二次。等车门一开，她立刻拉着毫无经验的人，气势如虹地闯出一条血路。

最后，两人以一分钟之差，捡回两条命。

跑到教导主任的视线盲区后，尤霓霓手撑着膝盖，喘了会儿气，打算和夹缝盟友来个击掌庆祝。

一回头，她的笑容僵在脸上。

身后哪有方遥雨的踪影，左看右看，只有一个不速之客。

他站在梧桐树摇晃的浓荫里，五官深邃，眼睛漆黑，鼻梁高挺而笔直，唇薄薄的，“生人勿近”的距离感以及那股丧气被校服温和的蓝白色削弱，

眉眼间只剩下对什么都不太上心的懒散。

好看是好看，但无法缓解大白天如见鬼的惊悚感。

尤霓霓自动进入一级警戒状态，提防道：“怎么又是你？昨天我不是说清楚了吗，你还跟着我干什么？是糖不好吃，还是糖太好吃还想吃？我……”

她的语气和态度犹如面对死缠烂打的追求者，陈淮望没心情听，抬起右手打断道：“牵够了吗？”

什么？

视野里突然多出一个近距离的物体，尤霓霓的眼睛一时失焦。

等重新找回焦距，她才看清，原来自己的手正紧紧握着他的食指和中指。

……

还有比自作多情更尴尬的事吗？

没有。

打脸的音效开始在尤霓霓的耳边循环播放。

她故作镇定地“噢”了声，一根根松开不长眼的手指，将手背在身后。为了不被抓住小辫子，她决定拿出昨晚的本领，毫无转移话题痕迹地继续说刚才的话：“我的意思是，你刚转学过来，还不知道被两个教导主任抓到迟到有多可怕。刚才就算是我顺手做好事了，不用谢。”

“谢？”

陈淮望嗤笑了声，对于她的故技重施没第一次那么宽容。他钩住她的书包带，轻轻一用力，便把她整个人拉到身前。而后，他微微弯下腰，看着她的眼睛，嗓音低沉道：“你是不是觉得我什么鬼话都信？”

这话问得还算客气，可在不疾不徐的语速烘托下，不具任何威胁意味的问题平添上几分压迫感。

尤霓霓下意识地屏住呼吸，本就缺氧的心脏因此更加剧烈跳动，连带着耳朵里也跟着“咚咚咚”响，吵得她无法思考，满脑子全是那双近在咫尺的眼睛。

漂亮，也危险。

怪不得那些想追他的女生都不敢亲自上。

尤霓霓的心态即将崩盘，幸好这时及时响起了一个声音，骂骂咧咧道："还真是患难见塑料情！你是不是跑得太快了点！"

她一愣，循声望去，见是丛涵，顿时把刚才的事抛在脑后，双眼放光地望着他，丝毫不加掩饰的区别待遇加重了某人早起的坏心情。

不过丛涵没发现，只觉得浑身不自在。直到视线往下一扫，他才看见旁边站着一个姑娘，正仰着张脸看他，好像认识他似的。

他一头雾水，问道："这谁啊，你妹妹？"

陈淮望收回落空的视线，直起身，表情不明，吐出两个没温度的字眼——

"不是。"

见陈淮望又发起语言攻击，尤霓霓不得不在百忙之中抽空瞪他。结果抬头时，对方已经迈开长腿，朝教学楼走去，背影被强烈的光照镀上一层金色的边缘。

尤霓霓一看，为她带来短暂快乐的人也离开了。

丛涵紧跟陈淮望的脚步，时不时回头看两眼，最后在某个瞬间顿悟，用手肘狂撞身边的人。

"哦！我记起来了！她就是那天送你糖果的那个小学妹吧！长得挺可爱啊！怎么做事这么没分寸，又是送你小女生的玩意儿，又是牵着你狂奔在清晨的街头？"接着，他话锋一转，"不过你也别挑，现在胆子大还眼神不好使的姑娘不多了。这次不好好把握，猴年马月才能遇见第二个。"

丛涵自认为这番话说得非常贴心，得到的回答却风马牛不相及。

"买保险了吗？"

丛涵相当鄙视这种毫无技术含量的转移话题的行为，没好气道："干吗？"

"帮你省钱。"陈淮望停下脚步，站在一楼和二楼之间，估了下高度，而后看着他，仿佛和他讨论什么物理问题，回道，"从这里滚下去应该会花不少医疗费。"

从涵差点被他稀松平常的语气迷惑，在被踹下楼之前反应过来，一边逃命一边放狠话。

陈淮望没再搭腔，余光里，那道鬼鬼祟祟的身影还在台阶下徘徊。

“霓霓，看什么呢？”

“看扫把星走没……”

说到一半，尤霓霓发觉不对劲，扭头一看见走散的盟友，她连忙牵起对方的手，歉疚道：“你没事吧？对不起啊，我不是故……唔唔唔？”

“嘘，不许说对不起！”

方遥雨捂住她的嘴巴，打断道：“车上那么多人，不小心牵错多正常。而且，你知道你刚才牵的是谁吗？”

尤霓霓假装不知道地摇摇头。

方遥雨立马科普：“陈淮望！就是这学期刚转来的那位同学！和哥哥一个班！”说完，她又一脸向往，“哇，这么说来，你今天既牵了新同学，还和从涵学长说了话，四舍五入一下，岂不是相当于和哥哥亲密接触了！”

这四舍五入得过分了点吧，而且——

“牵他和哥哥有什么关系，他俩不熟吧。”

“谁说他俩不熟？”

嗯？难道真有什么内幕？

尤霓霓赶紧把头发撩到耳后，洗耳恭听，却得到一个出乎意料的答案。

只听方遥雨一本正经地分析道：“陈淮望和从涵学长这么熟，从涵学长又和哥哥这么熟，不就等于陈淮望和哥哥很熟吗？”

“哦……”

逻辑鬼才。

看来方遥雨也不了解陈淮望，尤霓霓打消细聊的念头，拉着她上楼，接受下一轮挑战。当然，挑战的结果没什么悬念，肯定是初犯全身而退，惯犯损失惨重。

不过这次雷正平难得没再罚她写检讨，改罚她扫一周教室。

尤霓霓认栽。

课间操时间，尤霓霓老老实实地留下来打扫。

当操场上的同学做到踢腿运动时，她终于拖完地，准备去洗手池还拖把，却在教室后门和抱着试卷的苏糊迎面撞上。

尤霓霓拉着她到教室门口的座位坐下，神神秘秘道："你还不知道陈淮望是谁吧？"

"陈淮望？"

苏糊被她的行为弄得摸不着头脑，如实回道："听过名字，但没见过人，怎么了？"

"他就是修车铺那个人！"

"是他？"

"是他是他就是他！"

本来尤霓霓并不打算说昨晚的事，但一提起陈淮望，她就控制不住，一不小心从开水房的偶遇，讲到杂货铺的惊险经历，最后一句话带过今早的乌龙。

苏糊听完，哭笑不得，安慰她之余，不忘客观公正地评价道："你啊，就是想太多。丛涵说陈淮望喜欢你哥哥明显是开玩笑，你怎么还当真了？"

好吧，如今回想起来，确实玩笑成分偏重，是她谨慎过头。

尤霓霓无法反驳，决定换个角度攻击。

"那他也太会笼络人心了吧。明明刚转过来，结果和每个人都很熟似的，尤其是丛涵学长。"

"挺正常啊。桐市这么小，说不定陈淮望认识的那些人正好就是他的小学、初中同学呢。"

……好吧，这个理由她也认可。

尤霓霓游走在被说服的边缘，幸好及时想起被他三番五次言语羞辱的事，意志重新变得坚定，单方面地宣布道："反正陈淮望绝对是我人生中的扫把

星。我发誓，以后他再和我说一句话，他就是乌龟王八蛋！”

“说得好！”

“谢……”

等等。

这是……丛涵的声音？

没说完的话戛然而止，尤霓霓心头升起不祥预感，刚递给苏糊一个“你别说话我来解决”的眼神，又听丛涵补充道——

“放心，陈淮望没在，估计太感动，找地儿哭去了。唉，没办法，这么多年了，还是第一次有人敢说他是扫把星，他难免情绪失控，你多担待担待啊。”

尤霓霓顾不上细究这段听上去堪比恐吓的安慰，“咻”地转身，想要亲眼确认。

然而结果并不理想，被他们谈论的人不但没离开，而且就站在她的身后，半垂着眼睫，又是那样居高临下地看她。

没有表情，没有温度。

哪里是什么扫把星，分明更像恶魔在身边。丛涵倒不是存心骗尤霓霓，知道了她是送陈淮望糖果的女生，并且听到刚才她对陈淮望的“发誓”之后，丛涵是真的以为她对陈淮望有什么心思了，所以和她开了一个小玩笑，先降低她的期待值，以此增加最后的惊喜感。

只是，就目前的状况来看，好像惊喜过头了？

当事人之一被吓得说不出话，呆呆地望着另一位当事人。

和外面的大好天光比起来，没开灯的教室不算亮堂。陈淮望站在门外，明暗参半的光线照在他脸上，让人很难从那张鲜有情绪的脸上读出什么端倪。

尤霓霓更绝望了。

对方还什么招都没出呢，她就自动从“受害人”降为“背地里说人坏话的小人”。

看来在背后议论他人果然要不得。

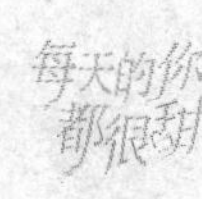

无济于事地悟出这个人生道理后，尤霓霓闭嘴，躺平任嘲，却不知道陈淮望为什么沉默。

好在只要丛涵脑子转得够快，冷场就追不上他们。他自带粉红滤镜，见尤霓霓坐着不说话，理所当然地认为她是太喜欢这个惊喜，骄傲道：“小学妹，你别喜极而泣啊。下次我再给你搞个大的！”

喜……喜极而泣？

真不愧是她哥哥的发小，用词就是讲究，竟然完全看不出来她是真的想哭呢。

尤霓霓被“生活好难我好烦”七字真言安排得明明白白。毕竟在她幻想过的无数种和丛涵搭话的方式里，绝对没有眼下这种。没机会和他表明真实身份就算了，甚至连最简单的正常聊天都做不到。

唯一的好处大概只有“暂时不用面对陈淮望”吧。

这么一想，尤霓霓稍感安慰，不知所措的视线名正言顺地移到丛涵身上，疑惑道：“搞什么大的？”

还能是什么。

丛涵当她不好意思，本着“一家人不说两家话”的原则，俯身凑到她的耳边，低声道：“你不是想和他做朋友吗？放心，有我在，绝对给你稳稳的幸福！”

没必要搞这么大吧！

这一次，尤霓霓没再一口咬定不认识陈淮望，但急于撇清关系的样子和那晚差不了多少，她急红了脸，连忙摆手澄清：“你误会了！我和他都不熟，怎么可能想和他做朋友！”

不熟还拿他发誓？

对于这种矛盾的说辞，丛涵只想得到一种可能性。他直起身子，把矛头指向一直没说话的人，数落道：“你看看你，又做了什么好事，气得人家小学妹都不认你了。”

哈

这是什么神仙脑回路?

尤霓霓小小的脑袋里装满大大的困惑，见误会越来越深，也顾不上考虑时机合不合适，决定就此坦白自己喜欢江舟池的事实。

谁知这时，头顶上方毫无预警地飘来一句嘲讽，如同一颗销魂钉，专扎人的脊梁骨。

“她不是说了我是个扫把星吗？一个扫把星能做什么。”

嘲讽或许会迟到，但绝不会缺席。

幸好现实教会尤霓霓成长，她暗自下定决心，无论今天陈淮望说了什么做了什么，她都通通不作回应。反正只要不理他，她就不会再像之前那样，傻傻地掉进他挖的坑里。

于是，尤霓霓一直望着丛涵，和他说话，从头到尾没再看过讨厌鬼一眼。

最后，这一策略取得明显效果。

没一会儿，对她侧脸没兴趣的人便耗尽耐心，面无表情地离开，只留下一阵薄荷味的风。

丛涵没在意，还沉浸在乱点鸳鸯谱的快乐里无法自拔。直到陈淮望的身影消失在楼梯口，他才察觉了一丝不对劲。

怎么这人看上去好像真的在不爽什么?

丛涵不再打嘴炮，丢下一句“下次再聊啊小学妹，我先去帮你收拾那小子”便匆匆离开。

尤霓霓愣愣地“哦”了两声。

这就走了?她不敢相信，抻长脖子，往走廊上左看看右看看。确认不会再突然冒出人后，她立马扑进以透明人状态围观完全程的苏糊怀里，趁热告状。

“糊涂虫，你现在能理解我刚才为什么要说那些话了吧?你说我怎么这么倒霉，摊上陈淮望这个斤斤计较的小气鬼，让丛涵学长误会我……我有你有木鱼，我干吗要和那个扫把星当朋友啊?我再也不是从前那个被老天爷眷顾的幸运儿了，呜呜呜……”

这番活力十足的控诉听上去可不太像受到伤害的样子。

苏糊好笑地拍拍尤霓霓的后背，先顺着她的话往下说："是啊，你怎么就摊上他了呢？"

陈淮望确实不是一个好相处的人，这一点她在修车那晚就知道了。所以不是什么新鲜事，反倒是刚才的事，让她对他有了新认识，比如……

"可是，这么斤斤计较的一个人，居然没和你计较你骂他的事，说不定他没你想得那么糟糕？"

尤霓霓一听，顿时停下假哭，抬头看她，脸上流露出"还有这种解题思路"的惊奇表情。

意料之中的反应。

苏糊知道她对陈淮望早有了先入为主的观念，多说也无益，于是又捏捏她的脸，给她想了一个实际点的解决办法。

"好啦好啦，别气了。如果你真的不想再和他接触，以后绕着走就好，没必要为这事儿烦心，也没必要再说他坏话。否则到时候你又理亏，知道吗？"

"嗯！"

尤霓霓郑重地点点头。

从今以后，自由变少，责任变大，她一定谨言慎行，将"在心里辱骂陈淮望"的行为进行到底。

从涵这边正巧碰到了李寂，于是准备拉上这个垫背的一起去找陈淮望。

"走，陪我去逮陈淮望。"

得亏李寂和他俩认识了十几年，要不然还听不懂这话。等他说完，李寂指着他就是一顿骂："不是让你少去烦他吗？你怎么又不听，好好活着不行？"

"我没事烦他干什么！你以为我傻啊！"

"你还不傻？"

从涵觉得李寂是因为不知情才这样，一边走一边和他说了说刚才的事。

李寂听完，中肯地评价道："真的很傻。"

当然了，吵归吵，正事也没被忘记，很快，两人来到旧实验楼前。原本这里在新实验楼建起后就要拆除，可后来不知道为什么一直没动工。果不其然，在楼前看见了陈淮望。

从涵和李寂见状，十分默契地以最快的速度冲过去，抢下他手上的东西，把不文明的现象及时扼杀在摇篮里，而后进行教育工作。

"大哥，最近学校查这么严，你注意一下影响好不好！明明还剩三节课就能去外面，你就不能忍着？"

见是他俩，陈淮望身上的冷冽稍褪，却没把这话当回事儿，松松散散道："不能。"

两人有些无语。

从涵又换了种劝说方式："不就是被小学妹说了两句吗，没必要搞得这么颓吧？"

单纯想解解闷的人听得皱眉，看了李寂一眼，意思大概是——这个傻玩意儿又在瞎说什么？

李寂读懂了，简单明了地解释："他觉得你痛失唯一敢当面向你发出好友申请的小学妹，心情不太好，所以想劝你想开点。"

陈淮望"哦"了声，在从涵明确的"不用谢我"的眼神暗示下，毫不留情道："脑残电视剧看多了？"

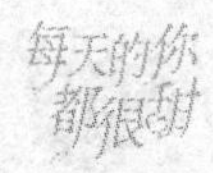

Chapter · 03

我只是想看看你利用人渣的下场。

尤霓霓还不知道自己背上了想和陈淮望交朋友的黑锅。

经过一番认真规划，她决定今后严格贯彻“惹不起躲得起”的方针，把“绕着陈淮望走”落到实处。

简单来说，就是能不出教室，绝不出去。

结果不知道是瞎猫撞到死耗子，还是这个没什么技术含量的方法真的管用，直到放完中秋假期，考完月考，她都没和陈淮望打过一次照面。

这让尤霓霓信心倍增。

为了表示庆祝，她专程挑了个课间操时间，向两个小伙伴发出热情邀请：“朋友们，咱们中午去外面吃吧，我请客！就当是提前祝贺我取得计划的阶段性胜利！”

“计划？”

之前的事赵慕予已经听苏糊说了，所以知道这是什么意思，却没配合她，反倒将一盆雪碧泼上去，浇得她透心凉心飞扬。

“你的敌人知道你这么把他当回事儿吗？”

好像确实有点小题大做？

尤霓霓接受批评但不改正，敏锐地抓住另外一个重点，奇怪道：“木鱼，我怎么觉得你的说话方式和我敌人那么像呢？你俩该不会是什么远房亲戚之类的吧。”

“你的生活方式和猪也很像，请问你俩是远房亲戚吗？”

尤霓霓有些无语。

真是一个缺少毒打的木鱼！

可惜，尤霓霓无法消灭她，只好投奔苏糊。

谁知还没开口，她便被摸了摸脑袋，听对方说道：“我和木鱼要帮忙登记月考成绩，这两天你可能都得自个儿吃饭了。”

“啊？”

外患当前，尤霓霓果断抛开内忧，开始数落新的敌人：“你们老高怎么老把这种苦差事交给你们女生，真是太不懂事了！这一点他真该和我们雷Sir（老师）好好学习学习……”

小话痨又上线了。

赵慕予拿她没办法，只好指着她手里的东西，转移话题道：“又是给李嘉逸的？”

闻言，尤霓霓低头一看，“嗯”了声，扬着脸，突然臭屁道：“别看我们文科班的男生在数量上没法和你们理科班比，但我们的颜值超有保障！”

赵慕予抬起手，对着她的脑门儿就是一巴掌，角度新颖地夸道：“你也挺耐打的。”

尤霓霓知道她这是趁机把打人的行为合理化，才不上当，见好就收：“我送礼物去了！拜拜！”说完，她头发甩甩，大步走开，抓紧时间把礼物送到主人的手里。

也许是迟到大王的名号过于响亮，导致尤霓霓经常受各年级少女所托，给班上男生送这送那。

时间一久，她也习惯了，逐渐变成一个没有感情的送礼物机器。这一点本班同学都知道，所以对此见怪不怪，但难免有不明真相的观众。

比如李寂。

尤霓霓送礼物的时候，他刚好从斜对面的教室出来，撞见这一幕后，非常合理地误会了。

比他稍慢几步的丛涵还不知道外面的情况，正转着篮球，一边朝门口走，一边骂他："我说你以后能不能别老往我们班上跑啊，几岁的人了，还不知道距离产生美的道……"

又因为没注意前方的路况，一下子撞上李寂的背。

他赶紧护住摇摇欲坠的篮球，骂得更厉害了，却发现对方一直盯着某处，还以为有什么热闹可以看，果断凑过去，结果——

"你怎么这么猥琐，连自己堂弟被表白也要偷看！"

丛涵很是嫌弃，眼睛倒是没挪开过，就算只能看见男主角的背影依然津津有味，还顺便蹭了把热度。

"不过你堂弟行情不错啊，都快赶上当年的我了。"

"和你还差得远。"

"嗯？兄弟，咱俩之间用不着这么客气吧。"

李寂看了他一眼，补充道："我是说厚脸皮的程度。"

丛涵无从反驳，只能恼羞成怒地推了李寂一把，以上体育课为由，催道："行了，看够了就滚回去，别挡着我强身健体。"

与此同时，不远处的"告白事件"也步入尾声。

男主角收下礼物便离开，还站在走廊上的女主角失去遮挡，因此露出庐山真面目。

急着去操场的人已经没多少兴趣，只象征性地瞥了眼。谁知就这么一眼，把他打击得不轻，连篮球都拿不稳了，"嘭"地掉在地上。

紧接着，一声惊天动地的"小学妹"响彻走廊，撕心裂肺的程度堪比江南皮革厂员工发现老板带着小姨子跑路。

刚打算离开的李寂吓了一大跳，反手就是一巴掌。

至于尤霓霓，情况也没好到哪儿去。

原本走得好好的，经丛涵这么一吼，刚抬起的右脚放也不是，不放也不是，最后尴尬地悬在半空中，保持金鸡独立的姿势，僵在原地。

被吓到是一方面，另一方面，还因为说话的人是丛涵。

如今，和他挂钩的第一关键词不再是"江舟池"，而是"陈淮望"，以

至于尤霓霓现在一见到丛涵，总担心下一瞬会听见“敌军还有五秒到达战场”的提示音。

然而她的这些心理变化丛涵并不知道。

回神后，他一个箭步冲上前，震惊道：“小学妹，你这是更换交友对象了？”

“啊？”

尤霓霓还在东张西望，等脑内的危险警报解除，才分了点精力给丛涵，解释道：“不不不，那东西不是我的，我只是帮别人转交给我同学。”

“哦，这样啊，那就好。”丛涵松了口气。

见状，尤霓霓反应过来不对，觉得自己必须郑重地澄清一次，于是补充道：“不过，丛涵学长，有件事你真的误会了。”

“嗯？”

“我真的不想和陈淮望当朋友。”

可丛涵只当她说的是气话，为了拯救这段还没开始就差点结束的关系，故意叹道：“唉，你不知道，陈淮望这个人吧，除了长得好看一点，一无是处，但……”

谁知刚说到一半，便被尤霓霓打断道：“我知道！”

“知道什么？”

“知道他除了长得好看一无是处！”

一说起这个话题，尤霓霓就控制不住自己的情绪，甚至丝毫不顾及在丛涵面前的形象，吐槽道：“你说这个世界上怎么会有脾气这么差，嘴巴这么毒，还一点儿没有同学爱的人呢！”

丛涵的本意是想卖卖惨，引发尤霓霓的同情心，让她可怜可怜陈淮望，没想到居然弄巧成拙，赶紧力挽狂澜：“话是这么说没错，不过他还是有很多优点的。”

“是吗，比如？”尤霓霓不相信。

比如……

丛涵被这个问题难住，一时间还真想不出什么优点，只好拍了拍尤霓霓

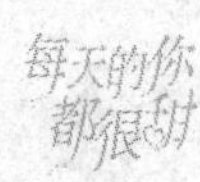

的肩，故作高深道：“这个嘛，等你多接触接触就知道了。”

“那还是算了吧，多浪费时间啊。”

丛涵无语。

尤霓霓没有察觉他的郁闷，发泄完毕后，重拾理智，谨慎地拜托道：“对了，今天我说的这些话，你可千万别告诉陈淮望啊，否则指不定他又怎么挖苦我呢。”

这次，丛涵还没来得及回答，便被另一道声音抢了先。

“不好意思，已经听见了。”

这话犹如一股最强冷空气来袭，将原本和谐融洽的氛围一扫而空。

……

怎么回事！难道她真逃不过被抓包的命运吗！

尤霓霓怀疑自己的耳朵出了问题，连忙循声望去。

只见几步之遥的转角处不知什么时候多出一道颀长身影，倚墙而立，身形歪歪垮垮，似乎从来没个站相。

但和周遭嬉笑打闹的人群比起来，他依然出挑醒目，以至于有些格格不入。

除了陈淮望，确实很难再在学校里找出第二个这样的人。

尤霓霓哭丧着脸，又僵着脖子转回脑袋，如今只希望刚才的话没有被他听见太多。

而丛涵看见陈淮望后，把对他的失望转换成怒气，不爽道：“你不是去周禄办公室了吗，什么时候来的？”

“你鬼吼鬼叫的时候。”

看来是从头听到尾了。

完蛋。

这话吹灭了尤霓霓心头最后一丝希望，此刻只想在自己脑门儿上刻个“惨”字，却又听丛涵骂道：“偷听这么久也不吭一声，能不能要点脸！人渣！”

尤霓霓没想到丛涵会站在她这一边，听得一阵感动，递过去一个感激的

眼神。

虽然她至今没想明白，为什么会被丛涵委以“想和陈淮望交朋友”的重任，但就冲他现在这样盲目地支持她，她决定，就算以后“爬墙”了，也会像现在一样尊敬他。

骂完，丛涵又换回知心学长的身份，温柔地问道：“小学妹，你还有什么话想和这个人渣说吗？”

当然没有！

尤霓霓猛摇头，别在耳后的短发随着动作垂落下来，挡住脸颊。视野里只剩下她小巧的下巴，以及后颈的一小片皮肤，白得晃眼，唤醒人骨子里的破坏欲。

陈淮望的眼底荡出一丝玩味，裹挟着微不可察的危险。

他缓步走近，踢了踢姑娘一直忘记放下的右脚，语调不急不缓，夹杂着清冷的韵尾，遗憾道：“真不巧，人渣有话和你说。”

被这么一踢，尤霓霓差点失去平衡，赶紧放下右脚，稍息立正站好。

然后呢？前有不能说实话的丛涵，后有打不过的恶魔，这种时候，她能做的好像只有硬着头皮瞎扯。

做好心理建设后，尤霓霓迅速进入角色，四十五度低下头，手指无措地绞着衣摆，也不问陈淮望想说什么，自顾自地数落起来。

“对不起，学长，可能最近天太热了，热得我神志不清，才会在你背后说你坏话，希望你不要放在心上。”

以往见着陈淮望，她总是一脸警惕，这次不但收起爪子，连语气里的敌意也不见踪影，唯有委屈，而且控制得恰到好处。多一分太假，少一分太弱。

陈淮望将这些尽收眼底，却不发表任何看法，只嗤出一声哼笑。

丛涵见他这样，一下来了劲儿，踊跃地作死道：“小学妹，别怕，你说的都是实话，不是坏话！还有，陈淮望，我劝你拿出男人的气度来，否则以后看谁还敢和你做朋友！”

闻言，陈淮望斜眼看过去。

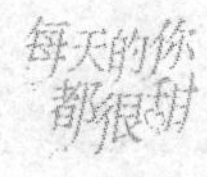

清清淡淡的视线里没有掺杂太多情绪，但及时唤醒丛涵的求生欲。

过完嘴瘾的他迅速收起嬉笑，转而拍拍尤霓霓的肩，不带转折地鼓励道：“小学妹，人生就是一段孤独的旅程，接下来的路就靠你自己了！我在精神上与你同在！”说完，抱起地上的篮球，头也不回地下了楼。

罢了。走了也好，免得她老有所顾虑，施展不开手脚。

尤霓霓坦然接受这个标准结局，深呼吸一口气后，转过身子，重新面向陈淮望，省去不必要的废话，开始了简单粗暴的解释。

“是这样的，那些丧尽天良恶心巴拉的话你别当真，都是我乱说的，要不然丛涵学长总误会我和你有不正当关系。”

丧尽天良，恶心巴拉。

真是毫不掩饰个人喜好的用词。

对于这番措词极端的言论，陈淮望不置可否，难辨喜怒道：“辛苦了。”

“哪里，哪里。”

尤霓霓懒得研究这是不是陈淮望的真心话，当他听懂了，最后强调道：“反正以后我们还是桥归桥，路归路，王八不认识玉兔，这一点我相信你应该没意见吧。”

陈淮望没说话，只低头看她，表情不明，不知道在想什么。

急着回教室的人没耐心等，打算离开，擦肩而过的瞬间，一道平静的声音又从头顶砸下。

“你好像还不太清楚，利用我这样的人渣，通常没什么好下场。”

利用？

怎么能说是利用！她这么做明明是为了大家好啊！

随着话音落下，尤霓霓猛地停下脚步，眼神戒备地望着他，不懂这话的意思。

可惜，陈淮望没解释的打算，微抬起下颌，指着教室门，示意她道：“进去吧。”

她现在哪儿还有心情回教室！

制造恐慌的人径直离开，气得被吊起胃口的人在原地跳脚，本想追上去问清楚，却被一个男生捷足先登。那男生躲在走廊尽头，一见到陈淮望，立马冲出来，抓住他的手臂，如同抓住最后一根救命稻草，姿态卑微，像是在求他什么事。

这又是什么情况?

尤霓霓注意力被转移，好奇地抻长脖子。

受距离限制，说话声断断续续传来，她只能用眼睛看。首先注意到的是男生的衣服，因为上面满是尘土，还有好几个脚印。

后来，不知道陈淮望说了什么，男生的表情变得绝望，最后颓然地垂下手，把路让了出来。

见状，尤霓霓有些同情那男生，忍不住猜测他的遭遇。等她想起正事的时候，目标人物早没了影儿。

算了。

自己亲手放走了敌人，怨不得别人。

尤霓霓认栽，乖乖回到教室。刚坐下，正埋头苦写的同桌冷不丁冒出一句：“霓霓，我都看见了哦。”

现实的声音将尤霓霓拉出仇恨的深渊，她问道：“看见什么?”

“你和陈淮望眉来眼去互送秋波呀。”

尤霓霓无语。

方遥雨没注意到她扭曲的表情，继续问道：“不过你们怎么突然变这么熟了啊，该不会是上次牵错手结下的姻缘吧?”

“怎么可能!”

居然不是?

方遥雨立马重新理时间线，而后“啪”地放下笔，振奋道：“那就是牵错手导致你们的感情突飞猛进?天啊，这是什么绝美青春校园偶像剧，我今晚就要看到全集!立刻!马上!安排!”

怎么又越描越黑?

尤霓霓苦着一张脸，全身心抗拒这个违反伦理道德的脑洞，怀疑她和丛涵中了同一种爱情病毒，不敢再乱说话，赶紧环顾四周，换了个安全的话题，奇怪道："对了，为什么教室里只有我们两个人？"

闻言，方遥雨也奇怪道："你忘了下节英语课在多媒体教室上？我还以为你是回来拿书呢。"

确实忘了。

想到就算迟到了也有方遥雨陪着，尤霓霓不太着急，一边慢慢找书，一边问道："那你回来干什么？"

"我？"

方遥雨拎起犹如特步赞助的试卷，叹道："默写短语错太多，孙老罚我每个抄十遍，什么时候抄完，什么时候才能上她的课。"

完了。

原来她是一个人在迟到。

意识到自己没资本淡定后，尤霓霓不再磨蹭，拿上英语书，火速赶去上课。

由于多媒体教室在距离稍远的另一栋楼里，因此，为了图方便，大家通常从旧实验楼后面的梧桐林直接穿过去。

尤霓霓当然也选择这条捷径，却依然没跑赢时间。

刚出教学楼，上课铃声便骤然响起。

她一惊，赶紧加快脚步，一心念着上课，殊不知自己忽略了很重要的一点。

也许是受旧实验楼"磁场"的影响，平日里，梧桐林并不可怕，可一旦到了上课时间，就说不准了。

还好尤霓霓很快想起这件事，而这还得感谢刚才拦下陈淮望的那男生，因为她一进去，就看见他跪在花坛旁，面前还站着三个人。

人称"左青龙，右白虎，中间一个二百五"。

尤霓霓皱着眉，立马刹车，可惜还是晚了一步，还没来得及掉头，三道犹如飞镖似的视线便齐刷刷朝她射来，将她钉在原地。

王新停下动作，上下打量她两眼，率先开口："同学，上课时间到处乱跑什么，哪个班的啊？"

尤霓霓不允许自己就这样撞枪口上，抱着侥幸心理，诚恳地道歉："对不起，我马上走。"

"走什么走，我问你哪个班的，耳朵聋了？"

"高、高二（13）班。"

"说话就说话，抖什么抖！"

"啊？有、有吗？"

前辈总结的经验告诉尤霓霓，在他们面前最好别表现出害怕，奈何她实在控制不住。

第一次遇见这种事，她是真的怕。

这种感受和被陈淮望威胁截然不同。

没办法，尤霓霓只好把声音发抖归咎于外界因素："可能是这里太冷了吧。"

"冷？"

王新不再挑她毛病，反而将手里的球拍一把扔到她的脚边，提议道："正好，运动运动吧。"

尤霓霓不明所以，又见他提着男生的衣领，让他站起来："好好谢谢这位学长吧，看你没羽毛球，主动给你当人肉靶子。"

有病吧！

无理的要求被这样自然地说出，尤霓霓的三观受到不小冲击，随后又想起这是他们仨一贯的作风。

为了不被学校抓住把柄，他们从不自己动手，要么让被欺负的同学自己动手，要么指使别人。

说到底，也不过是一群敢做不敢当的胆小鬼，只挑软柿子捏。

透过现象看清他们的本质后，尤霓霓内心的恐惧减少一些，甚至开始考虑要不要豁出去拼一把。

然而就在这时，不知从哪儿忽然冲出一条柴犬，先是冲着王新狂叫一番，接着死咬住他的裤腿，用力往外拽，一副不把他裤子扯下来算它输的架势。

一时间，所有人都被这个突发状况弄蒙了。

回过神后，王新一边紧紧抓着裤腰，一边骂道："谁家的狗东西！"

还愣着的另外两人见状，想帮他，又无从下手，最后随手捡起几根树枝，练击剑似的，作势打它。

至于尤霓霓，正目瞪口呆地看热闹。

原本剑拔弩张的场面一度变得很混乱。

正当局势陷入胶着之际，一个不属于他们任何一人的声音响起，叫了声"皮卡"，低沉而有力。

柴犬一听，立马撒嘴，摇着尾巴，"吭哧吭哧"地跑向说话的人。

同样认出这声音的还有尤霓霓。

莫名地，她竟生出一种不真实感，不自觉地抱紧怀里的书，缓了缓才回头望去。

临近九月末的秋天还没有完全熟透，宽大的梧桐叶仍绿着，或是顶多被描上一圈金边，在枝头舒展，尽情享受阳光和微风。

而陈淮望身上落满摇晃的树影，半蹲在皮卡面前，喂它吃完零食，又摸着它的脑袋，训道："以后别在垃圾堆里找吃的了。"

嗯？

皮卡好像听出这不是句好话，耷拉下尾巴，呜咽着，离开了这片伤心地。

不过多亏了这句一语双关的嘲讽，尤霓霓顺利找回真实感，对于陈淮望的出现不再意外，而是困惑。

当然了，像"陈淮望专程为她而来"这种大胆到近乎不要脸的想法，就算给她一百个豹子胆，她也不敢有。毕竟这人几分钟前才威胁过她，怎么可能这么快良心发现？

那他只是凑巧路过，还是因为刚才走廊上的事？

如果是后者，那她岂不是可以搭个顺风车？

潜在的转机让尤霓霓决定先静观其变。

正好这时“垃圾堆里的人”也从人狗大战中缓了过来，拿出之前的气势，叫嚣道：“哟，我还以为是谁呢，原来是连骞哥都不敢见的孬种啊。怎么着，想英雄救美？”

骞哥？

三中的头号危险人物，肖骞？

一听这话，尤霓霓的视线重新放回王新身上，没看见身后的人抬头看了她一眼。

王新也没看见，叫嚣完，又捎上两个兄弟，回头感叹道：“唉，不过你说咱们学校什么时候成了收容所，把别人不要的垃圾当成宝。”

这种送命题就不用问他们了吧？

罗航、范建默默地往后挪了两步，提醒道：“哥，胖子的脸不是一天打肿的，你别一上来就整这么狠。万一他当真了，我们仨哪里打得过。”

“怕什么。这里是学校，他敢乱来？”

耍威风的人稍微清醒了点，却不以为意，直到听见下句话：“哥，他是一个不要命的疯子。”

几秒沉默后，王新终于完全清醒，一人给了一巴掌，怒骂道：“那你们刚才不拦着我！”

他们哪知道他会正面“刚”？

有苦说不出的两人被打得很冤枉，将功补过道：“现在怎么办，要不给骞哥打电话？”

“这会儿打有个屁用，让骞哥来给我们收尸吗！再想想其他办法！”

“哦……”

于是，三个人就如何自救的问题展开激烈的讨论。

陈淮望并不关心，也没把那几声狗吠放心上，在皮卡走后，径直朝全程没说话的姑娘走去。

她孤零零地站在一叶树荫下，望着那群欺负她的人，一动不敢动，只能

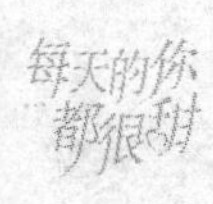

紧紧捏着书脊。

她心中紧张和害怕的情绪便在这一动作间显露无疑，丝毫不见面对他时的张牙舞爪。

想一想，她刚才看过来的那一眼似乎也是如此，没有惯有的敌意，只有无助。

大概是真的被吓得不轻。

陈淮望拧着眉心，漆黑的眼底掠过温和的光芒，加快步伐，走近后，却听见她正冲着内讧的人小声地呐喊着“打起来！打起来！”，激动得像看世界杯点球大赛。

也难怪她把书捏那么紧。

……

难得一见的温和从陈淮望的眼底消失。他冷哼了声，习惯性地踢她的脚后跟，力度比之前稍重。

熟悉的动作一下子将沉迷喊口号的人拉回现实。

尤霓霓回头一看，见陈淮望居然没走，还以为刚才的第二个猜想应验了，果断放下之前的恩怨，一脸期待地悄悄问：“你是来救那男生的吧？”

陈淮望眼皮半垂，睨着她，语气不善：“我很闲吗？”

“那你来干吗？”

“看你利用人渣的下场。”

尤霓霓猜到他没安好心，可没猜到他心这么黑，气得捡起之前的恩怨，吼道：“你很闲吗！”

空气突然安静。

半秒后，响起一个更凶的声音：“你们几个不去上课，围在这儿干什么，想造反啊？”是文武。

得救了？

正在发愁的三人一喜，赶紧顺着台阶下，以前所未有的端正态度回答道：“是是是，我们这就去上课！”

可还没来得及撤，又被文武制止道：“等一下。”他走了过来问，“这是什么？”

什么？

闻言，其他人不约而同地顺着他手指的方向望去，看见的是一只大大方方拿着违禁品的手。接着，他们的视线又不约而同地移到当事人的身上。

陈淮望的脸上却不见一丝慌乱，表情恰当，礼貌中又带着点为难，意有所指道：“这三位同学为了欢迎我，特意送我的礼物。不过我没玩过游戏机，老师你要吗？”

尤霓霓无语。

硬核背锅的三个人有些震惊。

终于把他们仨逮个现行的文武心中暗喜。

他背着手，拿出教导主任的威严，厉声道：“好啊，明知道最近学校严查不文明现象，还敢把这种违禁物品带进来，我看你们三个简直不把学校放在眼里！都跟我去教务处！”末了，又放缓语气，对陈淮望说道，“你也过来一趟。”

关他什么事？

尤霓霓一听，有点担心，下意识抬头看陈淮望，见他好像没当回事，更着急了。

她对他没好感是事实，不过，因为他的出现，她才稍微摆脱困境也是事实。

于情于理，她都应该站出来帮帮他才对。

于是，在他们走之前，尤霓霓连忙问道：“这东西不是陈淮望的啊，为什么还要他去？”

她的语气急切，全然忘记自己的说话对象是教导主任。

闻言，陈淮望低眸看她，似乎有些意外。

文武也看了尤霓霓一眼。

本来念在她也是受害者的份上，他不打算和她计较上课迟到的事，结果没想到她这么不自觉，反问道：“怎么，你也想去？”

“不想……”

“不想？不想你还不去上课！”

“啊？哦……”

文武都说得这样清楚了，尤霓霓也不敢再追问，只好三步一回头地往多媒体教室走去。

就这样，她提心吊胆了一节课，好不容易盼到下课铃响，第一个冲出教室，冲向教导处。

见里面没人，她又来到高三(1)班教室门口，可依然没看见陈淮望的身影。

难道是上其他课还没回来？

尤霓霓一脸失望，只能先回教室等着。

奇怪的是，这一整天下来，她在高三（1）班的门口假装路过了不下一百零八次，愣是没见到陈淮望一次，像是人间蒸发了似的。

这种情况延续到第二天。

慢慢地，尤霓霓的脑子里冒出各种不好的想法。

该不会是文武发现他捏造游戏机的事，罚他在家闭门思过吧？还是那群人在校外把他堵了？或者……他把那群人打了一顿，现在正被关在派出所？

尤霓霓越想越觉得以上的每一种可能性都很大，知道自己应该找个知情人士问问，但问题是……她认识的人里，只有丛涵最有可能了解情况。

难不成真去问丛涵？

当然不行，那多打脸啊。

不过，打脸的事她又没少做，多这一件也不算什么吧。

尤霓霓在自我肯定和自我否定之间摇摆不定，也在两个教室之间来来回回。最后，这番反复无常的举动终于引起过路人的注意。

“小学妹，你转来转去的，头不晕吗？”

她对这声音重新寄予无限期望，可转身后，脸上的期待又顷刻间被失望取代。

丛涵见状，被打击得不轻，受伤道：“小学妹，你现在连我都不愿意见

了吗？”

“啊？”

除了竹马路程，尤霓霓第一次听一个一米八几的男生用这种语气说话。她赶紧回神，生怕自己的无心之举伤害到他，手足无措地解释着。

“不是，我没有不愿意见你，我只是……只是想问问你，陈淮望学长今天怎么没来上学？”

等等，她怎么把下一句心里话说出来了？

尤霓霓表情凝固，而丛涵表情融化，瞬间抛下刚才的伤痛，震惊道：“你俩……”

“你别瞎想！”

她一下子就猜到丛涵想说什么，毫不手软地戳破他的粉红泡泡，胡诌道：“昨、昨天时间太短，我话还没说完就上课了。后来再找陈淮望也没找到，所以想问问你，他是不是出什么事了？”

这次轮到丛涵失望。

他信以为真，抱着又死去的幻想，回道：“能出什么事，还不就是每个月总有那么几天。你要是着急，先在微信上和他说吧。”

“啊？我没他微信……”

这么惨？

丛涵没想到尤霓霓认识了陈淮望这么久，居然连最基本的微信都没加上，不禁心有戚戚焉，果断从后排同学的座位上扯了半页纸，写了一串号码，递给她。

“这是他的手机号，也是微信号，你随意。当然，我个人建议你先加微信，如果你不想动不动就被他挂电话的话。”

确实像陈淮望会干的事儿，但是，“万一他不同意加我怎么办？”尤霓霓问道。

“这个嘛，这个包在我身上。”

丛涵向她做出保证，尤霓霓便放心地按照他给的号码添加好友，却不料

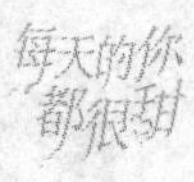

搜索出来的用户竟然叫——我是大傻瓜。

这是给错号码了，还是说……虚拟世界里的陈淮望其实是一个非常有自知之明的人？

本来尤霓霓想找丛涵再确认确认，不巧对方正在打电话，她只好先遵从内心的选择，继续往下操作。

填写验证消息的时候，她习惯性地在“我是”后面输入“尤霓霓”，想了一秒，又嗒嗒嗒删掉。

另一边，丛涵也拨通了电话，语气得意道：“一个好消息和一个坏消息，你想先听……”

“嘟嘟嘟——”

看吧，这就是打电话的下场。

打不死的小丛顽强地重拨过去，这次不再卖关子，一口气说完“小学妹加你微信了，你赶紧给人家通过别再作死了”，便迅速挂断电话，以牙还牙。

没了他的吵闹，电话那头重新陷入沉寂。

片刻后，睡眠严重不足的人睁开眼。

没开灯的房间一片黑暗，外界的光线也被厚重的窗帘完全阻隔，手机便成了整个空间里唯一的光源，映亮他凌乱碎发下的眉眼，疲倦而略显冷淡。

好在他难得没在被人吵醒后发火，反倒耐着性子，打开微信看了看。

只见一个名为“小熊肥霓”的用户发来一则好友申请。

不过，比起这个指向不明的微信名，紧跟其后的验证信息更具辨识度，非常有诚意地写着——我是乌龟王八蛋。

Chapter · 04

他随手翻开一本书，将那张单薄纸张夹在了里面。

很快，一个黑色头像出现在微信消息列表上。

眼巴巴捧着手机的人眼睛一亮，一把举到丛涵的眼前，激动地报喜道：“加上了，加上了！”

丛涵定睛一看，却被那明晃晃的“我是大傻瓜”五个字闪瞎眼，激情辱骂了一句脏话。骂完，他又对上一道略微惊恐和困惑的视线。

自知失态的人捡回知性学长的面具，清清嗓子，自圆其说：“哦，我的意思是，没想到陈淮望居然取了这么一个清新别致的微信名，真有品位。”

尤霓霓假装信了他的话。

事实当然并非如此，而这还得追溯到好几年前。

当时微信正逐渐流行起来，可陈淮望平时连短信都懒得发，对这种社交软件更是毫无兴趣。所以，这个微信号从申请注册到投入使用，全由丛涵一手操办。

微信名自然也是他的杰作。

不过丛涵一加上陈淮望就改了备注，哪儿知道他连名字都懒得换。

看来他必须见缝插针地帮陈淮望换一个微信名了。

还好尤霓霓并不关心背后的故事，毕竟对她来说，没加错人才最重要。

谢过丛涵后，她蹦跶回教室，抓紧时间发送消息，手指在手机键盘上飞快地打字。

小熊肥霓：你今天怎么没来上学？

小熊肥霓：昨天文武没有为难你吧？

小熊肥霓：那群人在学校外面找你麻烦了吗？

小熊肥霓：你该不会和他们打架，被关派出所了吧？还是在医院？严不严重啊？

平时为了抢占哥哥的微博评论前排，尤霓霓练就了超强手速，现在正好派上用场，一股脑地在微信和短信同步连发数条消息，而后乖巧地坐在桌前，重启等待模式。

谁知尤霓霓刚放下手机，前桌的双胞胎姐妹花突然转过来，使劲儿拍她的桌子，兴奋道："听说了吗，听说了吗！昨天皮卡在梧桐林里把'二百五'好好收拾了一顿！当场救下一个女生！"

姐姐张唯妙开了个头，妹妹张唯笑进行补充："好像还是我们年级的！"

皮卡？

她的救命恩狗？

尤霓霓一顿，这才想起自己这两天只顾着担心陈淮望，竟忘了报答它的事，脸上闪过一丝懊悔。

见眼下时机正好，她连忙把握住，凑了过去，假装不知情地问："皮卡是谁？"

要不是害怕牵扯出陈淮望引起新的误会，作为昨天事件的当事人之一，尤霓霓肯定会和她们大讲特讲皮卡大闹三大傻的精彩事迹。

现在，她只能避重就轻，先打听出皮卡更多的具体信息再说。

幸好三人知道她平时专注追星，不太了解学校的事，只当她是单纯好奇，给她科普道："就是李寂学长家的狗，偶尔会趁门卫大爷不注意偷溜进学校，好多人还喂过它东西呢。"说完，又怕她不知道李寂是谁，打了个补丁，"后面巷子那家杂货铺……"

"哦！"

原来就是上次她在杂货铺里看见的那条狗啊，怪不得这么听陈淮望的话呢。

尤霓霓恍然大悟，理清其中关系后，想了想，打开淘宝，搜索狗狗相关用品，为自己的救命恩狗精心挑选谢礼。

付完款的时候，上课铃也正好响起，于是她藏好手机，继续等陈淮望的回复。

只可惜这次没有刚才那么顺利。

眼见着一节课都快上完了，笔盒里的手机依然安静，反倒是讲台上的人平地一声吼——

“方遥雨，站起来！”

底下开小差的人不敢分心了。

她赶紧拿起笔，皱着眉，假装研究课本上的数学题，下一秒却又听雷正平说道：“让你旁边的尤霓霓出来，去后面站着！”

好吧。

扫把星的威力果然不容小觑，是她掉以轻心了。

在高频率经历各种倒霉事后，尤霓霓已经认命了，拿上书和笔，自觉罚站。

就这样，她心系手机，顶着雷正平的视线，在教室后面站了半节课。

下课了，她也不敢动。

直到讲台上的人完全走出教室，她才以最快的速度冲回座位，身子越过方遥雨的课桌，翻出手机，解锁查看消息。

遗憾的是，和陈淮望的聊天记录依然停留在她最后发送的那句话上。

在“继续发消息”和“冒着被挂电话的风险直接打电话给他”之间，尤霓霓拿不定主意，犯了愁。

她愁着愁着，忽然感受到三道炽热的视线。

分别来自张唯妙、张唯笑以及方遥雨。

其中，张唯妙坐得最为端正，额头上还贴了个纸质月亮。

虽然看不出模仿的是美少女战士还是青天大老爷，却有种莫名的威严感，因为这种场景只会在有人搞事的时候出现。

尤霓霓满头雾水，只能根据以往的经验，小心地试探：“我又做了什么

对不起你们的事了？”

“你说呢！”

张唯笑拿笔盒充当惊堂木，一拍桌子，审问道：“上雷Sir的课都敢玩手机，是不是又被哪个小哥哥勾走魂了！”

这又是哪儿跟哪儿的话？

尤霓霓手动制造飞雪，十分冤枉：“朋友们，相信我，比起小哥哥，目前江舟池学长更能吸引我。”刚说完，握在她手里的手机突然亮起。

四人同时低头，见是10086打来的电话，其中三人没太在意。

除了手机的主人。

只见尤霓霓扔下一句“我出去接个电话”便往外跑去，徒留坐着的三人你看我，我看你。

不过就是一个10086嘛，至于这么神秘？

对于尤霓霓来说，确实至于。

为了不被发现，她做了万全的准备。等跑到三楼的小花园，再三确认周围没人，她才接通电话，捂着嘴巴，小声道：“喂？你怎么突然打电话啊，不能在微信上说吗？”

姑娘的声音本就轻柔，被这样刻意压低后，更显柔软，就像初春新生的柳条拂过耳畔。

只是，即便如此，语气里的小心翼翼仍旧十分明显，似乎生怕被人发现。

电话那头的人沉默了一息，放下手里的水杯，抬眸看了眼墙上的挂钟，确定现在是课间时间。

也就是说，她完全没有理由偷偷摸摸。

除非——

“怎么，和我打电话很见不得人吗？”

“当然啊！”

尤霓霓没想到他的自我认识这么不清晰，教育道：“我俩的‘不正当’

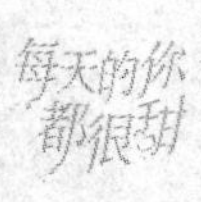

关系好不容易才解除，要是被别人知道我和你私下还有联系，肯定又得误会我了！”

末了，她又着重强调一点：“啊，你也别误会，我要你的联系方式就是想和你说声谢谢，顺便想问问你，那群人后来找你麻烦了吗？”

陈淮望神情微敛，尽量忽略前面那一串刺耳的言论，平淡道：“我找他们麻烦了。”

“哇……是吗？真棒。”

看来什么乱七八糟的事都没发生，是她想太多。

尤霓霓松了口气，不走心地夸了夸他，又郑重地叮嘱道：“那你别忘了啊，以后我们还是像昨天说的那样，见面的时候谁也不认识谁。”

这话一出，那头彻底没了声儿。

半天没等到回答的人拿下耳边的手机看了看，见电话没被挂，奇怪道：“喂？”

隔了几秒，陈淮望才“嗯”了声，嗓音比刚才低几分。

尤霓霓没察觉到他的情绪变化，倒是终于听出他的声音和平时略微不同。

有些哑，像是刚睡醒。

于是她大胆猜测，小心求证：“你该不会才起床吧？”

“嗯。”

“你没来上课难道就是因为睡觉？”

“嗯。”

“你这是自动回复吗？”

“嗯。”

见他爱理不理，尤霓霓硬气道：“那我挂电话了哦！”

“嗯。”

“我真挂了哦！”

明明想用气势压过对方，偏偏又在反复询问间，完全暴露“并不想挂电话”的真实想法。

藏不住心思的人或许就不该这样逞强。

陈淮望脸色稍缓，盯着面前的水杯，修长的手指在杯壁上轻敲，像是在思忖着什么。

而后，他没再吝啬语言，就连冷硬的嗓音也柔和不少，却没有挽留的意思，反倒劝她："挂吧，免得被人误会。"

又、又在讽刺她？

尤霓霓皱眉，决定再给他一次机会："我好歹也是每分钟做两道选择题上下的大忙人，你这个态度是不是有点不太尊重我。"

他语气不变，说的话似乎也没变，就像她刚才反复强调那样，回道："总比被人误会好。"

好吧，看来真的在讽刺她。

尤霓霓瞬间有种热脸贴人冷屁股的挫败感。

本来面对陈淮望的时候，她就不怎么沉得住气，认清被他讽刺的事实后，火气更是"哗"地上来，心想昨天的事果然只是假象，她就不应该指望一个恶魔改邪归正。

这下她不再犹豫，拿下手机，生气地冲它大喊了一句："拜拜就拜拜，下一个更乖！"

听筒里传出的声音忽地提高好几分贝，陈淮望微微偏头，躲开这道攻击。

等它消失的时候，通话也跟着结束。

看着被挂断的电话，他挑了挑眉，嘴角扯出一个耐人寻味的弧度。

下一个更乖？

呵，但愿她还能找到下一个。

揣着一肚子的气，尤霓霓回到教室，决定好好冷静冷静。

结果这一静，一直持续到午饭时间。

赵慕予和苏糊在登记月考成绩，三个临时的饭搭子也早和初中同学约好，尤霓霓只能独自来到食堂。

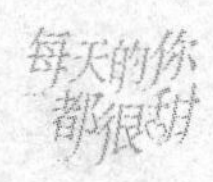

由于初中部和高中部同在一个校区，所以三中的食堂相对较大，分A、B楼，总共四层。

尽管如此，座位还是供不应求。而当代中学生对待“吃”这件事又决不让步。因此，每天中午的食堂都犹如田径队选拔现场。

在时间和速度全不占优势的情况下，尤霓霓保守选择B食堂的二楼，刚打好饭，正准备找座位，忽然看见昨天的混混三人组，吓得她赶紧掉头。

谁知这一转身，手里的餐盘又被人端走。

光天化日强抢民女餐盘？

摊着空空如也的双手，尤霓霓看清了“劫匪”的脸。

只见“劫匪”丛涵表情严肃，如同谍战片里的地下组织工作者，神秘道：“小学妹，此地人多眼杂，不宜久留，咱们借一步说话。”

“啊？”

尤霓霓头一次见他这么正经，还以为有什么重要的事，不自觉地跟着走，问道：“怎么了？”

见她一脸担心，丛涵意识到自己演过头，换回正常语气，好好说话：“哦，也没什么，就是带你去见见陈淮望，你不是急着找他吗？”

尤霓霓立马停下脚步，脸上带着客气的笑容，拒绝道：“谢谢学长，不过我不急着找他了。”说完，她伸长手，想要拿回自己的餐盘。

丛涵一听，叹了口气，以一副迫不得已的样子，说出实情：“好吧，其实是陈淮望担心那三个垃圾找你麻烦，所以特意让我过来找你。”

陈淮望会这么好心？

不可否认，尤霓霓听见这话的当下，确实有点动摇，可最终还是不相信道：“你别骗我了。”

丛涵捂着胸口，受伤道：“哇，小学妹，你这么说可真是太伤我的心了。不信你回头看看，他们是不是正在找你。”

半信半疑的人转过脑袋，正好和他们对上视线，而后三人突然激动，互相推搡着朝她冲来，就像小狗看见骨头。

这下她终于相信，拼命拉着丛涵的衣袖，示意他快走。

三个混混一头雾水。

怎么回事？他们不过是想和她道个歉而已，她跑这么快干什么？这让他们拿什么和陈淮望交差？

尤霓霓还不知道自己又被小小忽悠了一把，一路跟着丛涵走到靠窗的角落，看见了陈淮望和李寂。

和其他区域比起来，这里安静许多。

陈淮望坐在阳光中，身后的梧桐树充当背景，散发出浓浓的秋日气息，连带着他整个人也沾染上一些，骨子里的凛冽似乎被削弱不少。

可惜，上午那通电话给尤霓霓带来的坏心情尚未散去。

就算刚才他又帮了她一把，她也不打算主动开口。

陈淮望也没说话，只盯着丛涵的手臂看。

上面还搭着一只小小的手，紧紧抓着他的衣袖。

丛涵第一个感受到这道视线，急忙借着放餐盘的由头，和尤霓霓拉开距离，顺便帮她拉开餐椅，率先出声，打破沉默。

“坐，小学妹。”

尤霓霓回过神，应了声，在丛涵对面坐下，后知后觉地发现，比起被那三个人“追杀”，和陈淮望一起吃饭好像也并没有好到哪里去。

幸好在场的都是明眼人。

两人坐下后，为了缓和气氛，丛涵指着身边人聊胜于无的餐盘，告状道：“小学妹，你看看他多大的人了，还这么挑食，是不是连小学生都比不上！”

本来尤霓霓一点都不关心陈淮望的事，但看在丛涵的面子上，还是勉为其难地看了眼。

然后，她沉默着收回视线，重新盯着自己种类繁多，分量感人的餐盘，瞬间觉得自己像头猪。

作为养生小能手，她第一次看见这么挑食的人，本能地想和他好好说这样做的坏处，可最后还是忍住，小声附和道：“对啊，男生怎么可以这么挑食？”

这话一字不落地落进当事人的耳里。

他没抬头，语气冷淡：“性别歧视？”

好吧，好像是有点性别歧视的嫌疑。

尤霓霓自知理亏，只得郁闷地扒两口白米饭。

空气再次变得冷清。

见一手好牌又被打得稀巴烂，丛涵保持微笑，继续开辟新话题，装作不经意地问道：“对了，昨天‘5566’不是双双请你喝茶吗？怎么，又缠着让你参加摄影比赛，为校争光？”

化悲愤为食欲的尤霓霓果然被这话题重新勾起兴趣，暂时把注意力从“吃”上移开。

原来昨天文武把陈淮望叫到办公室是为了这事儿啊，可是——

“摄影比赛？他？”

尤霓霓承认，最后一个字她的确说得带了点个人情绪，但绝对没有看不起陈淮望的意思，她只是很难将他和“摄影”这么文艺的事联系起来。

不过，这反应正是丛涵想要的。他得意道：“是不是很想送他一首《不搭》？”

尤霓霓上当了，小幅度而快速地点点头，而后好奇：“是什么摄影比赛啊？”

“人体艺术。”

尤霓霓完全没料到会是这个答案，葡萄似的圆圆的眼睛瞪得更大了。

虽然她知道不应该用世俗的眼光看待艺术，但当她的脑内不由自主地浮现出相应的画面时，还是情不自禁地发出一声感叹——

“哇……哦。”

这句感叹蕴含了多层含义。

连她看当事人的眼神都变了一变。

陈淮望神色如常，看了眼一唱一和的两人，发现她真的很好骗，低哼道：

“他说什么你都信，自己没长脑子？”

尤霓霓脸一红。

气红的。

她想反驳，又半天憋不出一个字，因为她真的对丛涵说的每句话都深信不疑。

既然没办法反驳，那她只能又扒两口白米饭，堵住自己的嘴。

没有交流，就没有伤害。

见状，李寂好心地提醒道：“小学妹，丛涵的嘴，骗人的鬼，这句话你可得记住啊，免得哪天被卖了都不知道。”

尤霓霓有些无语。

如果没刚才的事，尤霓霓肯定无条件选择相信丛涵，毕竟有一层江舟池的关系在。

可现在，她陷入沉思，觉得李寂说这话或许有他的道理。

而丛涵一听，不乐意了：“好啊，我就是开个玩笑而已，你们就这样合伙离间我和小学妹！等我们舟舟后天回来，看我怎么揭穿你俩的真实面目！”

我们舟舟？

“他后天就回来了？”

久违的称呼激活了尤霓霓体内的兴奋因子。

她分分钟忘记刚才的纠结，囫囵吞下嘴里的食物后，兴奋地确认，眼睛里还泛着喜悦的光影。

丛涵第一次见尤霓霓露出这么明亮的表情，意外道：“你也喜欢舟舟？”

“嗯！”

为了充分到位地表达自己的感情，尤霓霓疯狂地点头，看得人直担心那纤细的脖子。

丛涵看见陈淮望交友成功的希望曙光，暗自琢磨了会儿，改变主意，侧过身子，面朝过道，冲尤霓霓招招手，示意她靠近点，而后低声说道：“那我再给你说一个内部消息啊，你别和其他人说。”

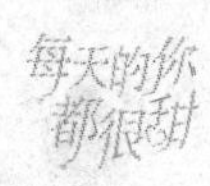

“真真……真的吗？”

尤霓霓不敢相信自己竟然能拥有这种幸福，赶紧自觉地送上耳朵。

在无限期待中，她听丛涵悄悄说道：“其实我就是个烟幕弹，真正和江舟池关系好的人是陈淮望，他俩穿一条开裆裤长大的。”

确定不是在整她吗？

尤霓霓枯了，心情复杂地看了眼斜对面的人，不再说话。

这样的情况一直持续到午餐结束。

回教学楼的路上，丛涵陪尤霓霓走在后面，看她这么难过，又拍着她的肩，安慰了两句。

“你也别这么沮丧啊小学妹，他俩关系好又不影响你追星。不过，我是觉得啊，就算你不喜欢陈淮望这个人，但塑料朋友咱还是可以当的对吧，没必要把关系弄太僵。毕竟他这个人小气吧啦的，万一在舟舟面前诋毁你，那你多冤。”

一语惊醒梦中人。

尤霓霓倒抽一口冷气，忽然觉得自己被命运玩弄于股掌之间，否则为什么总是在她下定决心和陈淮望划清界限的时候，突然冒出来一件事，让她不得不向他低头。

而且，扪心自问，她是那种见风使舵、趋炎附势的人吗？

是吗？

当然不是！

可是，难道她就不能为了哥哥，昧着自己的良心，暂时变成这种人吗？

当然能！

经过一番心理挣扎，尤霓霓握紧拳头，脸上带着赴死前的悲壮，眼神坚定道：“我懂了！”

见她思想觉悟这么高，丛涵备感欣慰，二话不说，拖走李寂，为她制造与陈淮望的独处机会。

尤霓霓心领神会，立马上前几步，走到陈淮望身边。

见他不排斥，她便试探着开口：“今天上午你是因为刚睡醒才心情不好的吧？对不起啊，我不知道你有起床气，还凶了你，是我不对，你喝了这个就别生气了好不好？”说完，她伸长手，将插好吸管的牛奶递到他跟前，顺带附赠一个灿烂的笑。

陈淮望睨了她一眼。

秋天的空气被阳光晒得蓬松柔软，散发着干草的气息，落进她琥珀色的眼睛里，仿佛秋意在她眼底渐浓。

他脚步稍顿，在姑娘期待的眼神中，嗓音平静道：“我们很熟？”

尤霓霓有些无语。

望着他离开的背影，尤霓霓心里苦，但完全接受这个结果。毕竟那句“以后我们还是桥归桥，路归路，王八不认识玉兔”是她亲口说的，那句“见面的时候，谁也不认识谁”也是她亲口说的。

等等！

她怎么说过这么多混账话？

不回想不知道，一回想，尤霓霓吓一跳。这会儿她才清楚地发现，急着撇清关系的是她，急着扯上关系的也是她。

前后态度转变这么大，是个人都该怀疑她的目的不纯了，也难怪陈淮望不接受她的示好。

换成是她，她也肯定不希望得到一个毫不真诚的道歉。

深刻认识到自己的错误后，尤霓霓立刻甩掉脑子里“为了江舟池不得不讨好他”的不良想法，重拾“真心换真心”的做人原则，决定从小事做起，重新取得陈淮望的信任。

比如：

晚上放学，关心一句。

——回家路上要注意安全哦。

睡觉之前，关心一句。

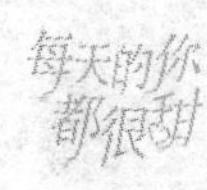

——人是铁，觉是钢，一顿不睡困得慌。别学太晚，早点休息啦。

早上起床，关心一句。

——早上好啊，今天天气不好，记得带雨伞呀。

在学校上课的时候，结合实际情况，再关心一句。

——今天上午路过你教室门口，看你一直趴在桌上睡觉，是不是昨晚没睡好啊？

一整天下来，按照这种程度发这么几条就差不多了。

当然了，以上消息全都毫无例外地石沉大海。但尤霓霓并不失落，因为她至少没被拉黑，就说明还有希望。

结束今日份的关心后，她开始构思明天的关心计划，又见旁边三人正激动地围坐在一起，便好奇地问了一句："你们看什么呢？"

张唯笑把手机往中间挪了一点，邀她一起欣赏："神仙打球！我同学刚才冒着生命危险拍的！"

神仙打球？

尤霓霓狐疑，看了看，见视频里有好几个都是学校里的风云人物，这才明白过来，不是很感兴趣。

正当她想收回视线，却又意外地发现了一道熟悉的身影，立马重新凑过去仔细确认。

也许是远远偷拍的缘故，为了拉近距离，画面被放大无数倍，整个视频毫无画质可言。

不过，这并不妨碍她认出其中的陈淮望。

即使是在激烈的球场上，他的那股子懒散劲儿依然没褪去，游刃有余地传球、投球，手臂肌肉的线条随着动作显现，流畅而自然。

满满的少年气里似乎因此掺杂了一些蓬勃的荷尔蒙。

让人挪不开眼。

只可惜视频很短，只有两三分钟。

于是，视频结束后，意犹未尽的三人又把进度条拉到开头，打算再看一遍。

尤霓霓有些无语。

她坐回原位，想了想，开口道："我能问你们一个问题吗？"

"随便问。"

"这个视频里面，谁最受欢迎？"

话音一落，三个人同时抬头，用一种"这还用问"的眼神看她，异口同声道："当然是陈淮望！"

果然。

尤霓霓不意外这个答案，只是想不明白。

"可是，学校里不是还有很多既长得好看，又品学兼优的男生吗？为什么还有那么多人喜欢他呢，就因为他打架厉害？现在大家都喜欢这种类型的啊？"

她发誓，这次她问得绝对没有夹带个人感情，是真的好奇。

而张唯妙一听，立马按下暂停键，严肃教育道："霓霓，你怎么能踩一捧一呢。喜欢陈淮望肯定当然不只是因为这个原因，而且，打架厉害的是混混，算不上大佬。"

"有区别？"

"当然有！混混通常都是些脑子还没开窍的青钩子娃娃，一天到晚不尊重老师同学，只知道装酷打架，被一群傻子叫哥就真以为自己是新时代龙日一，实际顶多算个虫日一。"

这倒是实话。

"那大佬呢？"

"上得了考场，下得了球场，打得过混混，揍得过流氓。"

尤霓霓皱着眉，咬着吸管，喝了口奶。虽然这个牛吹得有点夸张，但听张唯妙这么一说，她稍微可以理解了。

毕竟和那些成天不学无术的人比起来，陈淮望身上的闪光点太多了，受欢迎也是应该的。

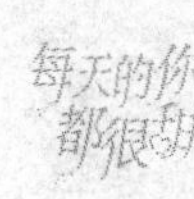

尤霓霓绝望了，哭丧着脸，无力地趴在桌上。两只手像薅枯草似的，狂

盘自个儿脑袋，不知道应该怎样还清这笔巨债。

还在辩论的两人被这动静打断，分别和方遥雨对看一眼，而后拍拍她的肩。

“霓霓，你没事吧？”

闻言，尤霓霓停下动作，顶着金毛狮王的同款发型，生无可恋道：“本人已死，有事烧纸。”

当陈淮望收到那条结合实际情况的关心时，正上完体育课回来。

刚踏进教室，丛涵便一眼看见他桌上放着的青柠味饮料，嚷嚷道：“怎么回事，居然连我突然想喝脉动这事儿也能感应到！什么时候去买的啊？”

说完，他率先走过去，拿起饮料，正准备一口气喝它个半瓶，却发现下面还压了一张便利贴。

一看，字不认识，落款处画的乌龟更不认识。

唯一传递出的信息是，这瓶水不是陈淮望专程买来孝敬他的，而是别人送的。

既然如此，丛涵没理由再喝，只能痛心疾首道：“看看，你的爱慕者已经公然来教室送礼物了！再这样下去，必将严重影响班级秩序！希望你能好好反省一下！”

陈淮望没理他，拉开椅子坐下。

和往常一样，就算被无视，丛涵也不走，就站在一旁，打算等他把饮料扔进垃圾桶的时候，逮住他，再教育一次，以此扳回一局。

遗憾的是，这次他失策了。

因为陈淮望从他手里拿回饮料后，不仅没扔，反而撕下贴在课桌上的便利贴，靠着椅背，很有耐心地看了起来。

对此，丛涵很是意外，还以为他终于知道珍惜女生的心意了，随后又想到另一种可能性。

这个可能性让他瞬间扬眉吐气，一屁股坐在课桌上，得意扬扬道：“小

学妹送你的吧？这次我可是帮了你一个大忙啊。”

闻言，陈淮望没抬头，长腿一伸，一脚踢在桌腿上。

力度不轻，整张课桌一下失衡，从涵差点摔倒，还没缓过神，又听他警告道：“以后少逗她。”

从涵见陈淮望还在看那张便利贴，果断选择离开这块伤心地，留他一个人慢慢欣赏。

但其实上面也就只有短短一句话，写着——

不在状态？来瓶脉动吧！^^

字迹很陌生，最后的表情倒是很眼熟。

双眼弯弯的样子几乎和某人讨好的假笑一模一样。

也许是想到尤霓霓写下这话时的样子，陈淮望嗤笑，而后随手翻开一本书，将不足手掌大的单薄纸张夹在里面。

像是保护，又像是把它藏了起来。

Chapter · 05

她可爱得让人忍不住想要揉揉她毛绒绒的脑袋。

托国庆的福，放假前的最后一天，高三的苦孩子们终于享受了一次和学弟学妹们一起放学的待遇。

晚上九点，学校大门口热闹得像过年，道路两旁的公交站台却略显冷清。

公交车迟迟不来。

丛涵靠在广告牌上，打完一局游戏，活动了一下身子，瞥见一道熟悉人影后，伸懒腰的手顺势打了下身边的人，示意道：“那是小学妹吧，怎么垂头丧气的？”

闻言，陈淮望抬头。

只见被行道树簇拥着的街道上，同学们三五成群，勾肩搭背，嬉笑打闹着，似乎打算从今晚开始预热狂欢，唯有尤霓霓一人，既没同伴，也不见兴奋。

她背着书包，深深埋着脑袋，独自走在人群里，和周围的环境有些格格不入，反倒和这秋夜有几分相配，同样落寞又孤单。

平时连头发丝儿都透出无限活力的人，不应该这样没精打采才对呀。

陈淮望眉头微皱。

而一向想象力无用武之地的丛涵见状，立刻为眼前的画面打造出一个合情合理的故事背景。

“该不会还在烦你的事吧？哎，你说说你，人家小学妹都不计前嫌，决定重新和你做朋友了，你还给人家脸色看，真是身在福中不知福。我劝你最好别作了。要是这次再把小学妹气走，你看我还帮不帮你！”

说完，他决定亲自将尤霓霓从这孤零零的境地里解救出来，热情地呼唤道：“小学妹！”

尤霓霓确实正在为了如何给陈淮望道歉的事伤脑筋，她想得入神，以至于丛涵喊了好几声才听见，连忙回过神，抬头望去。

两道熟悉的身影跃入眼帘。

其中一道是丛涵，不用多说；至于另一道身影，尤霓霓想多说，又不知道应该从何说起。

尽管她可以没皮没脸地在微信上不停地给陈淮望发消息，但还没做好和他面对面交流的准备。无奈顶着丛涵期待的目光，她又没办法转身离开，只能先硬着头皮过去。

谁知就在离他们只剩几步的时候，陈淮望突然转身，朝站台后面的行道树走去。

见状，尤霓霓以为他不愿意见自己，步伐变得犹豫。

丛涵大约猜到她停下的原因，主动走过去，说道：“你别想太多啊小学妹，他就是去接个电话，没别的意思。”

尤霓霓讷讷地“嗯”了声，可心情并没有好转。因为她觉得丛涵多半是在安慰她，又或者是因为，丛涵还不知道，其实陈淮望有充分的理由不理她。

这么一想，她的头埋得更低了，无力地耷拉着肩膀，像只做错事被惩罚的小宠物。

丛涵想起了皮卡，可怜得他都想摸摸她的脑袋，安慰安慰她了。

当然了，他只是想想。

如果真要付诸行动，他可能得先去淘宝买一副假肢回来。

既然行动上不能安慰她，丛涵换个大众方法，挑了一个毫无压力的话题，问道：“对了，说起来，这么久了我还不知道你名字呢。你叫什么？”

尤霓霓知道他的好意，但一时没心情说话，直接把兜里的胸牌递过去。

丛涵接过来一看，夸张地后退两步，一脸震惊道：“你就是尤霓霓？”

嗯？

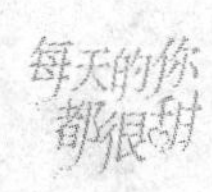

尤霓霓被他“久仰大名”的语气惊到，终于抬头看他，反问道：“你听过我的名字？”

“整层三楼都听过吧。”

原来是这个意义上的“听过”。

尤霓霓更低落了，不知道自己应该为了“迟到大王”的称号感到自豪还是丢脸。

幸好这时一束车灯从不远处照过来。

她抻长脖子看了看，见是自己等的车，打算和丛涵挥手告别，却见他冲还在打电话的人喊了一声“车来了”。

这一喊，尤霓霓忽地想起上次牵错手的事，进而意识到她和陈淮望坐的是同一辆公交车。

她下意识地收回刚迈出去的脚。

脑子里的两个小人儿又开始为了要不要坐这趟车大打出手了。

在它俩打出输赢之前，她又听丛涵拜托道：“小学妹，要是你待会儿在小北街站之后下车的话，能不能帮我提醒提醒陈淮望？那小子一上车就听歌睡觉，十次有九次都坐过站。”

“啊？”

居然还和她在同一个站下车？

对于这个请求，尤霓霓有点犹豫，觉得自己可能没办法胜任这么艰巨的任务。

可丛涵见她面露难色，还以为她不愿意，又补了一句：“不愿意也没关系，就让他坐过站。”

不行！这种将功赎罪的机会，她怎么可以放弃！

尤霓霓连忙甩开那些顾虑，一口答应下来：“不！我愿意！非常愿意！”

陈淮望过来的时候，正好听见这句回答，就算不了解前因后果，也知道丛涵又在逗她。他冷着脸，从后面一巴掌兜头拍去。

毫无心理准备的丛涵被打得往前一个趔趄，整个人直接撞向广告牌。站

稳后，他对着那道已经上车的背影骂了句。

尤霓霓不知道这背后还隐藏着另外一段故事，以为是自己拖累了丛涵，一边歉疚地回头看他，一边朝即将关门的公交车跑去。

等察觉了她的视线，丛涵迅速换上慈眉善目的表情，微笑着和她挥手，目送公交车离去。

这个时间点的公交车上基本空空荡荡，除了司机师傅，只零零散散地坐着三四个乘客。

在这样安静的环境下，空气仿佛都有了重量。

匆忙跳上车后，尤霓霓下意识放轻动作，见陈淮望径直走向后面，想了想，没有跟上去。

反正只要下车的时候过去提醒他就行，现在就不过去招人烦了。

于是，尤霓霓在前面随便找了一个位置坐下，抱着书包，百无聊赖地望着一成不变的街景发呆，睡意渐渐找上门来。

就在上下眼皮正要相亲相爱之际，她猛地想起自己还肩负着一项神圣的使命，瞬间清醒，拍拍脸颊，努力睁大眼睛。

与此同时，肩上一沉。

拍脸的动作一顿，尤霓霓立刻扭头看了看。

只见旁边的座位上不知什么时候坐了位大哥，睡得昏天黑地的，还时不时发出几道鼾声，脑袋还耷拉在自己肩膀上了。

明明还有那么多空座，怎么偏偏就选了她旁边呢？

看他睡得这么香，尤霓霓不知道怎么叫醒他，只能默默地往里挪了挪屁股，尽可能地拉开距离。

可惜，空间有限。

就算她整个人贴在窗户上，那颗脑袋依然不动如山，仿佛长在了她的肩膀上。

算了，生活不易，就让这个大哥靠靠吧。

心累的人放弃挣扎，打算继续醒神，视野里却突然多出一只手，拎起放

在她腿上的书包，而后握住她的手腕，把她拉了起来。

嗯？

尤霓霓一时没反应过来，那个大哥更没反应过来，没了支撑，他身子往旁边一歪，差点一头撞在座椅上。

这下大哥被彻底吓醒，赶紧坐直身子，又发现眼前笼罩着一团黑影，抬头一看，这才注意到身边还站着一人，穿着校服，可身上透出的气息又不像学生，至少不像好学生。

见对方一副还没睡醒的样子，陈淮望有些不耐烦，语气微冷，但还算客气，道："麻烦让让。"

大哥确实没怎么睡醒，听完这话，反应过来是里面的小姑娘要出来，连忙站起来。

而尤霓霓正处于持续"蒙圈"状态。

她被陈淮望前后不一的态度弄晕，现在完全摸不着头脑。直到被他扣着手腕，走到后排的座位上坐下，她才从揣摩他心思的想法中回过神。

手腕上似乎还残留着他的力度，尤霓霓轻轻地揉了揉，说和他了声"谢谢"。

然后，空气又安静了。

气氛好像还不如她和那大哥待一块儿呢。

尤霓霓有罪在身，不敢再轻易开口，只能转过脑袋，透过车窗上映着的影子，看身边的人。

然而窗外的世界一片昏黄，车厢里的光线也不算明亮，二者重叠在一起，连带着陈淮望的脸也变得模糊不清，看不出个什么名堂来。

看着看着，她整个人又不知不觉放空了。

等眼睛重新聚焦的时候，正好和陈淮望的视线在车窗上交汇。

空气好像更安静了。

尤霓霓心里不禁有些感慨。

虽然他俩之前相处的时候，没有哪一次可以用"愉悦融洽"之类的词汇

来形容，但也绝对没有像现在这样尴尬过。

尽管这种尴尬很有可能只属于她这种做贼心虚的人。

反正尤霓霓没做好心理准备，默默地转回脑袋，单方面切断这场对视。下一秒她又觉得逃避不是办法，问题总归要解决。

最后，在说不说话都难受的情况下，她还是选择了说话。毕竟绝望总在努力后。充分地自我鼓励一番后，她双手握拳，甩掉消极的念头，终于小心翼翼地开口："你想要睡觉吗？要不要借你靠靠？"

陈淮望扫了一眼她那一捏就能碎的肩膀，没有说话。

第一颗试探的小石头就这样有去无回。

这让尤霓霓意识到，这些花里胡哨的花招可能对他没用。

于是，她立马端正自己的态度，组织了一下语言，决定实打实地认错。

"你还在生我的气吗？

"对不起，那天和你打电话的时候，是我不对。我不应该在接受了你的帮助后，不但不知道感恩，反而还过河拆桥。你不想理我也没关系，反正都是我自找的。"

为了避免勇气告急，尤霓霓一鼓作气，把之前犯的错全都一口气说出来，态度很是诚恳，听上去就像是真的已经深刻地认识到了自己的错误，让人没理由不再原谅她。

不过，原谅的前提是，她说这话的时候没有带着明确的目的或是讨好的意味。

显然，现在并不属于这种情况。

陈淮望表情未变，看着她，眼底没有一丝波澜，平静地提醒着她一件事："我好像和你说过，利用人渣没有好下场。"

"我知道呀。"

尤霓霓回答得满不在乎，和第一次急得跳脚的情形比起来，成熟了许多。

这一次，她毫不退缩，直直地回望着陈淮望，嗓音轻柔，却也坚定，认真地回道："可是，你又不是人渣。"

空荡荡的车厢再次陷入沉寂。

陈淮望盯着她那双明亮澄澈的眼眸，没有说话。

因为这句回答成功取悦了他。

成功到就算知道这只是她带有目的的讨好，他也乐意被骗的地步。

说实话，这种被人轻易操控情绪的感觉很糟糕。

然而尤霓霓并不知道他的这份心情，只知道自己迟迟没得到他的回应，还以为这个方法也失败了，一时备受打击。

毕竟她对刚才无懈可击的回答充满信心，哪儿知道最后还是难逃石沉大海的命运。

可是，这次的问题又出在哪里呢？

尤霓霓拿出压箱底的钻研精神，开始好好研究琢磨，样子看上去比对待数学难题还认真。

只可惜这份认真没能感动老天爷，公交车抢在她想出确切的答案之前，停靠在站台前。车上仅剩的两个乘客依次下车后，新鲜的空气赶来帮忙，却也没能冲淡横亘在他俩之间的沉默。

见状，尤霓霓不禁有些沮丧，心想：丛涵的提点没用上，自己的努力没回应，这会儿连句“再见”都没有办法好好说。

这一天大概也就只有这样遗憾收场了吧。

她独自往家走去，准备节后再战。可是没一会儿，她又意外发现自己和陈淮望始终隔着一道影子的距离，连忙看了看周围环境，确定自己没走错路。

那就只剩下一种可能性。

他俩住在同一方向。

得出这个结论后，尤霓霓不知道自己是应该保持沉默，还是应该把握住这最后的时间，上前再和陈淮望好好说说。

既然暂时无法做出决定，那她只好先继续低头跟在他的后面。

这一次，她走得没刚才那么安静了，一步比一步跨得大，只为了踩陈淮望的影子。

她踩着踩着，忽然间，影子不动了。

尤霓霓也不动了，意识到是前面的人停了下来后，吓得赶紧从影子上面跳开，默默缩在一旁，以不变应万变。

谁知那道影子也久久地安静着，如同嵌在水泥地上，覆在上面的树影倒是晃得欢快。

又僵持了数秒后，她率先败下阵来，主动地承认错误：“对不起，我不是故意踩……”

话没说完，便被陈淮望没有情绪的嗓音打断。

“过来。”

闻言，尤霓霓不解地抬头，又听他说道：“不是要利用我吗？”

利用？

尤霓霓忽略了这句话本身的意义，耳朵里只容得下这一个关键词，这才想起自己刚才只顾着解释人渣，竟然不小心漏掉了这个重点。

她瞬间被点醒，之前苦想无果的问题也终于找到答案。

原来他不高兴就是因为这个啊。

可是，归根结底，还是因为他压根儿不相信她是真心想和他道歉，所以才会出现这种怀疑吧。

这让尤霓霓有点受伤，但也知道这怪不得别人，谁让她有前科，没信誉呢。

在各种办法都无果的情况下，她觉得自己的态度或许应该强硬点，于是站着没动，非常严肃地澄清道：“我没有想过要利用你。”

这是真心话。

因为尤霓霓已经想通了，如今她不求能从陈淮望那儿打听出江舟池的什么消息，更不求和他做普通朋友，只求他们之间可以回到那通电话以前，至少不会像现在一样，关系尴尬又莫名。

说完，她又想起什么，补充了一句：“不对，一开始听说你和我哥哥认识的时候，我确实想过为了他和你搞好关系。但我现在知道了，你是你，他是他，你们是两个独立的个体。

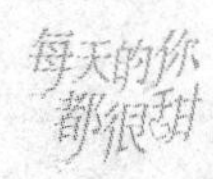

“而且，哥哥他不喜欢在公开场合讲私事，就是为了避免别人打扰他的朋友。如果我还这么做的话，根本不配做他的粉丝。”

对于曾经有过的不良想法，她毫不避讳，一脸坦荡荡地讲了出来，只不过语气听上去略微委屈。

而这种委屈又和上次在走廊上刻意演出来的截然不同，不太明显，却又让人无法忽视，像是一泓清泉，无声无息地冲走最后一点负面情绪。

陈淮望不再为难尤霓霓，甚至连她三句话不离江舟池的事都不想计较了。

他低声缓缓回道：“嗯，我知道了。”

原本尤霓霓已经做好了打持久战的准备，听见这简短回答的当下，一时没反应过来。

等反应过来，明白这句回答代表什么意思后，她又有点怀疑。

她不相信道：“你不生我的气了？”

“嗯。”

“真的？”

“嗯。”

经过反复地确认，尤霓霓终于相信了。

话音落下的瞬间，消失已久的光亮也重新回到她的眼睛里。

她噔噔噔跑到陈淮望的跟前，仰头看他，终于不再畏畏缩缩，而是拿出以往面对他的气势，哼道：“就和你说我们祖国的花朵从不说谎！你还一直不肯信我！现在知道错了吧！”

得寸进尺的劲儿又冒了出来。

不过比起之前的小心翼翼，确实还是这样张牙舞爪的她来得可爱，可爱得让人忍不住想要揉揉她毛茸茸的脑袋或是捏捏她肉肉的脸颊。

还好陈淮望不是人。

他忍住了。

短暂的沉默后，陈淮望双手插兜，继续往前走，没把这番挑衅当回事儿，只平淡地回了句：“讨好完就翻脸不认人也是你们祖国的花朵的特点吗？”

这熟悉的嘲讽语气是怎么回事？

她是不是又主动给他提供了一个新的攻击点？

尤霓霓怒己不争，皱了皱鼻子，不服气地反驳道：“我才没讨好你，我是真的想对你好一点。”

对自己好一点？

街道两侧的路灯并不明亮，陈淮望的眼底却似有微光晃动，也不知道是因为心情愉悦，还是觉得这话听上去像笑话。

他扯着嘴角，反问道：“这次不怕和我扯上关系了？”

哪壶不开提哪壶。

尽管接下来的回答有打脸的嫌疑，但尤霓霓还是重重地点点头，如实地回道：“不怕了。”

其实，与其说是害怕和陈淮望扯上关系，倒不如说是不愿意和她讨厌的人扯上关系。

可现在不一样了。

现在她不讨厌陈淮望，也没人再捆绑他俩了。

陈淮望听尤霓霓回答得干脆，侧头看了她一眼，比起最后的答案，似乎更在意中间的过程。

他问道：“原因呢？”

原因？

尤霓霓没想到他会问得这么深入，幸好答案正好就是她一直想说的话，不至于乱了阵脚。

虽然之前过河拆桥是她不对，可她也不是无缘无故提出那种要求。

既然他这会儿要问个清楚明白，那她就奉陪到底，让他好好认识到他之前有多过分！

于是尤霓霓一一列出他的罪状。

“之前害怕被误会还不是因为你既嫌我废话多，又嫌我长得矮，还总是莫名其妙地针对我！换成是你，难道你会愿意和一个这样对你的人扯上关系吗？”

陈淮望没说话，像在思考着什么。

尤霓霓果断当他是默认了，一下子底气更足，振振有词道：“看吧看吧，你也不愿意啊，所以怎么能怪我撇清关系呢？”

谁知这番铿锵有力的质问却换来一记响亮的打脸声。

因为下一秒，她便听陈淮望不紧不慢道：“愿意。”

“嗯？”

“我现在不正和说我是扫把星、乌龟王八蛋的人扯上关系吗？”

尤霓霓难得在他面前占一次上风，被这么一说，又瞬间没了底气。

她再次理亏，但不愿意认输，便继续把责任归到他的身上：“说你是扫把星也是因为你先说我，我从来不会主动惹事！望周知！”

闻言，陈淮望不接话了。不知想到什么，他轻笑了声。

这样幼稚又没营养的对话，他有多久没说过了？

大概已经久得他都快记不清了吧。

真是托她的福。

尤霓霓背着双手，歪头看他，敏锐地捕捉到他的笑，立马抓住机会，强行宣布结果：“笑了就代表认同我刚才说的话哦，所以整件事还是你错得多。不接受反驳。”

这话说得让人就算想反驳，也没有反驳的余地。

幸好陈淮望也没什么反驳的欲望，“嗯”了声，任由她在身边吵吵闹闹。

又陪她走了一段距离后，他停下脚步，示意道：“进去吧。”

尤霓霓还沉浸在胜利的喜悦里，一听这话，回头看了看，这才发现不知不觉已经走到了自家小区门口，于是和他挥了挥手，最后再在口头上赢了一次。

“路上注意安全哦，别把路人吓到了。开学见。”

说完，她潇洒地转身离开，留给还站在原地的人一个神气的背影。

不过这份神气只持续到尤霓霓回到家门口，当她把钥匙插进锁孔，突然

停下动作，觉得不对劲。

陈淮望怎么知道她住在这里？

不管是长假短假还是普通周末，只要是放假，尤霓霓都会放开了玩，等到最后一刻再来写作业。

美其名曰为了给自己制造紧迫感，这样有利于提高学习效率。

实际上嘛，就是一个字——懒。

总之，美好的假期，从追星看剧开始。

国庆第一天，尤霓霓和往常一样，早早起床，吃完早饭，洗头洗澡，再换上精心挑选的衣服，最后坐在书桌前，虔诚地等待。

江舟池主演的电视剧《寒鸦》将在今天上午十点放出片花。

这是他首次担任电视剧的主演，本就意义不同，再加上又是海军题材，导致所有粉丝从官宣那天起便开始嗷嗷叫，迫不及待地想要看他穿上军装的样子。

当然，比起那些苦等将近一年的老粉来说，尤霓霓现在等的这一两个小时根本不算什么。

对此，她第一次为自己这么晚喜欢上江舟池感到庆幸，结果很快又因为这种心理受到惩罚。

就在十分钟倒计时之际，房门突然被人推开。

程慈站在门口，说道："霓霓，蒋阿姨给我们带了点东西，放在门卫室，你出去拿一下吧。妈妈在帮爸爸换药，腾不出手。"

蒋阿姨是家里以前的保姆，去年因为个人原因辞职，但和他们家一直保持着联系，每次从老家回来，都会拿一些正宗的老母鸡和土鸡蛋给他们。

说完，程慈又想起家里没酱油了，补充道："对了，记得再去超市买瓶酱油。"

"哦……好。"

虽然回答得很敷衍，但这话尤霓霓还是听进去了。下一秒，她便从椅子

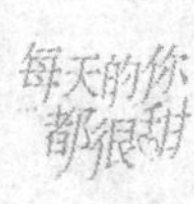

上起身，往外走去，就是眼睛全程没从手机上离开过。

于是，经过门口的时候，程慈以极其正当的理由没收了她的手机，叮嘱道：“路上别玩手机，回来再看。”

手机之于追星人，正如鹊桥之于牛郎织女。

没了和哥哥相见的渠道，尤霓霓终于抬头，可怜道：“妈妈……”

“叫爸爸都没用。快去吧，乖。”程慈把钱揣进她的兜里，又对她的手机说道，“来，和姐姐说再见。”

尤霓霓被迫和自己的手机告别，恋恋不舍地踏上没有它的征程。

原本她打算买完酱油就闪人，可一进超市，又被让人眼花缭乱的零食勾走了魂儿。

最后，她的身体脱离大脑的控制，推着购物车，开始横扫货架，却在选购饼干的时候遇上难题。

因为她最爱的那个牌子的饼干被放在了货架最上面。

放弃是不可能放弃的。

尤霓霓左看右看，没见着售货员，只好自食其力，踮起脚，伸长手，非常努力地试着够了够。

结果手脚都快抽筋了，她也没够着，倒是上衣随着动作往上一缩，露出一截细腰。

她累了，正想换个其他法子，视野里突然出现一只手，手腕瘦削，手指修长，冷白皮肤下的血管明显。

莫名眼熟。

但尤霓霓没多想，只羡慕地盯着那只手，眼睁睁地看着它轻而易举地拿下她想要的饼干，并扔进她的购物车里。

扔进……她的购物车？

“随时随地都能偶遇熟人”大概是小城市的专属福利了。

反应过来手的主人是谁后，尤霓霓立马转身，先是被一股清冽的气味扑了满鼻，而后眼前一黑。

陈淮望从她旁边走了过去，没有要和她闲聊的意思，似乎帮她只是顺手的事。

尤霓霓连忙推着购物车追上去。

昨晚一别，她还以为得等到开学才会见到他，没想到居然在这儿撞上了。她意外道："你怎么在这儿，来买东西？"

对于这种废话，陈淮望向来无视或是说一个明显错误的答案——

"路过。"

好吧，是她问了一个没有营养的问题。

见他头发凌乱，耷拉着眼皮，看上去像是没太睡醒，尤霓霓猜他可能是因为起床气还没消，所以不想说话，于是不再打扰他。

"那你慢慢逛哦，我先走了。"说完，她往另一块零食区走去，还陈淮望一个清静的空间。

谁知没走两步，她又遇见一熟人。

她单方面熟悉的那种。

因为对方不是别人，正是她必须时刻提防着的危险人物——肖骞。

看见他的当下，尤霓霓吓得差点弃车而逃，随后又想起这里不是学校，这才松了口气。为了保险起见，她决定等对方走远了再出去，这会儿先躲在货架后，观察对方的动向。

只见肖骞站在货架另一端，正在选泡面，长得倒是干干净净，只是脸上总是没什么表情，再加上剃了个板寸，以至于看上去很不好惹的样子。

而这种不好惹又和陈淮望给人的感觉不同。

肖骞明显张扬许多，但至少在一定程度上提醒了旁人，所以算不上坏事；不像陈淮望，看似懒散没个正形，实际上更可怕，等你察觉到危险的时候，往往已经晚了。

等等，陈淮望？

尤霓霓怔住，猛地想起上次在梧桐林里，王新好像对他说了句"连骞哥都不敢见"？

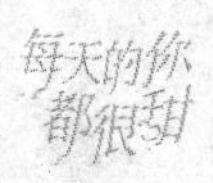

他俩以前该不会有什么过节儿吧？

那待会儿他们要是不小心撞上，会打起来吗？

不好的猜测让尤霓霓刚放下的心又悬了起来，她赶紧抻长脖子，四处寻找陈淮望的身影。发现他正在朝靠近肖骞的方向走后，她立马推着购物车，以最快的速度冲过去，赶在最后关头将人拦了下来。

陈淮望脚步一顿，对于尤霓霓的突然出现没有多说什么，只是看着她，似乎在等她给一个解释。

可是，尤霓霓能有什么解释，总不可能说怕他被揍吧。

那多伤他自尊。

想了想，她还是决定重操旧业，张口胡说道："你东西买完了吗？要是不赶时间的话，我带你去个地方吧。那儿卖的糖炒板栗可好吃了。"

这话听上去像是在询问意见，实际上并没有给人选择的权利，甚至没等话说完，她便拉着陈淮望的衣袖，想把他拖到远离肖骞的安全地带。

可惜她没有拖动。

陈淮望似乎察觉到了什么。

他站在原地，目光微抬，往她刚才跑来的方向一扫，发现一道许久未见的身影后，猜到了她想要隐瞒什么，嘴角一勾。

尤霓霓还不知道陈淮望已经看见肖骞，只知道身后的人不肯走，于是回头看了看，不料他竟毫不闪躲地望向敌人所在的区域。

真是撑死胆大的，饿死胆小的！

她急忙抬起手，手动隔断他的视线，却又被拉了下来。

陈淮望的脸重新映入她的眼帘，找不到一丝慌乱，反而挂着一点不甚明显的笑，嗓音极淡地说道："怕什么。"

……看见了？

尤霓霓猜他知道了，便不再藏着掖着，直接道："怎么不怕！难道你打得过他？"

见她脸上写满担心，比当事人还要紧张着急，似乎生怕他出什么事，从

来没有打过一次败仗的大魔王忽然改变主意。

他想了想，难得谦虚：“打不过。”

“那就别问什么怕不怕！好好听我的话！”

尤霓霓丝毫没有怀疑这个回答的真实性。

毕竟她只知道肖骞曾经做过哪些荒唐事，却对陈淮望在打架这件事上的战绩一无所知。

在这样的对比下，她肯定认为肖骞更厉害。

既然陈淮望不愿意逃跑，尤霓霓只能把他拉到对方的视线死角，重新提议道：“在这儿等一会儿总行吧，肖骞应该马上就要下楼结账了。”

这次陈淮望没再和她反着来。

尤霓霓紧绷的神经终于放松，正好这时面前经过一群女生，交谈声转移了她的注意力。

“你们看《寒鸦》的片花了吗？真是绝了！”

“早看了！我家崽崽怎么能这么性感！是想在线取我这个‘老母亲’的命吗！”

“呜呜呜……儿子长大了，以后亲妈粉谁愿意谁当去，反正从今天开始。我正式成为女友粉！”

尤霓霓听哭了，这才想起自家哥哥的片花还在家里等着。

没有哥哥看，她只好退而求其次，对身边人说道：“我哥哥明天就回来了吧？”

陈淮望“嗯”了声，低头看她，反问道：“怎么，想蹲机场？”

“当然不是！我就是顺口问问。还有，你别误会啊，我不是想利用你打听我哥哥的消息。因为总有一天，我会亲口告诉他！我有多喜欢他！”

也许是上次的事给尤霓霓留下太深的心理阴影，导致她现在每次在陈淮望面前提江舟池，都会附带一句解释，殊不知当事人早就不在乎了。

对于她爱的宣誓，陈淮望不予置评，只和她拉开一定距离，而后拿出手机，对着她。

尤霓霓不明所以，条件反射地上前捂住摄像头，问道：“干吗突然拍我？”

“教你怎么利用我。”

这是什么套路？

尤霓霓不解，又听他说道：“说吧，你有多喜欢他。”

揣摩出这话背后的意思后，她有点不敢相信。

不会吧。

他这是要给她录视频，然后拿给她哥哥看？

“你没整我？”

“你觉得呢。”

嗯，听这语气，确实不像是整人。

面对陈淮望百年难得一见的好心，尤霓霓完全没有拒绝的理由。可环顾四周后，她又担心道：“在这里录会不会显得过于随意啊？而且我现在……”

陈淮望抬眸，视线从手机屏幕移到她的身上，低沉地开口：“一。”

死亡倒数完美扼杀矫情。

尤霓霓迅速调整好状态和表情，开始了长达一分钟的真情告白。最后，画面定格在她真诚而又恰到好处的笑容上。

等陈淮望按下录制结束键后，她才收起笑脸，紧张地问道：“录好了？”

“嗯。”

“我看看！”

尤霓霓迫不及待地跑过去，踮起脚看他手机，又嫌这样太累，干脆抓住他的手腕，往下一拉，直接拉到自己跟前。

动作和调整床头的懒人手机支架如出一辙。

陈淮望并不在意，只是一直盯着被她抓着的手腕。

姑娘的体温像是能透过薄薄的皮肤渗进他的血管里，明明温度偏低，却能唤醒身体里的冲动。

脑子里忽地闪过刚才看见的那一寸肌肤。

尤霓霓没有察觉，确认视频没问题后，松开了手，后知后觉地好奇道：

“不过，你和我哥哥的关系真的比他和丛涵学长还要好吗？”

陈淮望神色微敛，一如既往地简洁道：“假的。”

云淡风气的语气，却在不经意间击碎了一颗少女的心。

尤霓霓的表情瞬间凝固，好半天她才回过神，严重怀疑他是在开玩笑，生气道：“那你让我录那个视频干什么！”

陈淮望眉梢一挑，没有丝毫歉意，回答得理所当然：“看你到底有多好骗。”

糟糕，是想打人的感觉。

尤霓霓深呼吸了一口气，而后微笑着，从购物车里缓缓拿起一根法棍，咬牙切齿道：“陈淮望！我！要！杀！了！你！”

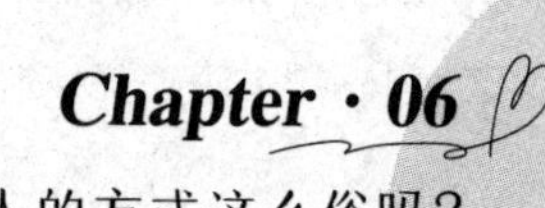

Chapter · 06

大小姐，你谢人的方式这么俗吗？

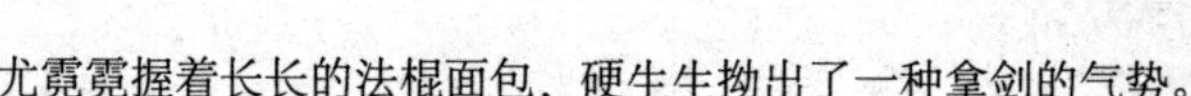

尤霓霓握着长长的法棍面包，硬生生拗出了一种拿剑的气势。

当然了，她这么做仅仅是为了宣泄一时的愤怒，绝对不可能真的打陈淮望，要不然多浪费食物啊。

浪费食物是可耻的。

不过，说话不算话好像也是可耻的。

当她气势磅礴地吼完那句狠话后，站在她身后的一个小朋友图好玩儿，趁旁边的父母没注意，猛地推了一把她的购物车。而购物车又一屁股撞上她，撞得她往前趔趄。

最后，她手里的法棍直奔陈淮望，并撞到了他。

空气静止。

弄巧成拙的人僵在原地，盯着差点酿成大错的法棍，灵魂出窍，一动不敢动。

“对不起，我错了。”

尤霓霓积极犯错，也积极认错。一回过神，她立马收回该死的法棍，往膝盖上一磕，“啪”的一声，一分为二，而后捧着罪魁祸首的“尸体”，诚恳道歉：“它也错了。”

陈淮望懒懒地看她，没说话，似乎不接受也不拒绝这份道歉。

尤霓霓有点心虚，为了逃避责任，机智地想到了肖骞，果断走出去，往敌区打探了一下。

见敌人已经消失，她又走回来，没有感情地通知道：“肖骞下楼了，我们走吧。”接着，头也不回地推着购物车，独自往前。

她极力装作若无其事的样子，无奈沮丧的背影早就完全暴露出她想撞墙的念头。

陈淮望微微一哂，安静地跟在她的身后，见好就收，否则兔子又得咬人了。

最后，说好的买瓶酱油变成买了一大口袋有的没的。

虽然重量有点超标，但尤霓霓拒绝了陈淮望的帮助，双手环抱着购物袋，坚强地把它抱在胸前，走出超市。

临别前，她又突然想起昨晚的事，转身问道：“对了，你怎么知道我家在哪儿？”

鼓鼓的购物袋几乎把她的脸挡完，陈淮望只看得见她的眼睛，像是一对琉璃珠。

干净剔透，没有杂质，好似让一切情绪无所遁形。

他移开目光，想也没想，随便回道：“猜的。”

“哼，你以为我还会相信你的鬼话吗？”

陈淮望还是随便“嗯”了声。

尤霓霓不知道他是随便说的，见他这么有自信，反倒愣了下，追问道：“为什么我还会相信？”

为什么？

这次陈淮望倒是认真地思忖了片刻，而后给出答案：“因为你傻？”

尤霓霓正想给他一点颜色看看，台阶下却突然传来一道女声：“祖宗，等你半天了，快上车吧。”

尤霓霓循声望去。

只见不远处停着一辆黑色越野车，驾驶座上坐着一个女人，看上去三十岁出头的样子，戴着墨镜，手搭在车窗外，正在朝他们所在的方向看。

她不认识对方，那这话很明显是冲着陈淮望喊的。

见状，她心想女人应该是他的亲戚，于是不再占用他的时间，说了句“拜拜”后，自觉退场。

陈淮望也没说什么，只盯着她的背影看了一会儿，确定她一个人抱那么多东西也没问题后，这才迈步朝台阶下走去。

一坐上车，耳根子又吵了起来。

简章收回还望着尤霓霓的视线，感兴趣道：“哟，几周没见，你就变化这么大。不光交了小女朋友，还终于有耐心陪人逛超市了？”

对于这番打趣，陈淮望没有正面回应，但知道礼尚往来，回道：“你变化也挺大。”

刚剪了新发型的人听得很高兴，撩了撩头发，自信道：“是吗？说说看，变得更怎么样了？”

“话更多了。”

“你看看你，怎么和你小姨说话呢！这么不可爱，小心你女朋友迟早受不了你这坏脾气，和你闹分手！”

陈淮望置若罔闻，看了眼右后视镜，一句话结束聊天：“交警来了。”

简章连忙发动车子。

晚上，尤霓霓和赵慕予、苏糊约好了一起吃饭。去的时候，她俩已经到了，看见她后，连忙和她挥手示意。

等尤霓霓一坐下，苏糊捏了捏她的脸，关心道：“霓霓，你这两天是不是瘦了啊？”

“嗯？有吗？”

尤霓霓也捏了捏，发现手感还是那么肉肉的，合理猜测出现这种视觉误差的原因：“可能是今天看了我哥的新剧预告，使我整个人容光焕发吧！”

闻言，赵慕予没看她，反而对苏糊说道：“你听见谁又在放‘彩虹屁’了吗？”

尤霓霓有些无语。

苏糊揉了揉奓毛的人，又问道：“不过，你最近是不是又有什么事瞒着

我们？”

“啊？”

虽然她们三个人的教室同在一层楼，但毕竟不可能随时去对方的班级串门，再加上每天还有那么多的学习任务，导致三个人平时见面的时间并不多，顶多就是中午吃饭的时候聊会儿。

因此，这样的假期约饭便成了大家了解彼此近况的重要渠道。

然而说是各自分享各自最近发生的事，可赵慕予和苏糊的生活似乎总是平淡无奇，以至于每次聚会到最后都会莫名其妙变成尤霓霓的单独发言。

今天也不例外。

被两道堪比审讯室强光灯的目光死盯着，谁顶得住啊？

尤霓霓举手投降，退一步：“好吧，我说。不过等点完菜吧，要不然老板看我们一直聊天，怕是要让我们给外面排队的人让位了。”

这个提议还算合理，两个人没有异议，点头同意。

几分钟后，服务员拿走勾画好的菜单。

接下来就是尤霓霓的时间了。

在正式说事之前，她又郑重地申明道：“我必须先说一下，待会儿我要说的事可能会引起极度不适，但是你们千万别担心，我真的没事儿！”

“嗯，说吧。”

尤霓霓喝了口水，终于开口，和她俩简单说了说梧桐林的事，更简单地说了说和陈淮望之间各种莫名其妙的事。

两人听完后，果然是苏糊的反应最大。

原本她指的是陈淮望的事，却没想到误打误撞套出尤霓霓被欺负的事，略微责备道：“这么大的事，你怎么现在才和我们说呢！”

这个反应在尤霓霓的预料之内。

她拍了拍苏糊的手背，安抚道：“反正我也没事呀，和你们说还反倒害你们替我担心。而且他们被文武抓过一次，肯定会收敛一些。”

“那他们后来还来找过你吗？”

“没了，就上周六在食堂碰见了一次。哇，你不知道，当时他们一看见我就朝我扑来，吓死人了！还好丛涵学长在，帮我逃过一劫。”

尤霓霓尽量让自己的语气听上去轻松一些，赵慕予却抓住另一个重点，问道：“你和陈淮望又是怎么回事？”

“我和陈淮望？什么怎么回事，没怎么回事吧。就……就我刚才说的那样啊。”

在她们面前，尤霓霓没必要隐瞒，如实地回答：“顶多比陌生人的关系好那么一丢丢吧。就是平时在路上遇见会打个招呼，有话聊就聊，没话聊就各走各的那种。”

话音一落，服务员正好开始上菜。

尤霓霓的视线便不由得追随服务员的手，眼巴巴地盯着对方端来一道又一道菜。

经过这一番逼问，她更饿了，想尽快结束上个话题吃饭，于是主动地问道：“你们还有什么想问的吗？没有的话，我们就开动了吧？”

闻言，赵慕予和苏糊互看一眼，见她这样，心想她应该是确实没事了，暂时放下心来。

不过，苏糊还是不放心地叮嘱了一句：“这次就算了，但是以后再发生这种事，不管你有没有事，都必须第一时间告诉我们，知道吗？”

“知道！”

终于送走上一个话题，尤霓霓迫不及待地举起豆奶，说着“祝奶词”：“让我们举杯欢庆国庆吧！不开心的事就别带上桌了！”

看在她傻得可怜的份上，赵慕予难得配合她，举起杯子和她碰了碰。

好在就像尤霓霓说的那样，不开心的事在吃饭前都聊完了，吃饭期间只剩下开心的事，三个人聊的都是些轻松的话题。

唯一的插曲出现在饭吃到一半的时候。

餐厅里来了几个外国人。

苏糊一看，忽然想起什么，问道：“对了霓霓，最近怎么没听你提起你的竹马？他国庆节不来找你玩吗？”

“路程？不知道来不来。之前 Aimee（艾米）为了让他专心学习，没收了他的手机，电脑也不让他碰，我和他已经差不多……”尤霓霓咬着吸管，想了想，“差不多半个月没联系了吧。”

Aimee 是路程的妈妈，瑞士人，和程慈有着深厚的友谊，所以连取中文名也跟着她姓，叫程眉。

苏糊一听，感叹道：“我还以为外国人在教育上很自由的呢。”

要说起尤霓霓的这个竹马，不光长得好看，性格阳光，人还特别绅士。

这样的人在学校里受欢迎是妥妥的，虽然他从来不收女生的礼物，但拒绝的时候总会顾虑到对方的感受。既清楚明确地表达自己的想法，又不至于伤害到她们。

比起那些只会糟蹋女生心意或是吊着她们的男生不知道好多少倍。

你说，这样一个“别人家的孩子”放在一群不太成熟的男生堆里，女生不喜欢他喜欢谁？

反正尤霓霓从小到大见过太多女生为路程争风吃醋的大场面，甚至有几次还差点牵连到她，因为经常有不明所以的群众误以为她是他的女朋友。

这些悲惨的经历想起来都是泪，她干脆不想了，反问道：“怎么了，你想见他？”

“没有没有，我就是看见那几个外国人，顺口问一问。”

闻言，尤霓霓也扭头看了看，“哦”了声，托着脸颊，突然惆怅：“不过听你这么一说，我倒是有点想路程了。”

“想他就去 C 市找他啊。”

凡事都很直接的赵慕予给出一个非常直接的回答，却被尤霓霓拒绝：“不行！”

“哪里不行？”

“他会以为我是在这里被人欺负了，找他诉苦呢。”

“那不挺好吗？你正好可以和他说说被欺负的事，让他来桐市，好好收

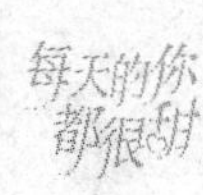

拾他们一顿。”

尤霓霓看着赵慕予，脸上写着“你太天真了”，不开心道：“别做梦了，他才不会帮我呢，只会更大声地嘲笑我！”

赵慕予和苏糊一同沉默，又一同举起豆奶，同情地敬她一杯。

尤霓霓收下她俩的同情，正准备一口干了，包里的手机却接连振动，发出微信提示音。

在这种非常时期，尤霓霓第一反应还以为是方遥雨又给她发江舟池的最新动态了，赶紧放下豆奶，拿出手机。

可是等看清消息栏上显示的微信名后，她又有点心情复杂。

怎么是陈淮望？

居然是陈淮望！

他这是终于找到了微信的正确打开方式了吗？

尤霓霓非常意外，点开消息看了看。

内容很简单，就是几张照片，拍的则是她之前在网上买的那些谢礼，在杂货铺里堆成了一座小山。

皮卡还蹲在一旁，像是亲自见证这些礼物。

她看得不禁笑出声。

不过，给她发这个是什么意思？夸她做得好？

尤霓霓不解，正想回复，聊天界面上又跳出一句话。

chen：我的呢？

他的什么？谢礼？

时间拉回到上午。

当车子平稳地行驶在马路上的时候，车厢里的气氛终于恢复正常。

所谓的正常，就是没人说话。

简章专心安静地开车，准备去她母亲，也就是陈淮望的外婆家。

老人家独自住下乡下，之前有老伴儿陪着还好，可前些年老伴儿因病去

世，现在就剩她一个。家里人怕她孤单，也怕她没人照顾，好几次都想把她接到城里来，结果每次没住几天，她就吵着要回去。

在乡下生活了大半辈子的人不适应城市也很正常。

既然如此，大伙儿不好再勉强，只能任她在乡下住着，反正只要她住得舒服住得高兴就好。

只是老人家也不全然讨厌城市。

比如，刚才那家超市里的糕点房做的糕点就深得她心，她每次来城里准会买一大包回去，于是大家回乡下看她，也会带上一大包。

本来简章都忘了这事儿，还是开车开到一半，无意间瞥见陈淮望手里的东西才想起，恍然大悟道："原来你去超市是为了给你外婆买这个啊。"

却得到一个否定的回答。

"不是。"

"那是为了什么？"

"陪'小女朋友'逛超市。"

要不是看在他学习要用脑的份上，简章真想一巴掌拍上去，这会儿只能忍下这口气："待会儿看见你妈，看我怎么告你的状！"

这次他们回乡下，除了看望老人家，还为了看望简筠。

陈淮望的母亲，简章的亲姐姐。

当然，比起"看望"，或许用"扫墓"更加合适一些，因为她前年已经去世。

这个话题并不是什么禁忌，陈淮望神色如常，看了眼她那蠢蠢欲动的手，难得懂事："你还是直接打我吧，我怕你忍不了那么久。"

简章忍不了也得忍。

老人家一直坐在院子里等着，一听汽车的声音，走出去看了看。

见两人终于来了，她赶紧迎上去，笑容满面地拉着从副驾驶座下来的人，乐呵道："我的乖外孙来了啊，快让外婆看看长高没有。"

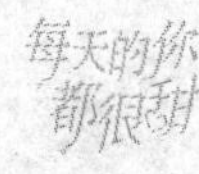

简章正往后备厢走，听见这话，忍不住破坏了一下气氛："你上个月不

是才看过他吗？哪能那么快又长高啊。”

张秀英没理她，继续和自家乖外孙说话，可下一秒又看见简章正不停地从车上拿各种大大小小的口袋下来。

老人家果断地给了她后背一巴掌，骂道：“上次买的东西还没吃完，怎么又买这么多，钱多找不到地方花是吧！”

“妈！”

简章痛得大叫了一声，撇清关系：“我怎么可能舍得给你花这么多钱，只有姐姐才会对你这么大方好不好，这些都是我帮她买给你的！”

“你就欺负你姐姐不能反驳你吧！”

这话简章没法接了，把东西全腾进屋里后，一边扔下一句“我们去给姐姐扫墓了”，一边示意陈淮望快走。

张秀英正在给他们倒水，一听，想让他们歇会儿再去，结果出来一看，早没了影。

简章知道自家姐姐爱干净，也相信这一点不会随着她的去世而改变，所以几乎每隔半年都会回来一次，擦擦墓碑，除除草，保持它的整洁。

只是今天的路不太好走，因为前几天刚下过几场雨。

他们比往常多花了二十分钟才走上去。

还没来得及喘气，简章又一眼看见墓碑前的鲜花，也没多想，奇怪道：“谁来看过你妈了？”

刚说完，她又“哦”了声，好像想到了答案，下意识地看陈淮望，却见他没反应，还是该做什么做什么。

见状，简章叹了口气，心想他这样还不如生气发火或是直接把那束花扔了。

可惜这些话她没办法直说，只能硬生生地岔开话题：“好了，我不打扰你了，你也赶紧和你妈好好说说最近在新学校过得怎么样，免得我老梦见她。”末了，强调道，“别忘了交代她未来儿媳妇的事，她肯定很感兴趣。”

却被他毫不客气地拆穿——

“难道不是你感兴趣？”

看来刚才的事没有影响他。

简章放心了，开始研究哪里有低价回收外甥的，倒贴钱也行！她今天必须把这个人卖了！

不过，这次真不能怪陈淮望，毕竟他本来就不是话多的类型，更做不出在墓碑前讲心里话的事。

因此，最后的母子倾诉变成姐妹倾诉。

简章一边整理杂草，一边絮絮叨叨说个不停。

等他们不慌不忙地打扫完，从山上下来的时候，张秀英已经准备好晚饭。见两人回来，她赶紧给他们打好洗手的热水，忙活完，又开始张罗吃饭。

吃完已经快七点。

原本陈淮望打算帮着收拾，却被老人家赶出厨房，只留下简章，似乎为了顺便催她结婚的事。

遭到嫌弃的人只好独自来到院子外，坐在树下的藤椅上吹风。

临近七点的天渐渐暗下来，远处的天幕开始呈现出幽邃的深蓝色，近处的一只土狗正追着一只土鸡，自由地奔跑在还未完全成熟的稻田间。

在土狗第三次差点成功的时候，陈淮望收到了李寂发来的微信。

关于尤霓霓的。

几张照片配几句话。

寂寞是你哥：你看看，这小学妹太“豪”了吧，全是送给皮卡的，说是为了谢谢它上次在梧桐林出手相救。

寂寞是你哥：但是这真的多得过分了，我家铺子都快变成宠物狗用品专卖店了，用到皮卡当爷爷都用不完，干脆当成它的传家宝得了。

和李寂的激动比起来，陈淮望不算意外，反倒想起上次尤霓霓在杂货铺买糖的样子。

确实是她的作风。

于是他把照片转发给姑娘，然后索要属于自己的那一份。

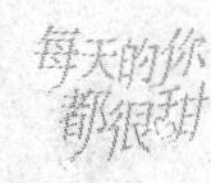

一两分钟后，果不其然，收到一条气鼓鼓的回复。

小熊肥霓：哇，你这个人能不能要点脸！也不知道当时是谁说的，来梧桐林只是为了看我利用人渣的下场，现在居然还好意思和皮卡比？为什么不送你东西，难道你心里没点儿数？

意料中的反应处理起来不算麻烦，陈淮望轻松应对。

chen：你不是觉得我说的都是鬼话吗？

小熊肥霓：那些话又不是鬼话！是你的真心话！

chen：谁说的？

还能这样？

尤霓霓愣住，再次被他的无耻刷新下限，没想到他为了区区一个礼物，居然不惜承认自己说的是鬼话。

既然他都这样说了，还能怎么办？

她只能认栽，直接给陈淮望发了一个红包，金额“666”。

小熊肥霓：可以了吧！

她以为这样足以堵上他的嘴，不料对方不但没有收下，还又发来一条消息。

chen：大小姐，你谢人的方式这么俗吗？

尤霓霓完全可以想象陈淮望打下这句话时的神情，一定又是吊着嘴角，眉梢带着点嘲讽。她被激起斗志，噼里啪啦开始反击。

小熊肥霓：哪里俗了，这就是最好的方式啊！

小熊肥霓：与其买一个你可能不会喜欢的礼物，还不如直接这样呢。喜欢什么就自己去买，不是你好我好大家好吗？

小熊肥霓：还有，我不是大！小！姐！

回复的期间，尤霓霓隐约察觉赵慕予和苏糊看她的眼神有点奇怪，知道再说下去，又得和她俩好好解释一顿，而她短期内不想再解释任何事了。

于是，也不等陈淮望的回复，她直接单方面地结束聊天。

小熊肥霓：我要吃饭了，拜拜！

盯着不停跳出消息的手机屏幕，陈淮望轻轻一挑眉，却不像尤霓霓想象的那样带着嘲讽，反倒蕴着一点笑意，被浅浅的月光映得有些失真。

看完最后一句话后，他放下手机，视线重新投向稻田。

正如远处持续上演的鸡飞狗跳，其实乡间的夜晚并不安静，旷野里秋声夺人，周遭的虫鸣如同一阵阵浪潮，不间断地拍打过来。

明明很吵，内心却奇迹般的一片宁静。

陈淮望便坐着享受这份难得的安宁。

不知过了多久，简章从屋里走了出来。

准确地说，应该是逃了出来，因为她嘴里还在说个不停，像是求饶似的。

“妈，我知道了，真的知道了。好了，时间不早了，我们该走了。你的宝贝外孙还得回去学习呢，你就别送了啊。”说完，果断把陈淮望当挡箭牌，推了出去，“快，和外婆说再见去。”

这一招果然转移了老人家的注意力。

张秀英一听，又拉着陈淮望的手，开始翻来覆去地说那几句叮嘱，让他平时一个人住一定要好好照顾自己，学习别太辛苦，有不开心的事也要和人说，别憋在心里。

这番话在最近一两年出现的频率越来越高，每一次见面张秀英准会说上四五遍，但每一次陈淮望都像第一次听，听得很认真，没有丝毫不耐烦。

越是这样，张秀英反而越是担心，可也找不到其他法子。

她只好作罢，重新对简章说道：“以后工作忙就别老往我这儿跑了。反正一回来就只知道气我，还不如不回来，省得我烦。行了，走吧，路上注意安全。”

捧着被亲妈击碎的女儿心，简章上车了。

和来时一样，车里的氛围很正常，可又很快被一道电话铃声打破。

是丛涵打来的。

接通后，一道吵吵闹闹的声音立马传来：“喂，你回来没有啊？晚上有空来一趟台球室，有正事要说。”

“没空。”

“陈淮望！你别忘了是谁帮你和小学妹重归于好的！要是你执意对我不仁，那就休怪我对你不义！”

嗓门大得隔着手机都能听见，引得简章侧头看了看。

等陈淮望挂了电话，她问道：“又是丛涵那小子吧？这么多年了，他怎么一点儿没变，还和小时候一样，被你欺负得死死的？不过说真的，你们五个人的友谊能……”

说到一半，话音戛然而止。

简章拍了下自个儿脑门，不知道今天中了什么邪，老是说错话。

她立马闭嘴，又瞄了眼身边的人，发现他的反应和之前在山上一样，脸色没变化，好像压根儿没听见她说的话。

尽管不知道他是不是真的没有听见，还是故意装作没有听见。

反正不管是哪一种，刚才那个话题都没法聊了，简章及时打住，另外问道：“送你回哪儿？”

闻言，陈淮望收回望着窗外的视线，想了想。

“台球室。”

丛涵所谓的正事就是和他们商量如何迎接明晚回家的江舟池，而商量的结果是，第二天中午，尤霓霓接到了丛涵的电话。

见来电显示是一个陌生的本地号码，在接和不接之间，她犹豫了几秒，最后还是接通了。

刚“喂”了一声，那头立马传来一道熟悉得不能再熟悉的声音。

“小学妹啊，是我，丛涵。是这样的，舟舟机票改签，估计差不多下午就能到，所以想问问你，晚上要不要和我们一起吃个饭啊？”

尤霓霓一听，愣住。

传说中的走后门居然在她身上真实地发生了？

原本接到丛涵的电话，她已经够意外了。等第二句话一出，她整个人直

接像烟花一样炸了，心脏忽地剧烈跳动起来。

咚咚咚的，仿佛下一秒就会一个不小心从喉咙里蹦出来。

她惊讶得甚至忘了呼吸，花了好一会儿才从这个激动人心的消息里稍微缓过来，不可置信地确认：“真真……真的吗？我真的可以去吗？”

“当然可以啊。”

一听这回答，尤霓霓更激动了。她拼命控制住尖叫的欲望，想也没想，刚打算一口答应下来，却又在最后一刻找回理智。

不对。

她只不过是江舟池众多粉丝里最不起眼、最无作为的一个，怎么能够因为和他朋友认识，就这样心安理得地走后门，打扰他的私生活呢？

实在是太不应该了！

在自我反省中，被兴奋冲昏头脑的人逐渐清醒过来，心情如同搭乘了云霄列车，升到最高点再急速往下降。

等心情慢慢趋于平静后，她忍痛拒绝了这个提议。

“我还是别去了。这是他和你们的聚会，有不认识的人在场，他一定会很不自在。”

末了，她又郑重地感谢道：“不过非常谢谢你邀请我！其实我压根儿没想过能和他一起吃饭，只希望在学校的时候，可以远远地看他一眼就好。所以你们好好吃吧，不用管我。”

闻言，丛涵有些意外，再次认证她的粉丝身份，心想也只有真正的粉丝才会想得这么周到。

没办法，他只好放大招：“可是舟舟说他很想见你啊。”

这一次，尤霓霓很清醒，连一个标点都没有信，回答得毫不犹豫：“你别骗我了。”

她知道自己绝对不可能在江舟池那儿拥有姓名，更别提什么想不想见了，因此不再上当。

可是三番五次被她质疑的丛涵有话要说。

“小学妹，我怎么觉得咱俩之间已经没了最基本的信任呢？你是不是听信了哪个小人的谗言，不相信我了啊？李寂还是陈淮望？”

“没……没啊。”

被看穿心思的人莫名心虚。

其实是有的，但最主要还是因为——

“我只是觉得江舟池都不知道我这个人，怎么可能想见我？”

“怎么不可能！你好歹以‘疯狂想认识陈淮望的小学妹’的身份活动过一段时间，作为陈淮望的朋友，他肯定知道这事儿啊。既然知道了，那肯定会对你感兴趣啊，毕竟怎么着也算是前无古人后无来者。”

她就知道！

就算天上掉馅饼，砸到她的那块也是馊的！

然而是馊的也没关系！

既然哥哥都说想见她了，她还有什么理由拒绝，上刀山下火海也要去！

虽然事情的真相和她想象中的有一定差距，但了解清楚了事情的始末后，尤霓霓不再怀疑丛涵刚才说的那话，立刻抛开之前的顾虑，同意道：“我去！”

丛涵被她气势陡增的回答吓了一跳，又听她问道：“那你是过一会儿再把时间地点发给我吗？”

“哪用得着这么麻烦。到时候陈淮望五点钟会去你家附近接你，反正你俩住得近，该使唤就得使唤，别客气。”

“啊？”

短暂的怔忡后，尤霓霓回过神，说了句“好”，只不过听上去显然没有之前那么情绪高涨。

倒不是因为她不喜欢这个安排，就是有点没想到。

当然，这种无关紧要的小细节和即将见到江舟池这件大事比起来，根本不算什么。

到时候就算是殡仪车来接她，她都坐！

挂断电话后，尤霓霓重新激动起来，打开微信，在三人群里宣布这个好消息。

小熊肥霓：朋友们！今天晚上我要和哥哥吃饭了！你们有什么要和我说的吗？

苏糊糊：？？？

小熊肥霓：不用怀疑你的眼睛！是真的！我尤霓霓马上要和江舟池一起吃饭了！

苏糊糊：真的吗？恭喜你啊！是丛涵帮你牵的线？

小熊肥霓：对啊！真是一个神仙学长，TAT 爱了！

小熊肥霓：木鱼呢！怎么不恭喜我？出来挨打！ @赵赵赵

赵赵赵：[菜刀][菜刀][菜刀]

小熊肥霓：……

尤霓霓回了一个暴打的表情包，放下手机，做正事。

下午五点，接到陈淮望电话的时候，她已经提前朝约好的那条马路走。

一见手机亮起，她立马接起来："喂喂喂？你出门啦？我现在在……啊！我看到你了！"

前所未有的活泼语气很有画面感，陈淮望完全可以想象尤霓霓现在是如何的激动。

听到最后一句话后，他抬头看了看四周。隔着来来往往的行人，一眼发现了尤霓霓，正踮着脚和他挥手示意，看上去像是精心打扮了一番。

一向懒得打理的短发被扎成两个可爱的小鬏鬏，耳边还别了枚小发夹，再配上同色系的裙子，整个人文静不少，仿佛秋天所有的温柔全都降落在她的身上。

陈淮望眸光微闪。

电话那头的姑娘没有察觉，生怕自己被人群淹没，不光使劲儿挥手，还时不时蹦两下，确认道："你看见我了吗？"

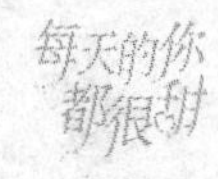

红灯正好跳转。

陈淮望收回视线，应了声，迈步朝对面走去，可脚步还没落到斑马线上，忽地停住。

马路对面，还在和他挥手的姑娘突然被一个年轻的男生抱住了。

尤霓霓更是没料到这个突发状况，还在和陈淮望挥舞的右手也停在半空中。

纵观她十六年的规矩人生，被人这样当街抱住的事，除了在她小时候发生过，长大以后好像还是头一次，因此她的第一反应是遇上疯子了。

可鼻尖萦绕着的熟悉气味又很快让她否定了这个想法。

而后，她的脑子里冒出另外一个可能性。

尽管理智告诉她，这个可能性成真的概率很小，但尤霓霓还是抬头确认了一下。

等看清来者的脸后，她的表情以肉眼可见的速度从惊讶过渡到惊喜。最后，她抬手捏了捏那张许久未见的脸，难以相信道："你怎么来了？"

手里真实的触感向她证明着，她没有做梦。

几乎不可能的可能竟然真的发生了，这让尤霓霓持续处于兴奋状态，拍着他的手臂，不停地哇哇叫，一个问题接一个。

"你是不是又长高了！"

路程没和她客气，回道："你是不是一点儿没长？"

热情稍微被打击到，但她还是继续说："你的脸是不是又瘦了？"

"你的脸还是那么肥。"

会不会说话！

说起来，路程算是尤霓霓人生中出现的第一个高颜值选手。

虽然有一半的瑞士血统，然而他的脸上找不到太过明显的混血痕迹，就是单纯的好看，以至于她从小就对着他的这张脸流口水。

长大了好像也没看烦，就算被他惹生气了，只要看到他那张脸，她就瞬间气不起来了。

除了一点，无论什么时候提起，尤霓霓都会生气。

那就是婴儿肥。

明明两个人小时候都是一样肉肉的圆脸，可他不知什么时候开始抽条，如同一棵蓬勃生长的小白杨，婴儿肥没了，五官也逐渐立体显现，慢慢变得轮廓分明。

哪像她，脸颊上的肉一直对她不离不弃，也不知道要为她效劳多久。

被他这么一泼冷水，尤霓霓顿时清醒，一把推开他，却又被拉回来。

路程不逗她玩了，重新抱着她，埋在她的肩上，低声说道：“我好想你啊，你有没有想我？”

也许是家庭教育的缘故，路程从不吝啬表达自己的感情，也不觉得说这些话有多难为情。

所以，除了长得好看，他也是尤霓霓人生里遇见的第一个这么会撒娇的男生。

对于这样的他，她只能哄着，回道：“想啊。昨天我和我同学吃饭的时候还提起你了呢，没想到你今天就出现了。你怎么突然来了啊？”

“想吃牛魔王了。”

尤霓霓有些无语。

牛魔王是桐市本地的一家烤肉店，不管是不是节假日都生意火爆，必须提前预约才吃得上。

说完，路程还补充了一句：“顺便来看看你。”

尤霓霓微笑着，重新一把推开他：“你最好是顺便来看我！”

这次路程没再把她拉回来，笑着揉了揉她的脑袋，又捧着她脸左看右看，发现了一个疑点：“你今天怎么穿得这么人模人样，要出门约会？”

完了，差点忘记正事了！

一听这话，尤霓霓这才猛地想起原本的计划，连忙从路程的身边探出脑袋，望向马路对面。

被她遗忘的人没有离开，仍站在红绿灯旁，表情不明地看着她所在的位置。

她在心底暗叫了一声“糟糕”，这下没时间和路程斗嘴了，赶紧和他确认一件最重要的事：“你什么时候走？”

“吃完烤肉啊。”

“我是说真的！”

“我也是说真的啊，位置我都订好了。”

尤霓霓给了他肚子一拳，又交代道：“你在这儿等我，我马上回来。”

说完，她急忙朝马路对面跑去。

一来到陈淮望的面前，她便双手合十，态度诚恳地和他说明情况，祈求原谅。

“对不起啊，我朋友突然从外地跑来找我，而且晚上就走，所以今晚我可能没法和你们吃饭了。你帮我和哥哥还有丛涵学长他们说一下吧。”

虽然尤霓霓追星追得疯狂，但当追星和现实生活出现冲突的时候，她还是可以理智地做出决定。

比如，就算今晚见不了江舟池，也可以等到开学再见。

可路程不一样。他好不容易来一趟桐市，而下一次的见面还不知道是在什么时候。在这种情况下，她当然选择后者。

闻言，陈淮望的视线从马路对面收回，转而移到她的脸上，只是看着，没有说话。

见状，尤霓霓还以为是自己的解释不够有力，立马竖起手指，再三保证道：“我发誓，我真的不是故意放你们鸽子！我是真的没想到他会来！真的！”

几秒后，陈淮望“嗯”了声，没有多说什么，就这样转身离开。

这是……生气了？

Chapter · 07

你最好赶紧放开我，不然我告你人身攻击。

望着陈淮望离去的背影，尤霓霓莫名感到不安。

这时，路程从马路对面走了过来，跟着她一起看陈淮望的背影，同时问道：“新朋友？怎么没听你提起过？是不是打算背着我乱来？”

三句话里，没一句能听的。

尤霓霓整理好心情，回头，温馨提示道：“你可能不知道，为了你这顿饭，我放弃了和我哥哥同桌共餐的机会。所以你今天最好别惹我生气，要不然等着我的绝交通知书吧。”

看她表情认真，路程识趣地闭上嘴巴。

“走吧。”

既然事情已经发生，尤霓霓只能暂时把爽约的事放一边，先陪路程来到他心心念念的那家烤肉店。

至于其他的，等晚上回去，再好好想想办法吧。

等所有菜上齐，在铁网烤架上发出悦耳的吱吱声时，尤霓霓再次向路程确认道：“你大老远跑来真的只是为了吃顿烤肉？”

她还是有点不相信他刚才说的那个理由，严重怀疑他另有目的。

比如，打着来见她的幌子，偷偷带好朋友出来玩之类的。

路程不知道她的猜想，一听这话，笑了笑，一双桃花眼迷人：“怎么，不是专程为了你来，失望了？好吧，其实我是因为想你想得不得了，所以才来这里，以解相思之苦。”

“才怪！”

尤霓霓懒得搭理他的骚话，继续问正事：“Aimee 知道你来这儿吗？”

“不知道啊，要不然我刚才怎么可能和你说吃完就走。”

“这样吧，你干脆去求烤肉店老板收你为干儿子，让他把独家秘方传给你，省得你以后来吃顿饭都和做贼似的。”

“这你就不懂了。”

路程给她夹了一块烤得正好的牛肉，头头是道地说着歪理：“就是因为有这种做贼的刺激感，这顿饭才会这么香，让人吃了一次还想吃二次。”

尤霓霓踢了他一脚，却被他躲开，又听他问：“不过，你真的不打算告诉我，刚才在马路边和你说话的那人是谁？”

“问那么多干什么，吃你的肉吧。不是专程来这里吃它的吗？”她一边说着，一边给他夹了一块烤得正煳的牛肉。

见她这么明显地回避这个问题，路程放下筷子，好像突然没胃口吃饭了。

他难过道：“以前你什么都和我说，怎么现在有小秘密了？是不是交了新朋友，就不要我了？”

这一次，尤霓霓成功地踢到他，警告道：“好好说话，否则这片烤得最好的土豆归我了。”

嗯，真是一句毫无威胁力的威胁。

路程假装被她吓到，语气恢复正常，看她不愿意，倒也不勉强她什么，重新挑了个话题问。

“之前我给你打电话为什么不接？”

自从尤霓霓搬来桐市，路程每天晚上都会和她打一通电话。就算这段时间手机被没收也保持着这个习惯，因为这种手段对他来说其实没什么用。

上有政策，下有对策。只要他愿意，就能找到对应的解决办法。

然而这一点并不是只有他一人想到了。

因为尤霓霓回道：“Aimee 让我最近别和你联系啊，好让你好好反省反

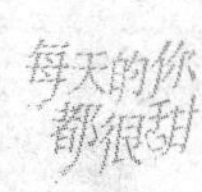

省。”

“你是我的朋友，还是我妈的朋友？”

“你的啊。”

尤霓霓回答得不假思索，这下路程占了理，正打算好好教育她一番，谁知她又话锋一转：“可我也是 Aimee 的女儿啊。百善孝为先，我当然要听她的话。”

这话路程没法反驳，否则显得太不孝，只能扯了扯她头顶的小鬏鬏出气。

尤霓霓没拦着，吃了几口肉，又想起另外一件重要的事，好奇道：“对了，你不是一向宣扬好好学习天天向上吗？怎么最近 Aimee 开始操心你的学习了？”

闻言，路程收回手，叹了口气，像是被一种甜蜜的烦恼困扰着，看着她的眼睛很真诚，说道：“因为最近我养了一只荷兰猪，特别喜欢它，每天只想和它视频，所以无心学习。”

尤霓霓一脸震惊：“什么，荷兰猪？你居然养荷兰猪？你居然养荷兰猪还不和我说？”

“现在不是和你说了吗？”

好吧。

现在再追究这件事也没什么意义，尤霓霓着眼于当下，问道：“有照片吗？我看看。”

路程并不介意和她分享，爽快地拿出手机，屏幕朝向她。

尤霓霓赶紧放下筷子，凑过去，可一看，哪有什么照片，没有亮起的屏幕上只映出她的脸。

她无语道：“你锁都不解给我看什么？看你屏幕有多干净？”

“哦。”

像是被点醒般，路程拿回手机，低头翻了翻相册，很遗憾地通知她：“好像都被我妈删了。”

“算了，我还能指望你什么呢，还是吃你的肉吧。”

路程笑了笑，没再说话。

说是陪他来吃，结果最后尤霓霓吃得最多。

从烤肉店走出去的时候，正好七点。

把她送回去后，路程没有久留，连她家都没去，真的就像他刚才说的那样，吃完这顿饭就回去。

而尤霓霓也有义务替他保密，连程慈都不打算告诉，一到家就躲到房间里，避谈原本应该和江舟池吃饭的事。

只不过有些事情想躲也躲不过。

比如陈淮望。

一想到他下午离去的背影，尤霓霓的心上就仿佛压了一块石头，过意不去。

想了想，她还是给陈淮望发了好几条微信又打了好几通电话，然而直到她洗完澡出来，他也没有回一条微信或是一通电话。

该不会真生她的气了吧？

尤霓霓越想越觉得不对劲，想打电话问问丛涵，手机却在这时突然响起。

又是个陌生的本地号码。

她失望地接了起来，听见陌生的声音说道：“你好，申通快递，请问是‘江舟池的圈外女友’吗？你有个快递到了，是给你放在门卫室，还是你这会儿出来拿？”

失望归失望，快递还是要拿的。

见还不到八点，尤霓霓果断选择亲自去取快递，在睡衣外面套了一件外套，又和程慈说了一声便出门了。

谁知道这一趟还真的来对了。

当她取完快递，刚准备往回走，忽地远远看见一道熟悉的身影，坐在一棵梧桐树下的长椅上。

只见他的面前还站着一个小男孩，正在抽陀螺玩，可惜过程不太顺利。

因为每当他把陀螺放在地上，那个比他大十几岁的大哥哥便仗着腿长，往前一伸，轻轻松松地踢倒他的陀螺。

就这样反反复复几次过后，小男孩的世界坍塌了，他捡起陀螺，哭着回家找妈妈告状去了。

然而罪魁祸首毫无悔意。

旧的不去，新的不来。他又换了一个方向，重新面向另外一群正在玩竹蜻蜓的孩子，似乎准备把魔爪伸向他们。

尤霓霓惊呆了。

在她的印象里，陈淮望绝对不可能做出这么幼稚的行为。

她不禁怀疑自己是不是看错了，稍微走近了一些，试探性地叫了声：“陈淮望？”

有些轻的声音几乎被嘈杂的喧嚣淹没，但是该听见的人还是听见了。

于是随着话音落下，幼稚鬼的动作一顿，而后转过身，仰头看她。

本就明显的下颌线条因为这个动作更加清晰，流畅利落得没有一丝赘余，只在喉结处稍作停顿，莫名流露出几分性感，模糊了少年和青年的界限。

确实是陈淮望。

尤霓霓心头的疑虑消除，放心地走到他的跟前，又发现他的眼睛有点不一样。

比以往亮一些，就像是刚被雨水冲刷过一般。

这些反常的表现通通指向一种可能性。

她皱了皱眉，低头凑到他的肩头，轻轻嗅了嗅，果然隐约闻到一点酒气，不刺鼻，反而和他身上的清冽气息完美融合。

尽管如此，也改变不了他喝醉的事实。

见他不像是能自己回家的样子，尤霓霓打消和他说正事的念头，先给丛涵打电话，想让他来帮帮忙，结果一直没人接。

现在还能求助的人只剩下李寂。

可她没手机号，只好问道：“你的手机呢？”

也许是酒精作用，陈淮望的反应慢了几拍，想了想才回道：“裤兜里。”

“借我用一下吧。”

“自己拿。”

怎么还和她唱上了反调？

尤霓霓知道，和喝醉酒的人是没有办法正常沟通的，因此不跟他争论这些无意义的问题，妥协道：“那你站起来。”

这一次陈淮望倒是听话，乖乖地站起来，还自觉地抬起手，方便她找。

于是尤霓霓两只手分别揣进他的裤兜里，左右开弓，同时开找。然而“被搜身”的人此刻忽然轻叹一声，听上去像是在遗憾什么。

有心事？

尤霓霓停下动作，微微思索，难道是今晚在饭桌上遇见什么不好的事了？或者自己哥哥出了什么事？

正胡思乱想着，那道略微沉哑的嗓音蓦地在头顶响起，打断她的思绪。

而后，只听他缓缓说道：“你怎么这么小？”

“嗯？”

听不太出来是在嫌弃她，还是又在嘲笑她。

尤霓霓板着脸，停下的双手重新搜寻，突然翻脸不认人：“谁小？哪里小？你把话说清楚！”

察觉到她的挣扎后，陈淮望拿手比画着她的身高，又故意瞄了瞄其他地方，继续说实话：“哪儿都小。”

其实在他说出这句话以前，尤霓霓还觉得他喝了酒挺好，至少比平时可爱多了，任人摆布。

结果呢，马上惨遭打脸。

亏她还好心地想要帮他一把呢，一句感谢的话没听见就算了，现在还反倒被他咬一口！

尤霓霓再一次为自己的自作多情流下悔恨的泪水，推不开他，只好去掰他放在自己头上的手，同时警告道："趁我现在还愿意和你好好说话，你最好赶紧放开我，要不然我告你'人身攻击'！"

为了达到震慑人的效果，她故意让自己的语气听上去凶巴巴的，否则他指不定以为她在开玩笑。

可陈淮望一听，眼前却浮现出今天下午尤霓霓和别人开开心心地抱在一起的画面。

对比极其鲜明的，甚至丝毫不加掩饰的区别待遇。

空气冷却。

原本被酒精暂时麻痹的坏心情逐渐复苏，点缀在眼睛里的微光也熄灭。

他的眼底恢复波澜不惊的平静。

就算喝醉了，陈淮望也知道，遭受到这样的"嫌弃"的时候应该怎么做。

因此，他不光放开手，不再缠着尤霓霓，而且还和她拉开一定距离，独自往另一个方向走去。

孤单的背影在充斥着欢声笑语的夜晚显得格外落寞。

做错事的人还委屈上了？

尤霓霓简直哭笑不得，严重怀疑他喝的是具有返老还童功能的酒，要不然怎么又突然间耍起了小孩子脾气呢。

不过，她也是吃饱了没事干，和一个喝醉酒的人计较那么多干什么。

经过一番自我反省，尤霓霓想通了，拿着他的手机追了上去，决定不和他置气。

来到他的身边后，她问道："你能自己回家吗？能的话，我就不打电话叫人来帮你了啊。"

没人回答她。

为了保险起见，尤霓霓改变了主意，不管陈淮望能不能自己回去，都决定找个人来看着他比较好。

于是她先用陈淮望的手指解锁手机，再拉住他的手腕，免得他乱走，不小心被车撞了。

而后，她打开通讯录，找到李寂的名字后，她赶紧拨了一个电话过去。

幸好这一通电话没有再石沉大海。

没等对方开口，尤霓霓便立马说明情况："喂，李寂学长吗？我是尤霓霓，陈淮望喝醉了，在街上耍酒疯呢。你能不能过来一趟，把他带回家？"

"丛涵，你和狗抢什么骨头……小学妹，你等一下啊。"

李寂暂停通话。

他那头似乎也正处于一片混乱当中，传来一阵忽近忽远的鬼哭狼嚎。

大约过了一分钟，他才回来，继续往下说。

"我现在正送丛涵回家呢，赶过去可能需要一点时间，他醉得厉害吗？要不我让江舟池过去？"

"啊？那怎么行！"

听见前半句话的时候，尤霓霓还在想，怎么今天大家都喝醉了？等到后半句话一出，她心里只剩下江舟池了。

她非常严肃地拒绝了这个提议："要是他被人认出来，肯定会引起交通混乱的！"

"哦，也是。"

李寂忙糊涂了，差点忘记这一点，重新提议道："那你现在方便吗？要不然我给你陈淮望家的地址，你先帮我送他回去。等我这边忙完，我再马上赶过来？"

尤霓霓想了想，同意了这个提议。

记下地址后，尤霓霓结束通话，把手机放回陈淮望的裤兜里。等到抬起头时，她发现周围的建筑环境已经变了个样。

再一看，还有点眼熟。

好像……是她家小区？

怎么变成他送她了？

尤霓霓心里一阵奇怪，心想他该不会是担心她在路上遇见什么意外吧。

不过，他都喝醉了，还会担心这种事吗？

她怕自己又自作多情，及时停止这种无谓的猜想，望着陈淮望，半开玩笑地提醒道：“你是不是送我送多了，形成条件反射了？这里不是你回家的路哦。”

然而陈淮望没有解释的打算，反而从她的手里抽回自己的手，似乎准备离开。

见状，她收起笑脸，下意识地反握住他。

陈淮望的脚步因此一顿，垂下的目光落在两人交握的手上。

察觉这一点后，尤霓霓又连忙松开，把手背在身后，好像它做了什么不该做的事。

其实她也不知道自己为什么要挽留他。但既然现在已经这么做了，她也不想浪费，干脆趁着这个机会，问一个在心里憋了一整天的问题。

她组织了一下语言，试探道：“你今天是不是因为我放你鸽子的事，生我的气了？”

陈淮望眉眼微敛，没再保持沉默，而是回道：“没有。”

“真没有？”

尤霓霓朝他走近一步，紧紧盯着他，好像要看穿他的真正想法似的。

被这样一双澄澈干净的眼睛看着，似乎很难说出一些违心的话。

陈淮望避开视线，嘴唇微抿，干脆不说了。

看来是有了。

见他这样，尤霓霓的心里有了定论。

既然找到了问题所在，那就只剩下如何解决了。

尤霓霓不喜欢把矛盾留到明天，于是再一次表明自己的歉意：“我知道今天的事是我不对，而且我也很想和哥哥吃饭啊。可是，我总不能把我朋友一个人扔在那儿吧。”

陈淮望还是没有说话。

道理他都懂，就是不想听。

只想被她哄。

或是当一个不要脸的幼稚鬼。

然而像尤霓霓这样四肢不发达，头脑很简单的小姑娘哪能猜到他这么别扭的心思。

见陈淮望不回答，她以为自己又碰壁了，实在没辙，只能放弃。

“如果你还是生气的话也没关系，毕竟这件事确实是我的错。但是你下次也别再喝这么多酒了，知道吗？”

说完，她深呼吸了一口气，尽量保持平常心，和他道别：“我就不送你了，你回去注意安……”

话还没说完就被另一个声音打断了：“霓霓，这么晚了不回家，还在外面闲晃什么？”

只见小区门口不知什么时候多出一辆黑色轿车，后座车窗降下，露出一张男人的脸。

尽管男人已经不再年轻，可岁月并没有带走他年轻时候的英俊，反而沉淀成另外一种魅力。

要是换作平时，尤霓霓早就跑过去，甜甜地叫“爸爸”了。但眼下这种情况碰见他，只会让她莫名有一种做坏事被抓包的心虚，下意识地往后退了几步，拉开和陈淮望之间的距离。

见状，陈淮望沉默了一息，而后才抬头。

和与尤正柏朝夕相处了十几年还手足无措的尤霓霓比起来，第一次见他的人反倒从容很多，完全不慌乱，甚至直直迎上他审视的目光。

丝毫不闪躲。

倒是有点胆量。

尽管如此，尤正柏还是看陈淮望不顺眼，对尤霓霓说道：“上车，和我回家。”

“哦……”

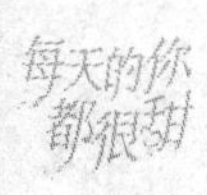

尤霓霓没有底气说“不”，却放心不下陈淮望，只能边走边三步一回头。

其实这个行为并没有掺杂任何男女之情，就是单纯担心而已。但在尤正柏看来，他俩就像是一对被狠心父亲拆散的小情侣，此刻正在依依不舍地告别。

尤正柏冷哼了一声，升上车窗，没有再多看陈淮望一眼，等尤霓霓一上车就让司机开车。

家里的程慈不知道外面的事，见父女俩一起回来，有点意外，又见跟在后面的女儿低着头，浑身散发出“我在反省”的信号，于是问道：“怎么了？出什么事了吗？”

“没事，别担心。”

尤正柏笑着抱了抱程慈，又板着脸，对尤霓霓说道：“别和你妈妈使眼色，乖乖跟我来书房。”

如意算盘被发现的人哭丧着脸，脚步沉重地来到二楼的书房。

关上门后，尤正柏在书桌前坐下，也不废话，直奔主题：“知道你今天错在哪儿吗？”

说实话——

“不知道……”

尤正柏也没生气，告诉她答案：“一，谁让你这么晚去见一个男生的？二，谁让你这么晚还穿成这样去见一个男生的？三……”

在教育女儿这件事上，他们夫妻俩一向管得很松。既不要求她学习成绩有多好，也不要求她以后能有多大作为，最大的愿望是希望她能够开开心心健健康康地长大。

现在看来，必须得定一定规矩了。

可惜，第三点还没说完，正在门外偷听的人突然闯进来。

程慈一脸震惊道：“宝宝你有男朋友了？什么时候的事，怎么没和妈妈说呢！那个男生是你们班上的同学吗？人怎么样，长得好不……”

不正经的问题一字不落地落进尤正柏的耳朵里，他黑着脸：“老婆！”

话音一落，程慈的声音也戛然而止。随后，她看着尤正柏，眼眶泛红：

“你凶我……”

“不是，我没有凶你，我只是……老婆，你别走啊……”

程慈不听他解释，直接转身走出书房。

见状，尤正柏也顾不上教育犯错的人了，立刻追上去，哄老婆去了。

原本尤霓霓还在等着暴风雨来临，没想到这么快就结束，在心底对程慈说了句“妈妈您辛苦了”后，拖着疲惫的身体，回到自己房间，重重地倒在床上，望着天花板发呆。

也许是因为今天发生了太多事，这会儿一个人待着，她忽然生出一种不真实感。

不管是路程大老远从C市跑来找她，还是陈淮望的事，都像是做梦。

哦，说起陈淮望，也不知道他有没有安全到家，会不会又去欺负小朋友了呢。

尤霓霓越想越放心不下，拿出手机，打算问问。但转念一想，她又觉得他还在生气，肯定不会回她的消息和电话。

她只好作罢。

昨天尤霓霓和李寂打电话的时候，丛涵也听见了，知道陈淮望“有难”，连家都不回了，吵着闹着要来看看他，犹如一条脱缰的野狗，拦都拦不住。

没办法，李寂只好带着他一块儿去找陈淮望。

结果到了以后，丛涵连人都没见着，第一件事就是冲去洗手间狂吐，吐完也没出来，而是抱着马桶，一觉睡到天亮。

这些事他本人当然不会记得，所以等他醒来，发现自己正躺在什么地方后，立马从地上跳起来，往卧室走，怒道：“陈淮望，你信不信我告你虐待！我……去，你怎么这么早就醒了？”

通常睡到下午的人正坐在床上，好像在想事情。听见丛涵的吼声后，陈淮望看了他一眼，脸上难得出现茫然的表情，问道：“我昨天喝醉了？”

“不然呢。”

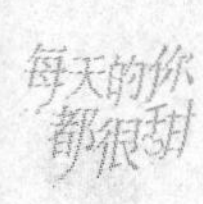

比起丛涵的完全断片，陈淮望好一点，至少脑子里还有一些零零碎碎的片段。

其中最为清晰的一个画面是，尤霓霓拉着他的手腕，走在人来人往的大街上。

然后，是她突然往后退的动作。

一想到这儿，陈淮望的表情又霎时冷了下来。

丛涵看他阴晴不定，也不像是记得事情的样子，果断拿出手机，准备问问李寂是怎么回事。

可一按亮屏幕，上面显示的全是来自尤霓霓的未接来电。他吓了一跳，还以为对方有什么急事，赶紧拨过去，一接通便问道："小学妹，你昨晚打电话找我有什么事吗？"

一听见"小学妹"三个字，陈淮望回过神，重新望向丛涵。

尤霓霓不知道他俩现在正在一块儿，和他简单说了说昨晚的事。

丛涵一听不是什么大事，松了一口气，又问道："不过你昨晚怎么没来吃饭呢。陈淮望那小子又惹你不高兴了？"

"嗯？他昨天没有和你们说原因吗？"

"没啊。"

居然没帮她解释解释？

真是太狠了。

为了挽救自己的形象，尤霓霓赶紧说道："昨天我本来已经出门了，结果半路碰见了我朋友，他从C市过来找我，而且当天晚上就得走。我想着他好不容易来一趟，所以只能放弃和你们吃饭了。"

原来如此。

丛涵敏锐地抓住重点，问道："男性朋友？"

"对啊，怎么了吗？"

"没什么没什么，随便问问。对了，这次没吃着饭你也别难过啊，反正开学以后有的是和舟舟吃饭的机会。"

尤霓霓没听出他的异样，心不在焉地“嗯”了一声，想了想，还是忍不住向他倾诉：“可是，陈淮望好像生我的气了。”

闻言，丛涵乐了，替她抱不平，音量提高，故意道：“我们舟舟都没生气，他有什么资格生气，你又不是专程和他吃饭。别理他，等他气，看能气多久。”

对哦！她又不是和他约会爽约，就算要生气，也不应该是他啊！

纠结了一晚上的人瞬间被这句话点醒，终于想通，不再苦恼。这次她重重地“嗯”了一声，算是认同了丛涵的说法。

达成共识后，双方愉快地挂断电话。

虽然丛涵不知道他俩之间具体发生了什么，但可以肯定一定是陈淮望的问题，于是留给他一个“我就看你能忍多久”的眼神便潇洒离开。

另一边的尤霓霓的生活节奏也恢复正常。

按理说，“长假后必迟到”是她的人生准则之一，她也做好了写检讨的准备，谁知第二天早上，天刚蒙蒙亮便被各种信息提示音吵醒。

她艰难地睁开眼，一看，发现手机已经被各种江舟池返校上课的消息刷爆了。

瞌睡顷刻间灰飞烟灭。

尤霓霓一个鲤鱼打挺，火速起床洗漱，迎着还没升起的太阳，开启人生新篇章。

当她火急火燎地赶到三楼，走廊上并没有出现被堵得水泄不通的状况，唯一的变化是高三（1）班的门口多出很多反复“路过”的路人，只为了能够看一眼江舟池。

可惜前后门都被关上，除非扒在门上，否则什么也看不见。

既然如此，尤霓霓也就没理由再去凑这个热闹了，脚步未留地直奔教室。

通常来说，能在这个时间点出现在学校的学生大致上分为两类：一是家太远的，二是写作业的。但在三中，还有应运而生，极具个人特色的第三类——

追星的。

因此，尤霓霓一踏进教室，便看见方遥雨正站在窗边激情地朗诵《致橡树》，双胞胎姐妹花则是一脸陶醉地跳着《爱的华尔兹》。

画面相当诡异。

她被吓得脚步一顿，一边迟疑着往座位走，一边问道：“你们怎么都疯了？”

闻言，三个人停下正在做的事，一起看向她，同时炫耀道：“因为我们和江学长一起上楼啦！”

江学长？

平时骚话连篇的人居然演起了纯情校园偶像剧？

发疯实锤了。

尤霓霓叹了口气，正感叹着世风日下，下一瞬又突然反应过来，不可置信地叫道：“什么！你们居然和哥哥一起上的楼？”

换言之，他们至少相处了长达半分钟的时间？

在脑子里消化完这个信息后，尤霓霓身上的力气仿佛瞬间被抽空。

她踉跄着倒退几步，而后一下子瘫坐在椅子上，表情呆滞，仿佛失去了全世界。

虽然戏有点过，但三个人非常理解她此刻的心情，拍拍她的肩膀，安慰道：“你也别太难过，反正总能看见哥哥的啊，只是时间早晚的问题。”

怎么能不难过？

错过千年等一回的吃饭机会就算了，结果现在连在第一时间看到他本人的机会也溜走了。

尤霓霓捶了下桌子，怒己不争：“不行！我不允许我自己输在起跑线上！”

谁知话音一落，突然又被方遥雨撞了撞手臂，听她说道：“霓霓，大佬好像在找你欸。”

嗯？

Chapter · 08

他孤单的背影在充斥着欢声笑语的夜晚显得格外落寞。

闻言，尤霓霓的第一反应是，不可能。

虽然和陈淮望认识时间不长，但比起一开始完全不了解他这个人，她现在进步多了，至少对他不再是毫无头绪，而是多多少少摸清了他的一些东西。

就拿国庆节的事来说，别看他平时一副对什么都不太上心的样子，一旦认真了，很难劝动。

所以，还在为了她放鸽子的事生气的人怎么可能来找她？

尤霓霓持怀疑态度，转过身子，顺着方遥雨手指的方向望去。

距离早自习开始还有不到十分钟的时间，班上的同学差不多到齐，为了交各科作业，这会儿正在教室里四处走动，将人的视野切割得支离破碎。

在不完整的画面里，她看见了陈淮望。

他站在教室后门门口，正低着头和最后一排的同学说话，神色如常，看上去确实不像是为了她而来。

亲眼确定后，尤霓霓更加肯定自己之前的想法是对的，正想转回身子。谁知就在这时，门口的人似乎有所察觉，忽然抬头，朝她所在的位置看过来。

她没来得及收回的视线便在半空中和他撞了个正着。

尴尬。

原本尤霓霓还想着应该就是不小心对视了一眼，却见陈淮望下颌微扬，好像是在示意她出来。

居然真的是来找她的？

尤霓霓又被打脸了。

她没有猜到陈淮望来找她的原因，习惯性地在“出去”和“不出去”之间犹豫不决。

其实那天过后，她一直在等着陈淮望消气找她。可直到国庆节结束，他都没有再联系过她。

这让尤霓霓有点不是滋味。

一方面，她认同丛涵的话；另一方面，她又觉得，不管怎么说，陈淮望都算是当事人之一，所以对于她放鸽子的事有权力生气。

只是，没有必要气那么久吧。

被这么一再冷落，说不难过当然是假的，她又不是没有感情的机器人。

犹豫再三，最终，尤霓霓还是选择了出去。哼！她倒要看看陈淮望这次又要找她什么麻烦。

出去的时候，走廊上的人已经比刚才少了很多，只偶尔经过几个真正路过的同学。

在陈淮望面前站定后，尤霓霓也不看他，心想自己这次必须得拿出一点脾气来，便故意撇过脸。

她随便找了一个视线落脚点，语气疏离地问：“找我有什么事吗？”

陈淮望挑了挑眉，头一偏。

察觉到对方似乎企图看她的脸后，她又把脑袋转到另外一边，就是不给他看，自顾自地继续说：“早读马上就要开始了。如果不是什么急事的话，麻烦等到下课再说吧。”

她从不知道掩饰自己的情绪，总是完完全全展示给外人，一看就知道她在闹别扭。

陈淮望隐约猜到了她为什么这样。

他轻扯嘴角，缓缓俯身靠近，大手捏着她的小小下巴，又舍不得太用力，将她不听话的脑袋轻轻扳正，平视着她的眼睛，哼笑道：“阴阳怪气地说给谁听呢。”

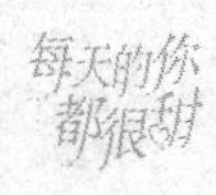

也许是他刻意压低声音的缘故，最后一个字说得带了点鼻音，微微上扬，像是一钩早春的月亮，牢牢地挂在人的心上。

然而还在赌气的人并没有心情欣赏，也暂时没有意识到这个动作有多危险。

她只是望着陈淮望那双近在咫尺的漂亮黑眸，打了打他那只不规矩的手，掷地有声地回道："当然是说给你听啊！"

为了证明自己没有和他玩欲迎还拒这一套，她下手很重，毫不客气，把他的手背都拍出红印了。

尽管如此，陈淮望依然没松开。

尤霓霓不知道他在想什么，又往后仰了仰脖子。这时，一两个同学路过，朝他们投来异样的眼光。

被这么一看，她终于想起来，这里是学校走廊。

随时有老师出没的走廊。

尤霓霓不禁倒抽一口冷气，抓紧时间，加强说话力度，警告道："趁我还愿意和你好好说话，你最好快点放手啊！"说着说着，她又委屈起来了，"你这个人，心情好的时候就拿我寻开心，心情不好的时候就拿我出气，什么都是你说了算，我在你眼里就这么好欺负吗！"

委屈的情绪在她琥珀似的眼睛里打转，看得人心里不舒服。

见状，陈淮望微微皱眉，放开手，不逗她了，而是认真地问道："我欺负你了？"

"没欺负吗？"

"没有。"

"明明就有！"

尤霓霓一口咬定是他的错，又觉得和他这样吵来吵去没意思，反正他也不会承认，于是不和他浪费时间，调整了下呼吸，言归正传，重新拿出气势："你要是不说你有什么事的话，我就回教室了。"

说完，她便转过身子，打算朝教室后门走去，却又被一只手拦住去路。

准确地来说，是被那只手拿着的东西挡住去路，像是给她的。

她定睛一看，居然是数学试卷。

昨晚她在朋友圈苦求答案无果的数学试卷。

这个剧情反转完全超出尤霓霓的设想范围。

她一愣，盯着那沓写满答案的试卷，看了好一会儿才回过神，心情复杂，确认道："你把我叫出来，就是为了给我这个？"

"嗯。"

"那你怎么不早说！"

尤霓霓顿时忘了刚才的不愉快，下意识地伸手去接，欣喜之余，又担心不是真的。

而事实证明，这种担心不是多余的。

原本尤霓霓的手都快碰着试卷了，可在最后一刻，她又突然反应过来，觉得自己好像不应该收这个东西，要不然显得她太没有原则了。

想起这一点后，她猛地收回手，警惕道："你别以为这样做就能讨好我，我才不会上你的当。"

面对她的态度变化，陈淮望觉得好笑，反问她："我是在讨好你吗？"

"当然是啊。否则你为什么要费这么多时间精力帮我写数学试卷？"

陈淮望为她提供另一种可能性："就不能是因为单纯想对你好？"

尤霓霓一点都不感动。

因为这个回答完全就是在照搬她之前说过的话，还照搬得这么明目张胆正大光明。

真是不要脸！

尤霓霓唾弃这种行为，轻哼了一声，把头转向另一侧，故意表现出不为所动的样子，实际上心里早就有所动摇。

就在她纠结着要不要顺着这个台阶下的时候，走廊尽头忽然传来一声耳熟的"小学妹"。

她暂停了复杂的心理活动，循声望去。

这一看，不得了了，她整个人僵在原地，瞪大的眼睛里全是不可置信。

只见她心心念念的人正从尽头的楼梯处一步一步地朝她走来，身姿挺拔，形象生动地诠释了“时尚的完成度靠脸”这句真理。

普普通通的校服穿在江舟池的身上，瞬间摇身一变，变成了时尚单品，被他穿出一种校园偶像剧男主角的感觉。

尤霓霓看呆了。

她没想到和江舟池的第一次见面竟来得如此突然，不管是心理还是生理，她都没有做好准备，眼睛倒是做了万全的准备，一眨不眨地盯着，心里只有一个念头——

原来现实生活里真的有会闪闪发光的人。

不是电视里的特效，也不是因为外面的阳光正好落在他的身上，是真的整个人自带光芒，轻而易举地成为人群里的焦点。

是永远明亮的存在。

也如同一阵和煦春风，吹走所有烦恼，让人一见到他，只剩下无限期待。

尤霓霓迟迟回不了神，耳边自带“风在吼，马在叫，霓霓在咆哮，霓霓在咆哮”的背景音。

这种亲眼看见江舟池的感觉好像比做梦还不真实。

更重要的是，她现在只不过是这样简简单单地看他一眼，身上就已经插满丘比特射来的爱之箭。万一待会儿一不小心和他发生点什么，那她岂不是要直接叫救护车了？

对此，尤霓霓不禁有点担心，就这样陷入没必要的苦恼当中。

幸好这种状态没有维持太久。

等到江舟池和她之间只剩一间教室的距离时，她突然清醒，意识到现在不是担心这个的时候。

如此具有里程碑意义的神圣时刻不该这样仓促！

为了给江舟池留下一个好印象，尤霓霓立刻收起脸上过于痴汉的表情，理了理头发，手忙脚乱地想着办法，却发现大脑里一片空白，完全不知道应

该怎么办才好。

现实也没有给她预留太多思考时间。

眼见着对方越走越近，她一时情急，干脆躲在陈淮望的后面。

而后，她两只手紧紧揪着他的衣袖，悄悄探出一个脑袋，掩耳盗铃似的，继续看江舟池。

陈淮望在一旁，静静地看尤霓霓发疯，片刻后，开口道：“大小姐。”

嗯？

如今，对于这个只有他俩才懂的秘密称呼，尤霓霓已经完美适应。但她实在舍不得从江舟池的身上挪开眼，只好象征性地看了他一眼，示意他有话快说。

陈淮望眼睛微垂，睨了眼自己的衣袖，意有所指道：“至于这么饥不择食吗？”

闻言，尤霓霓不明所以，顺着他的视线，低头一看。

空气安静。

她怎么在咬他的袖子？

等反应过来自己做了什么蠢事后，尤霓霓对自己无语了，白净的小脸唰地变得通红。

她赶紧撒手松口，一边小声地说了句“对不起”，一边替他抚平衣袖上的褶皱。

也不知道哥哥有没有看见她这么不优雅的一面？

尤霓霓越想越后悔，恨不得能找个地缝钻进去。等江舟池完全走过来，她干脆连半张脸都不露了，充分利用陈淮望的身高优势，躲在他的身后。

这么重要的第一次见面，她希望站在他面前的是最好的自己。

可照目前的状况来看，别说是最好的自己，一些最基本的东西她都没有做到。

比如，由于早上出门太急，她头发没来得及好好梳，小发卡忘了戴，甚

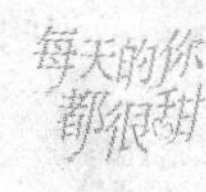

至连最关键的校服也忘了换成合身的那一套。

哦，更重要的是，之前江舟池在一个采访里说过，比起娇小型，更喜欢高一点的女生。

早知道她今天出门的时候多放几个增高鞋垫了。

一想到自己的这些不完美，尤霓霓就更加丧气，埋着小脑袋，耷拉着小肩膀，手指又不自觉地缠上陈淮望的校服下摆，拉拉扯扯，以此缓解自身情绪。

至于陈淮望，完全拿她没办法，任她疯，权当自己身后长了一条尾巴。

丛涵见尤霓霓看见江舟池不但没扑上去，反而藏了起来，他有点意外，打趣道：“小学妹，你这是玩躲猫猫呢，还是想当陈淮望背后的女人啊？”

尤霓霓有些无语。

察觉到衣服下摆的力度骤然消失后，陈淮望也不废话，懒懒的，直接一脚踹在丛涵的小腿胫骨上。

丛涵没料到他下脚居然这么狠，疼得抱着受伤的腿原地单脚跳，告状道：“舟舟，你看，平时陈淮望就是这么欺负我的！”

这样的场景江舟池从小到大经历过无数次，习以为常，知道应该怎么处理才是最好的。

他胳膊肘向着丛涵，对陈淮望说道：“他就是开个玩笑，你别当真。”

面对近在咫尺的真实的哥哥，有些感情真的很难压抑住。

于是，当江舟池开口说第一个字的时候，尤霓霓就忍不住了，她踮起脚，露出一双圆圆的湿漉漉的眼睛，偷偷看他。

幸好暂时没人发现她。

丛涵一听江舟池的话，果然不气了，挽着他的手臂，靠在他的肩上，一米八几的男生非要拗小鸟依人的造型，满足道：“还是舟舟对我好！”

看见这一幕的尤霓霓流下嫉妒的泪水，却一不小心暴露了自己。

“欸，小学妹，你终于肯露脸啦。”

发现她探出半个脑袋后，丛涵连忙鼓励道：“你不是一直想见舟舟吗？

别害羞啊，赶紧把握住机会，多和他说两句话吧。”

闻言，江舟池的目光也转了过来，温和地看着她，没有给她施加任何压力。

四目相对的瞬间，尤霓霓如同被命运扼住喉咙。

好像……没办法呼吸了。

她的大脑再次被狗吃掉，平时信手拈来的“彩虹屁”一个都放不出来，又不想让江舟池失望，最后只能声若蚊蚋地说了一句:“欢迎你回来上课……”

陈淮望眸光微闪。

被当作挡箭牌的他看不见尤霓霓的脸，只听得到她的声音，有着少女独特的柔软以及之前从未出现过的明晃晃的喜欢。

江舟池察觉了陈淮望的神情变化，却没说什么。

他依然看着尤霓霓，笑道：“上次的视频我看到了，谢谢你。”

沉稳的嗓音比电视上的还要好听几万倍。

尤霓霓紧张到失声，呆呆地看着他那双温柔的眼睛，久久说不出话来。只觉得胸口的那头小鹿撒开了脚丫子，正四处乱撞，撞得她没有办法正常思考。

好一会儿，她才捕捉到这句话里的关键词。

等等，上次的视频？

尤霓霓沸腾的情感渐渐冷却下来，眼里流露出困惑。

她几乎已经忘了这事儿，以至于差点没反应过来江舟池指的是什么，想起来后，糊涂了。陈淮望不是说拍着玩的吗，怎么又传到他那儿去了？

尤霓霓不解，抬头望着面前的人，正想问问，不料早自习的上课铃声抢先响起。于是陈淮望什么都没说，把卷子重新塞进她的怀里后，就这样走掉了。

没办法，尤霓霓只能把问视频的事推迟，另寻机会。

这一找，一直找到课间操时间。

为了问道地理题，尤霓霓耽误了点时间，出教学楼时，广播里传来一道熟悉的催命声。

“后面的同学，还有那些还在教学楼里的同学，动作快点！别磨磨蹭蹭的！一分钟以后音乐停下，在这个时间内没有到操场集合的同学，课间操结束后点名通报，并且扣班级操行分！”

喜欢瞎嚷嚷的教导主任是每所学校的标配。

不想被点名批评的人加快步伐，小跑着来到操场。等到了班级所在的位置，她却没有急着进去，而是抻长脖子，往隔壁班的队伍最末端看了看，并一眼发现想找的人。

陈淮望站在一群男生中间，身形瘦削修长，安静地包裹在蓝白色的校服里，格外醒目。

虽然尤霓霓不是很想承认，但在看见江舟池之前，陈淮望确实是她心目中穿校服最好看的人。

尽管今天过后，他第一的位置将会面临严重威胁，但还是可以勉强和她哥哥排个并列第一，因为他们两个是完全相反的两种感觉。

江舟池就是纯粹磊落的干净少年，陈淮望则随意散漫，还透着点不良。以至于身上的校服看上去更像是一种伪装，只为了能够混进学校，找出昨天打架临阵脱逃的人。

不对，她在想什么。

尤霓霓晃了晃脑袋，甩掉这些乱七八糟的想法，赶紧朝队伍后面走去。

丛涵一眼看见她，意外道：“小学妹，你怎么跑到后面来了？”

尤霓霓指了指正在和别人说话的陈淮望。

丛涵懂了，转正身子，为待会儿的“偷听”做准备工作。

尤霓霓同样在为待会儿的质问做准备工作，却不料陈淮望一直和同学闲聊，全程没看她一眼，仿佛不知道她来了似的。

她第一次知道原来陈淮望也会说这么多话。

直到广播操只剩下最后几节，他们的聊天才结束。

尤霓霓不知道他是不是故意的，也不想浪费时间研究了，直奔主题："你是不是又骗我了？"

广播里的音乐声还在继续。

陈淮望生得手长脚长，即使动作懒散，做起课间操来也赏心悦目。

听见她的控诉后，他倒没无视，挑挑眉，反问道："我骗你什么了？"

哼，明知故问。

尤霓霓并不介意被江舟池看到那段视频，因为那本来就是专程为他拍的，她介意的是"又被骗"这件事，于是帮陈淮望好好回忆回忆。

"你上次拍视频的时候，不是说只是为了看我有多好骗吗？没说要传给我哥哥啊。"

闻言，陈淮望认同似的微微点头，可下一句话又没有反省的意思，看着她，漫不经心地回道："不过，我好像也没说不传吧？"

又玩这种文字游戏！尤霓霓被他说得一噎，一时竟找不到反驳的话。

正好这时做到体转运动，她灵机一动，借着旋转的惯性，朝他发射拳头攻击。

结果距离预估失败。

由于她没控制好力气，最后，一不小心把自己当成竹蜻蜓，甩了出去。

这下可好，脚下不稳就算了，还偏偏直往敌方阵营栽去。

后面的男同学见状，原本想扶尤霓霓一把，看见旁边人的动作后，又作罢。

陈淮望伸长手，扶着她纤瘦的后背，给她支撑的力量。等她站稳后，他似乎十分有原则道："投怀送抱也没用。"

"谁对你投怀送抱！不要脸！"

尤霓霓痛恨自己的没出息，没想到连做个区区的体转运动都要出洋相。她气红了脸，在自己的位置上重新站好，打算二战，谁知身后忽然传来一道令人心虚的冷哼。

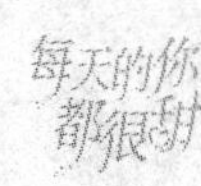

"尤霓霓，你是来做课间操的，还是来打情骂俏的啊？是不是想尝尝'爱

是想触碰却被打断手’的滋味了？”

这叫什么事。

之前没说话的时候看不见她，偏偏在这种关键的时候突然出现。

尤霓霓身子一僵，压根儿不敢回头，没想通为什么雷正平好死不死看见的是刚才那一幕，此刻只能在心里一个劲儿地默念——

千万不要误会。

千万千万不要。

可惜，老天又选择性耳聋了。

正祈祷着，雷正平再次厉声道：“待会儿课间操结束你先别回教室，在操场上留一下！”

尤霓霓脸上的表情像玻璃一样哗啦啦碎掉，长叹一口气，不敢说“不”。

再一看，余光里，另一位当事人还和刚才一样，该干什么干什么，好像一点儿没受影响，俨然一副局外人的样子。

也许是她看得太过专注，陈淮望有所察觉，视线微转，和她交会。

强烈光照下，一切恍若曝光过度，连带着他投来的目光也有些模糊，似乎没有包含太多情绪。

但尤霓霓还是看懂了。

那眼神没别的意思，就传达了一个信息——有事？

她当然有事啊！

独自背锅的人更气了，拳头蠢蠢欲动，却不敢再轻易出击，免得又出事。

好在这时“观察员”丛涵听不下去，站出来为她主持公道，安慰她道：“小学妹，你别理他。像他这种连自己的情绪都控制不好的人，能知道什么叫得饶人处且饶人吗？”

“不能！”尤霓霓毫不犹豫地附和。

“对吧。”

说完，丛涵又扭头，教育身后的人：“你又发什么神经，就不知道让让人家小学妹？”

陈淮望眼睛轻扫同仇敌忾的两人，自我认识很清晰，回道："像我这种连自己情绪都控制不好的人，只知道什么叫得理不饶人。"

两人都有些无语。

算了，她还是想想等一下应该如何面对雷正平吧。

和丛涵对视一眼后，尤霓霓认清现实，集中精神，准备迎接下一个挑战。

很快，课间操结束。

教导主任难得没有说太多废话，原地解散。

尤霓霓站在原地没动。

等人走得差不多了，雷正平这才背着双手，走到她面前，好好骂道："尤霓霓，你是不是国庆放假玩疯了，这会儿还没把心收回来？"

"没有啊……"

"没有？那你说说你今天做的都是些什么事儿？早自习跑到最后一排坐着就算了，现在连做个课间操也要来最后一排站着，你就这么想要融入高个儿的世界？"

"不想啊……"

说了当没说。

雷正平不和她兜圈子了，换了一种更直接的方式："你和刚才隔壁班那个男生是什么关系？"

"没关系！"

比起前面两个有气无力的回答，这次尤霓霓回答得中气十足，怕雷正平不相信，又多解释了几句："我刚才就是没站稳，真的不是你想的那样。"

"那你没事跑到后面来干什么？"

"我……"

尤霓霓差点接不上话，幸好脑子转得快，就地取材，像模像样道："我今天穿错了校服，站在前面害怕被人扣班级分。"

虽然说这话是迫不得已，但给自己脸上贴金的人还是有点心虚。

好在雷正平没怀疑。

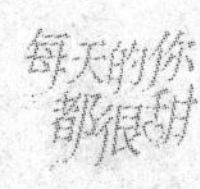

因为他看了眼尤霓霓身上的校服，发现确实大了。

这一点让雷正平稍微相信了她之前的话，又一想，她这个人，除了爱迟到，倒没别的什么毛病，也确实不像是叛逆的孩子。

于是他没再说什么，今天就放她一马，挥挥手："行了，回去吧，不过下不为例，记住没有！？"

"记住了！"

尤霓霓松了口气，正想赶紧跑，又听他补充了一句："回去以后写一份检讨，把这件事的起因经过交代清楚，晚自习之前交给我。"

果然。

雷打不动的标准结局。

尤霓霓发誓，毕业以后她一定要问问雷正平，一个数学老师为什么这么热衷罚写检讨书？

应了一声后，她拖着沉重的脚步，往教学楼走去。

谁知刚踏上走廊，却看见高三（1）班的前后门都敞开着。

咦，她哥哥没在教室吗？

原本刚升高中那会儿，江舟池一直是正常参与课间操的。

可惜事实证明，这样不行，因为做操的时候大家光顾着看他，哪儿还有心思做正事。

为了不引起混乱，分散同学们的注意力，最后，学校决定，以后课间操江舟池最好都在教室待着，除非负责国旗下的演讲。

见他不在教室，原本尤霓霓还想问问方遥雨，可回到座位，发现她也没在，只好问前桌："妙妙，小雨呢？"

"嗯？她啊，和后援会开会去了。"张唯妙正专注于玩手机，回答完，又关心道，"你没事吧，雷 Sir 又说你什么了？"

"唉，能说什么，反正逃不过写检讨的命运。"

听她情绪不高，张唯妙趁机给她洗脑："所以就和你说啊，交错了朋友，天天都得过清明节。"

尤霓霓注意到她在键盘上飞快打字的双手，果断转移话题，问道：“你在做什么？”

“搞今天语文晚自习要讲的 PPT。”

这学期语文老师不知道从哪儿得到了灵感，突然想起组织一个“五分钟演讲”的活动，让同学们把自己感兴趣的内容做成 PPT，并按照学号，在每节语文课上轮流上台分享。

不过说是演讲，实际上没有那么正式，他也不硬性规定主题，大家想讲什么就讲什么。

而对于同学们来说，只要不上课或者只要能够尽可能占用上课时间的活动都是好活动，所以对此他们当然是举双手双脚赞成的。

尤霓霓学号靠前，开学第一周就讲过了，内容毫无疑问，和追星有关。

见她从后面探过脑袋，好像想看，张唯妙赶紧用手捂住屏幕，摸摸她的头：“乖，别偷看。”

“你是要讲什么天机吗？弄得这么神神秘秘的。”

“比天机还刺激，等着晚上看我表演吧。”

晚上六点，操场上打篮球的男生们还在抓紧最后的一点时间，争分夺秒地抢球投篮，教学楼里的同学们则是准备上课了。

听见上课铃一响，靠门的同学把灯一关，教室里渐渐安静下来。

张唯妙早就站在讲台上了，见状，她插上 U 盘，打开 PPT，开始了自己今天的分享。

当投影幕布降下，台下的同学突然沸腾了。

只见上面出现了一张惊悚图片，配字——恐怖夜谈。

底下一片安静。

外面天色已暗，教室里又一片漆黑，窗外还时不时吹来一阵凉飕飕的晚风，无意间营造出的氛围和 PPT 上的画面完美融合。

尤霓霓表情冻结。

胆小的人最听不得这种故事了，当即决定，待会儿等张唯妙一下台，她

就立马掐死对方！

至于现在，还是保命要紧。

她果断戴上耳机，打开音乐播放器，试图用音乐声盖过张唯妙的讲话声，但很快又遇上新麻烦。

手机音量不能调太大，否则耳朵受不了，可太小又没用。

怎么办？

先搜一首《金刚经》听一听压压惊好了。

尤霓霓开始输歌名，而打篮球归来的丛涵这时正好从高二（13）班经过，见里面黑黢黢的，好奇地瞥了瞥，不料一眼看见幕布上的画面。

他一阵兴奋，立马兴冲冲地跑回教室，第一时间和陈淮望分享："小学妹他们班居然在讲鬼故事，也太刺激了吧！"

闻言，睡觉的人抬起头，望向斜对面的教室，借着最后一点天光，隐约看见尤霓霓正埋着头，抵着课桌。

而后，他重新趴下。

丛涵无语了。

尤霓霓还在自我催眠中，本就极为敏感，手里的手机还突然振了一下，把她吓得够呛。

她猛地坐直身子，缓过来后，打开一看，是一条微信。

一条来自陈淮望的微信。

chen：大小姐，聊天吗，五块钱一句。

哼，这个人肯定自己上课无聊，到处找乐子呢。

尤霓霓才不会上他的当，不屑地冷哼一声，飞快打下回复——不聊！

chen：五块。给钱吧。

哇，好气。

尤霓霓被他的无耻刷新下限，直接转账五百，心想既然他要玩，那就玩个够。

小熊肥霓：今天不聊满一百句你不是人！

chen：嗯。

小熊肥霓：这种一个字的不算！

chen：嗯嗯。

突然卖萌？

小熊肥霓：你工作态度能不能认真一点？

小熊肥霓：收了钱不办正事吗？

小熊肥霓：天底下哪有这么好赚的钱！

小熊肥霓：还有，你别以为我的钱好骗，我肯定不会白给你的！

小熊肥霓：要是你少说一句，必须赔我钱！

小熊肥霓：怎么又不说话了？是不是携款逃跑了？

手速太快也是一个麻烦，因为说好的让陈淮望聊满一百句，最后反倒变成尤霓霓的自言自语。

在她终于得到对方回复的时候，耳边也响起了一阵掌声。

尤霓霓抬头一看，不知不觉间，台上的张唯妙已经讲完了，于是她提前终止了这段开始得莫名其妙的聊天。

小熊肥霓：不理我算了！我上课了！

见斜对面教室的灯重新亮起，陈淮望把手机扔进抽屉，继续睡觉。

作为有气节的当代高中生，尤霓霓发誓，今天绝对不会再和陈淮望说一句话。

然而人算不如天算。

这周刚好轮到尤霓霓所在小组打扫卫生，等她离开教室，整个校园里静悄悄的，只剩下还在上晚自习的高三学生。

一想到刚才的 PPT，她不自觉地加快脚步。

幸好这种安静止步于校门口，因为外面挤满了外校学生。

他们来这里的原因不言而喻。

通常这种情况至少维持半个月，之后稍微有所好转，但基本上还是每天都会有人来这里守着。

这个时候，三中本校学生的优势就体现出来了。

虽然很不应该，可一想到自己是和哥哥说过话的身份，尤霓霓内心的优越感就止不住地往外冒，昂首挺胸，骄傲地从他们面前走过。

尽管完全没有人注意到她。

然而这番嘚瑟的行为还是遭到了报应。

原本尤霓霓走得好好的，结果不知是谁突然吼了声“哥哥”，引得所有人全朝一个方向跑去。

她脚步一顿，被这千军万马般的气势吓了一跳，还没来得及让路，他们就已经猛地冲了过来，把她撞得东倒西歪，原地打转。

犹如一不小心掉进湍急的河流中。

头晕、无助，还有点想吐。

尤霓霓完全不知道应该怎么自救，干脆放弃，心想等他们跑过去了就好。

谁知就在这时，她的手臂忽地被人拽住，稍一用力，便将她从人潮的旋涡中救了出来。

她转而跌进另一个温热的怀抱。

熟悉的清冽气息包裹着尤霓霓，让她当下就对这个“好心人”的身份有了答案。

她仰头确认。

首先映入眼帘的是少年的喉结、干净的下颌，最后，是那双漂亮的眼睛。

果然是陈淮望。

不过，他怎么在这个时间点回家了？

陈淮望低头看她，皱眉道：“走路不看路？”

尤霓霓牢记刚才发的誓，从他怀里退出来，同时抽回自己的手，没回应他的话，只说了句“谢谢”，而后继续朝公交站台走。

该谢的不能不谢，但谢完以后，大家还是各走各的路吧。

不对，差点忘了，他们走的是同一条路。

等想起这一事实的时候，尤霓霓已经上了公交车。

和上次想坐他身边却不敢不一样，这次她是真的不想和他一起坐。

因此，上车后，她果断选择了前面的座位。

谁知屁股还没挨着座椅，从她身边经过的人直接拎起她的书包，拉着她往后面走去，连看都没看她一眼。

“欸？”

尤霓霓倒退着，走了好几步才明白过来他想做什么。她连忙伸手，随手找了一张座椅，死死扒着。

终于阻止他前进的脚步。

而后，她转过头，不悦地看着对方，表明立场，坚决不从：“你干什么，我不要和你坐一起。”

见她一脸抗拒，一副如临大敌的样子，陈淮望没松手，缓缓道：“江舟……”

在能屈能伸这件事上，尤霓霓做得比自拍杆还要好。

没等他把名字说完，她便松开手，自发地往后排走去，指着不同的位置，笑容得体，耐心地询问他的意见：“你想坐哪儿？这儿行吗？还是再后面一点或者靠窗？”

贴心得就像是商场里接待客人的导购小姐。

陈淮望眯眼看她，表情不明。

招数是他自己想的，也成功骗到了她，可好像并不怎么让人高兴得起来。

在她期待的目光中，陈淮望喉咙里溢出一声不满的低哼，走了过去，选择上次的老位置。

尤霓霓没有看出他的情绪变化，自觉地坐在里面。

之所以听见“江舟池”的名字就改变态度，是因为她还以为陈淮望要给她透露什么内部消息，满心欢喜地在他的旁边坐下，放在膝盖上的双手像弹钢琴般地轻敲着。

结果等了好半天，对方也没说一个字。

尤霓霓脸上期待的笑容有点挂不住了，扭头看了看陈淮望，希望自己的注视能够起到一点暗示作用。

不巧的是，这时她的外套兜里突然传来一个视频通话的提示音，打断了她的思路。

没办法，她只好暂时停下暗示工作，拿出手机，没想到竟然是路程打来的。

尤霓霓微微讶异，赶紧找出耳机戴上，接受他的视频邀请后，说的第一句话就是——“你把手机偷回来了？”

“偷？”

路程刚洗完澡，头发还湿着。

找好角度架好手机后，他坐在椅子上，一边用毛巾擦头，一边说道：“好好想想，再给你一次组织语言的机会。”

“Aimee 把手机还给你了？”

“我偷回来的。”

尤霓霓忍住结束通话的冲动，问正事：“那她没有发现你来桐市的事吧？”

“发现了啊，还狠狠打了我一顿，你什么时候过来探望伤者？”

“骗鬼呢。”

他的语气听上去一点都不像有事的样子，尤霓霓才不信。

闻言，路程停下手上的动作，任由毛巾搭在头上，站起来后，撩起衣服下摆，给她看了看后背，反问道：“骗没骗鬼？”

画面突然被少年美好年轻的身体占据，尤霓霓却无心欣赏，盯着那几道斜斜横在背上的交错的伤痕，表情错愕。

“你……”

刚开口，一只手忽然横到她的眼前。

尤霓霓吓了一跳，将手机扣在胸口，下意识地往后一躲，还以为陈淮望要做什么，结果只是打开了窗户。

见手机屏幕一片黑，路程问道："怎么了？"

"啊？"

听见耳机的声音后，尤霓霓回过神："没什么。"

她举着手机，重新坐好，继续刚才没说完的话，问道："那真是 Aimee 打的？"

"还能有假吗？"

尤霓霓细眉微皱，脸上露出心疼的表情，但很快又被气愤取代。

她生气道："看吧！非要吃牛魔王，现在好了，你……"

话没说完，又被陈淮望打断。

这一次，他没再开窗，而是懒懒地靠在椅背上，像是打球似的，有一搭没一搭地玩着她手机上的小毛球挂饰。

这人什么毛病？

被这样三番五次地打断，就算看不见发生了什么，路程也能猜出个大概。

他问道："你和你同学在一起？"

"不是，就是公交车上不听话的熊孩子。"

把那只捣乱的手拉下来后，尤霓霓也没有松开，而是紧紧地握住，防止他再次乱来，而后继续和路程正常聊天，直到结束通话才重新转向陈淮望，打算和他好好谈谈。

她认真地问道："我今天是不是有什么地方得罪你了，你怎么处处找我麻烦？"

陈淮望"嗯"了一声。

尤霓霓没想到他这么坦诚，一时语塞，干脆自暴自弃："我看我这辈子都别奢望能从你嘴里听见什么好话了！"

一听这话，陈淮望倒是终于抬头。

也不知是窗外飞逝的光落进了他的眼里，还是车上的灯光缘故，他看上

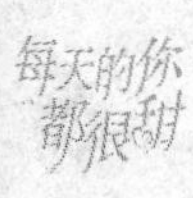

去眉眼沉亮，似笑非笑地反问：“怎么，想和我过一辈子？”

这是重点吗？

尤霓霓生气，抡起拳头，这次准确无误地打在他的手臂上，没有再像上次课间操那样失手了。

接着，她背对着他，看着窗外街景，不想和这么不可爱的人说话了。

幸好没一会儿公交车便到站了。

原本尤霓霓以为下了车应该就可以和陈淮望彻底分开了，谁知道他还是一路跟在她的身后。

尽管他从头到尾都没对她做什么事，也没说什么话。

但是，他的家明明在马路对面啊。

又走了一段距离后，尤霓霓憋不住了，她猛地停下，转身，和他之间隔着两三米的距离，问道：“你干吗一直跟着我？”

路灯橙黄，街道冷清，头顶的飞蛾盘旋着。

陈淮望的脸便在这晃动的暗影里忽明忽暗，加深轮廓。

听见尤霓霓的问题后，他脸色未变，如常道：“谁规定我不能走这条路吗？”

是没人规定，她道：“那你走前面。”

闻言，陈淮望不动了。

“看吧！你明明就有跟着我，还好意思说没有！”

尤霓霓将他的这个反应视为他尾随她的有力证据，有了底气。

指责完，她平复了一下情绪，决定再给他最后一次坦白的机会。

“说吧，为什么一直跟着我？”

原本她以为陈淮望一定又会编出什么新的理由，却没想到他竟微垂着眼眸，好像真把自己当成了什么穷小子，语气听上去有些可怜，回道：“跟着大小姐有糖吃。”

也许是因为从他眼尾拖延而出的落寞过于真实，尤霓霓差点信了他的鬼话，甚至下一秒就想上前摸摸他的脑袋，真带他去买糖吃。

幸好她及时清醒。

她打消了这个可怕的念头，没想到他居然学会了苦肉计。

看他一点儿都不真诚，就像是又在逗她玩儿，尤霓霓有点生气，懒得管他跟不跟着，准备继续往家走。可转身的时候，一个模糊的可能性在她的脑海中忽地闪过。

随后，逐渐成形。

虽然这个可能性有点自作多情的嫌疑，可一旦出现，不仅在她的脑子里扎了根，而且疯狂生长，最后占据她的整个思绪。

尤霓霓最终停下脚步，

她不是一个喜欢胡思乱想的人，觉得有什么问题就要当面说清楚，于是叫停脑子的猜测。

而后，她深呼吸了一口气，重新转过身子，走到陈淮望的跟前，盯着他的眼睛，重新问道：“你是担心我一个人回家害怕吗？”

所以才会在晚自习的时候找她聊天，甚至提前下课，陪她坐公交车。

找到这块关键拼图后，之前没想通的问题也迎刃而解。

尤霓霓突然有点心情复杂。

如果按照世俗的标准来看，陈淮望绝对不算喜欢乐于助人的好人。但这和他是一个细心的人好像并不矛盾，又或者说他本来就是一个矛盾体。

就像上次他喝醉了酒，也坚持要把她送回家一样。

这么一想，尤霓霓又想起自己一路上对他的态度，顿时感动又内疚。

而陈淮望没说话，沉默地回望着她，似乎猜到了她的想法。

在她略带自责的注视中，他忽然倾身靠近，缓缓抬手，做了一件一直以来都想做的事——

捏她的脸。

姑娘的皮肤细腻脆弱，他不敢太用力，只轻轻捏了捏，像是在掂量什么，思忖着，评价道：“脸皮是挺厚的。”

言外之意，怪不得能说出“为了保护我”这种话。

尤霓霓有些无语。

这都捏得出来？

出于好奇，她也伸手，捏了捏自己的另一边脸颊，发现没什么特别明显的感觉，果断拍掉他的手。

被他这么一插科打诨，尤霓霓当他是默认了，愈发肯定自己的想法是正确的。

不过，在谢绝这番好意之前，她决定先满足陈淮望刚才的愿望，于是一把拽着他的衣袖，拉着他往前走。

“走，大小姐请你吃糖。”

前面不远处的天桥下有一家冰糖葫芦店，开了二十几年，味道正宗，尤霓霓平时不怎么爱吃甜食，但也会时不时跑来买几串。

陈淮望倒也没拒绝，任她牵着，最后被她投食了一袋子的冰糖葫芦。

其间，尤霓霓一直观察着他的表情，看他心情应该还算不错，稍微有了一点底气，敢说出自己内心真实的想法了。

瞅准时机后，她终于开口，认真道：“今天谢谢你送我回家，也谢谢你这么为我考虑，但是以后你真的不用这样做了，我一个人没问题的。”

陈淮望看着她脸颊上浅浅的红印，没说话，不知道在想什么。

气氛似乎蓦地莫名严肃起来。

好在这个结果在尤霓霓的预料之内。

她猜陈淮望可能是因为好意被拒绝了不开心，想了想，又补充了一句：“我没有不喜欢你送我，我是不希望你为了送我而逃课。”

闻言，陈淮望“嗯”了一声：“知道了。”

“你真的知道了？”

又是一声“嗯”。

虽然回答和实际情况有些不符，但他都这样说了，尤霓霓也找不到理由再追问，见时间不早，只好和他挥手道别。

两人在十字路口分开。

独自走了没几步，尤霓霓忽然看见出门买东西的程慈，一边朝她走，一边叫道：“妈妈！”

听见她的声音后，程慈循声望来，却不是看她，而是看刚从她身边离开的人。等她一过来，程慈便问道：“他就是陈淮望吧？”

尤霓霓下意识地顺着她的视线看过去，点了点头。

位于小北街南面的住宅区称得上是一道奇特的风景线。

隔着一条马路，左边是别墅区，右边是老式居民楼，当地人便戏称那条马路是“命运的三八线”。

陈淮望正朝马路右边走去。

上次在程慈的威逼利诱下，尤霓霓不得已，简单说了说和陈淮望之间的事，满足了她的好奇心。

唯一遗憾的是，没有照片。

好在今天把这个遗憾弥补上了，虽然只一个背影和模糊轮廓，但程慈还是相当满意，满意得已经开始攀关系了。

她回忆道：“我怎么觉得他有点眼熟呢？是不是以前在什么地方见过？”

对于这番言论，尤霓霓并不意外，耐心地提醒道：“妈妈，你是不是忘了，对你来说，天底下所有长得好看的人都眼熟。”

“是这样吗？”

尤霓霓咬了一颗草莓，淡定道：“是的，而且你千万别在爸爸面前说这话，要不然他又该不高兴了。”

“好……”

得到保证后，尤霓霓放心了，分了一颗冰糖葫芦给程慈吃。

走着走着，她又“啊”了一声，赶紧咽下嘴里的东西，原地蹦蹦跳跳，突然兴奋：“对了，我还没和你说我今天在学校看见哥哥的事！”

见她这么激动，程慈生怕她被手上的冰糖葫芦伤着，干脆帮她拿着。

最后，等她分享完喜悦，满满的冰糖葫芦也只剩下一根光秃秃的竹

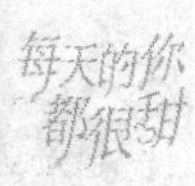

签了。

只吃了两口的人发现这个悲伤的事实后，不禁怒道：“妈妈！”

程慈自知理亏，清了清嗓子，给自己找理由：“你和你哥哥的故事这么精彩，我听得一时没忍住嘛。明天妈妈再给你买十串！”

Chapter · 09

她总像现在这样不厌其烦地哄他。

虽然冰糖葫芦被偷吃，尤霓霓很伤心，但她必须得承认，她和哥哥的故事确实很精彩。

精彩得连大姨妈也想来凑凑热闹。

第二天上午，最后一节课，大姨妈突然造访，疼得她连午饭都没吃，下了课就直奔医务室。结果里面没人，她只好先躺在病床上，试图用睡眠麻痹神经。

没想到最后她真的睡着了。

不知过了多久，尤霓霓隐约听见推门的声音，还以为校医回来了，迷糊着睁眼看了看。

谁知映入眼帘的竟是陈淮望的身影，正朝她的病床走来。

她一定是在做噩梦。

得出这个结论后，尤霓霓重新闭上眼，开始说梦话。她不满道："我说你这个人怎么这么阴魂不散，连我的梦都不放过？这不是摆明了和我哥哥抢名额吗？我命令你赶紧消失，换我哥哥来梦里见我……"

由于睡意正浓，她说话时无意识地拖长尾音，哪怕语气不太好，听上去也像在撒娇。

不过这声音很快便一点一点变得微弱，直至完全消失，只剩下匀长的呼吸。

她似乎又进入了梦乡。

陈淮望站在病床边，一字不落地听完她的抱怨，低哼了一声。

看在她不舒服的份上，他暂时不计较这件事。坐下后，将她的头发别在耳后，又替她理了理凌乱的刘海，却发现她的额头上全是汗，也不知道是因为难受还是因为热。再一看，她的脖子上也覆了一层，被阳光照得亮晶晶的。

陈淮望眉眼微敛，移开视线，转而用手掌贴着她的脸颊，隐隐的热气透过薄薄的皮肤传出。

果然被晒得有些发烫。

见状，他打算拉上窗帘，但过程不是很顺利，因为起身的动作被突然从衣角传来的一股阻力阻止。

他低头一看，正睡觉的姑娘不知什么时候紧紧拽住了他的衣服。

陈淮望皱了皱眉。

为了不惊醒她，这下别说是拉窗帘，就连整个人都没办法动，只能保持这个姿势，重新坐下，等她醒来。

还在梦里追星的人对一切一无所知。

她醒来的时候，已经是半个小时以后的事了。

她睁开眼，首先出现在她视野里的，是一身校服；而后视线上移，她才看见校服主人的脸，最后对上一双漆黑的眼睛。

陈淮望？

她到底是醒了，还是依然在做梦啊？

迷迷糊糊间，尤霓霓的意识还不是很清醒，直到注意到自己和他的姿势。

她吓得瞪大双眼，倒抽一口冷气，反应过来后，整个人猛地往床的另一边滚去，结果一不小心，“嘭”地撞在床头上。

让人落泪的疼痛立刻从后脑勺扩散开来，顺便告诉她——

不是梦，是真的。

这下尤霓霓彻底清醒了，吃痛地皱眉，揉了揉脑袋，其间不忘骂他：“你你你……你怎么在这儿！是不是想对我做什么坏事！”

“做坏事？”

对于这番栽赃，陈淮望并不打算收下，挑了挑眉，一边起身倒水，一边从容地颠倒是非：“需要我和你详细说说，你刚才是怎么抓住我的衣服，让我别走，叫我……”

“停、停、停！”

尤霓霓脸一红，听不下去了，对此倒是没有丝毫的怀疑。

因为她知道自己身体不舒服的时候，确实容易做出一些一反常态的行为，也容易变得很黏人。所以，陈淮望刚才描述的那番“恶心”的事……的确像她做得出来的。

为了给自己留点脸面，尤霓霓果断转移话题，奇怪道：“你怎么在这儿啊，身体不舒服？”

“嗯。”

“嗯？哪里不舒服？”

陈淮望把装了一半温水的纸杯放在床头，看着她，不紧不慢道：“你们班主任叫你的名字时，声音太大，吵到我的耳朵了。”

尤霓霓想起来了。

今天上午最后一节课是数学课，她因为肚子痛趴在桌上休息，结果雷正平误以为她在睡觉，所以又被他的大嗓门儿点名批评了。

不过，这都能碍着陈淮望？

她还能说什么呢。

尤霓霓微笑着，伸出无影小短腿，想踢他的膝盖，给他一点教训，却被他抢先一步扣住脚踝。而后，陈淮望不过是稍一用力，便将她从床沿拉到他的跟前。

骤然缩短的距离让人差点一时反应不过来。

尤霓霓呆呆地望着陈淮望，还以为他又要做什么天理不容的事，却只听他说道：“吃药。”

“哦……”

她乖乖地坐起来，忘记了今天上午的不愉快，从他手里接过纸杯，又摊

开手心。等他把药倒在上面后，她喝水咽下，又把纸杯放回到他的手里。这一来一往得非常自然，完完全全一派被人伺候的大小姐作风。

尤霓霓却毫无察觉，反倒忽然发现床头还摆着几盒她最爱的旺仔牛奶。一摸，还有些温热，她很是意外，惊喜道："这是你买给我的？"

陈淮望没有正面回答，脸上写着"不然呢"几个字，反问："你觉得我会喝这种东西吗？"

什么叫"这种东西"。

尤霓霓不满意他的用词，想了想，捂着嘴巴，夸张道："天啊，你好残忍，居然让我喝你的兄弟！知不知道什么叫'本是同根生，相煎何太急'！"

回应她的是一道没有起伏的平静视线。

见状，她识趣地见好就收，拆开吸管，插上，美滋滋地喝了起来。至于剩下的，全揣进校服兜里，一盒不能少。

陈淮望在一旁看着，没忍住，最后还是伸手捏了捏她得意扬扬的脸。

尤霓霓喝奶的动作一顿，瞪了他一眼，拍掉他作乱的手，又看了眼墙上的壁钟。

见时间也不早了，她赶紧掀开被子，准备回教室上下午的课。

谁知她刚踏上走廊，正好和张唯笑迎面撞上。两人视线对上后，张唯笑说道："霓霓，你回来得正好，雷 Sir 请你去办公室喝茶。"

"啊？我又做错什么事了？"

张唯笑没有说话，只扬了扬手里的试卷，递给她一个"你懂的"眼神，而后身心俱伤地走回教室。

见状，尤霓霓倒抽了一口冷气。

她确实懂，而且是痛彻心扉地懂。所以在看清张唯笑手里的试卷后，她的心一下子沉到底，差点忘了昨天数学课上的随堂测验的成绩已经出来了。

可是张唯笑的数学成绩比她好不少呢，现在都这副模样了，她的下场肯定更惨。

一想到这儿，尤霓霓不禁替自己捏把冷汗，扭头望着陈淮望，一脸悲壮

地交代道："你也看见了，此行我恐怕是凶多吉少了。如果我不能活着回来，你一定要帮我照顾好我哥哥！"

对于发生了什么事，陈淮望也大概猜出了一二。但没想到都这个关头了，她还能说出这种话，好像压根儿不着急。

他忍不住捏了捏她的脸，皱眉道："追星比学习还重要？"

"当然！"

给出一个毫不犹豫的回答后，尤霓霓没时间再废话了，拍掉他不老实的手，踏上了赴死的路。

当尤霓霓终于回到教室的时候，眼保健操正好结束。

方遥雨一睁眼便看见她，关心道："霓霓，你痛经好点了吗？"

尤霓霓没有灵魂地点了点头，有气无力地说："身体倒是好了，但是心灵又受伤了。"

方遥雨知道她指的是被请喝茶的事，赶紧拍了拍她的肩膀，安慰道："别难过，别难过，一次随堂测验不算什么，下次好好考就行了。"

"就是不知道我还能不能活到下次考试。"

尤霓霓叹了口气，趴在桌上，双眼无神地盯着桌上那厚厚一沓试卷，生无可恋："雷 Sir 让我从今天开始，每天多做一张数学试卷，周末两天各两张，而且还得保证正确率。我再也不是以前那个无忧无虑的我了。"

啊……那确实有点惨。

没办法，方遥雨只好使出撒手锏："那我给你说一个好消息，你肯定马上就开心起来了。"

"真的吗？什么好消息？"尤霓霓果然被勾起兴趣，立马抬头凑过去，洗耳恭听。

"桐市不是有一个哥哥代言的游乐园吗？刚才官网放出消息，从这周开始，每个周末鬼屋迷宫会举办一次比赛，每个人只能参加一次，最快走出迷宫的人可以获得哥哥的独家周边一份，是不是超棒！"

独家周边？

等等……鬼屋迷宫？

尤霓霓的眼睛亮了又暗。

就连上次张唯妙的PPT都能把她吓得半死，更别提真正的鬼屋了。恐怕还没进去，她就已经倒在门口了吧。

不过为了哥哥，她相信自己可以克服内心的恐惧，毕竟爱的力量是无穷的！

尤霓霓自我鼓励着，只可惜刚振作一秒，她又蔫儿了。

就算爱的力量再无穷，也不可能让她一夜之间开窍，成为数学天才，完成那么多的数学试卷啊。

“你这周就去吗？”

方遥雨点点头：“听说越早去，成功的概率越大。你也别担心，这周就先好好学习，好好表现，说不定下周雷Sir就给你减轻任务量了呢。”

“可是……下周你们应该不会再去了吧。木鱼和糊涂虫肯定也没时间，我一个人哪有最快走出迷宫的胆子和脑子啊。”

哦……这倒是一个问题。

这下方遥雨也犯了难，幸好她灵机一动，很快又想到了一个解决办法：“不是还有一个现成的人选吗？”

“谁？”

“大佬啊！你想，以他的胆量，肯定不会怕这些东西，而且又聪明，到时候你直接‘躺赢’了啊！”

“陈淮望？还是算了吧，指不定在迷宫里怎么嘲笑我，吓唬我呢。”尤霓霓想也没想，直接拒绝了这个提议。

方遥雨不相信：“怎么可能？”

“怎么不可能！”

“好吧，就算真是这样，那大佬也是为了转移你的注意力。”

尤霓霓没想到她竟然盲目到这种程度，一脸微笑道：“滤镜太重了啊，

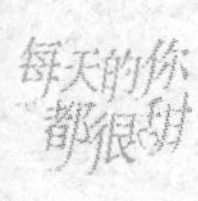

亲。”

话音一落，上课铃响起。

两个人默契地对视一眼，不再闲聊，拿出书本，做好上课准备。

至于鬼屋迷宫的事，尤霓霓只能另外想办法。

想着想着，方遥雨刚才的提议忽然让她有了一个新思路。

虽然她不能让陈淮望陪她去鬼屋，可她可以让他帮忙做数学试卷啊！

打好如意算盘的人心里喜滋滋的。

谁知还没开始就已经结束。

当她好不容易挨到下午放学，准备将计划付诸行动的时候，迎接她的却是空空荡荡的教室，里面只零零散散地坐着两三个人，不见陈淮望的身影。

难道是出去吃饭了？

尤霓霓疑惑着，拿出手机，给他打了一个电话，“嘟嘟嘟”的声音响了半天，一直没人接。

没办法，她只好求助万能的丛涵。

这一次，电话只响了一声便被接起，而且接电话的人十分热情：“晚上好啊，小学妹，很高兴为你服务，找我有什么事吗？”

忽略他过于高兴的语气，尤霓霓问道：“你们出去吃饭了吗？”

“没呢，正在操场打球。怎么了，是不是饿了，想让我给你带点什么吃的？说吧，想吃什么，我这就给你买上来。”

“不是，不是。”

尤霓霓被他周到的服务吓到，生怕他下一句话是给她摘星星，连忙问正事：“陈淮望也和你们在一起吗？”

“他？他好像去小操场了吧，反正没来打球。”

小操场？

得到这一个关键信息后，尤霓霓谢过丛涵便挂断电话，赶紧下楼找人。

六点的晚霞未落，天边却已经挂着半轮淡白的月亮以及一颗启明星，三

者构成秋天傍晚最常见的一番景象。

这个时间点，大家大多都外出觅食或是在不远处的大操场打球散步，所以小操场上基本没人。

很快，尤霓霓在一棵梧桐树下的木椅上看见了陈淮望的身影。

十月中旬的梧桐叶开始渐渐枯黄掉落，薄薄地铺了一地，踩在上面就像是在踩薯片。

伴随着咔嚓咔嚓的声响，她蹦蹦跳跳地朝陈淮望跑了过去。在他面前站定后，她背着双手，微微弯腰问道："你一个人在这儿干什么啊？"

"发呆。"

见他的状态似乎不太对劲，尤霓霓收起脸上过于高兴的表情，安静地坐在他的身边，偷瞄了他几眼后，试探着开口："你心情不好吗？"

"嗯。"

而后没了下文，他好像没有要继续往下说的意思。

不远处的嬉笑吵闹声把寂静拉得天高地阔。

尤霓霓有点担心，往他身边挪了挪，开始打感情牌："你看，我们最近一起经历了这么多事，现在应该算是朋友了吧？"

说完，她率先表明自己的立场："反正我已经把你当成我的朋友了！"

朋友？

陈淮望低哼一声，知道她在想什么，却不打算顺着她的想法往下说，嗓音冷淡地反问了一句："所以？"

这么明显的问题，难道还看不出来？

尤霓霓不知道他是真不懂还是装不懂，放弃了暗示他的念头，直接问道："你呢？我现在是你的朋友吗？"

"不是。"

没有一丝犹豫，一听就知道绝对是他的真实想法。

不是？

自己居然不是他的朋友？

她这又是自我感觉太良好了吗？

本来尤霓霓打算在得到陈淮望的肯定回答后，顺理成章地说出那句“有什么烦恼可以和我说说啊，只要有我能帮得上忙的地方，我绝对帮你”。

如今看来，这句话算是胎死腹中了。

尤霓霓期待的小表情顿时荡然无存，显然无法接受这个结果。

撇开其他的不说，她是发自内心地觉得，比起一开始的互看不顺眼，现在的她和陈淮望的关系算得上是更上一层楼了。虽然没办法同他和丛涵几人的感情相提并论，但不管怎么说，至少是普通朋友吧。结果他现在告诉她，并没有把她当成朋友？

意外之余，尤霓霓更多的是生气，她气得站起来，三连问：“为什么不是？你的择友标准这么高吗？还是我没有资格当你的朋友？”

和她充满火药味的问题不同，陈淮望的回答言简意赅，但态度十分明确。

“我不和女生交朋友。”

“为什么？”

“没兴趣。”陈淮望抬头看了她一眼，语气很淡，“要么当我女朋友，要么当我老婆，没有第三个选择。”

四周树影斑驳，余晖收拢，光线逐渐向深蓝的色调过渡，他的脸便在缓慢降临的夜色里变得模糊，让人看不真切他的表情。

声音却是清晰的。

偷藏着夕阳余温的晚风轻拂而来，吹得他清冷的声线似乎也带了点温度。

尤霓霓微微愣住。

也不知道是因为他的话，还是因为他那双引人着魔的眼睛。

好不容易回过神后，她拿出刚才的气势，继续教育道：“你这是重男轻女，性别歧视，还限制了自己的交友范围！”

陈淮望眼角微挑，对于她的这番控诉不置可否，没再回应。

见状，尤霓霓重新坐回到长椅上，有种一拳打在棉花上的无力感，心情也从一开始的生气逐渐变为无法理解，没想明白他到底是怎么想的。

说好的来开导他，结果反倒给自己心里添堵。

得不偿失的人这下没心情再管他的感情生活了，郁闷道：“那我在你这儿岂不是成了黑户，连一个明确的身份都没有。”

“嗯？”

陈淮望的神情恢复以往的懒散，漫不经心道：“不是给了你两个选择吗，想当哪一个？”

“当你妹妹行吗？”

她是说真的。

闻言，陈淮望眉梢微抬，哂笑着勾勾嘴角，轻轻捏着她小巧的下巴，哼笑道：“行啊，先叫声哥哥来听听。”

换作平时，尤霓霓当然不可能答应这种条件。不过今天情况特殊。比起没得朋友当以及当没名没姓的黑户，这样的结果至少还在她的接受范围内。

权衡好利弊后，尤霓霓的脸上已不见刚才的不满，像个没事人一样，双手撑在身侧，歪头看他，按照他刚才提出的要求，讨好地叫道：“哥哥。”

闻言，陈淮望微微侧头，迷蒙的夜色模糊了视线，于是他微眯黑瞳，看着她。

每当她带有目的说一些话的时候，明亮的眼睛总会从一对满月变成两弯小月牙，嗓音也总是甜得像是在蜜里浸过。

这些变化或许连她自己都未曾发觉。

陈淮望不喜甜食，却偏爱这副嗓子，喉结轻微滚动。

片刻，一声低沉的“嗯”从喉咙溢出，算是作为这声哥哥的回应了。

见他好不容易肯配合一次了，尤霓霓松了一口气，照着计划，先抛出一个前言：“那如果妹妹有难，当哥哥的是不是应该无条件地出手相救啊？”

前后不搭的话题显得有些突兀，陈淮望知道她又在打歪主意，下颌微抬，示意她接着往下说。

按照剧本发展，他应该给出肯定的回答才对。

怎么又不按常理出牌呢？

尤霓霓皱了皱鼻子，被杀了个措手不及，只能硬着头皮往下说，终于勇敢地迈出第一步，说了一句有用的，和核心主题有关的话。

“是这样的，今天你也看见了，我在学习上遇到了一点小麻烦。你要是不介意的话，能不能帮我一个小忙？”

“想让我给你补数学？”

“哇，你真聪明！”尤霓霓又是为他竖大拇指，又是为他鼓掌，确定高帽戴牢固后，才说出真正的目的，“确实和数学有关，不过不是帮我补数学，是帮我做几张数学试卷啦。”

陈淮望沉默了半瞬，问道：“为什么？”

为什么？

又是一个意料之外的问题。

幸好尤霓霓随机应变的能力超强，随便找了一个借口：“因为真的太多了，就算我熬通宵也不一定能……”

可话没说完，便被打断。

陈淮望转过目光，逼视她，嗓音微沉：“别让我问第二遍。为什么？”

好吧，看样子是没办法蒙混过关了。

尤霓霓不敢再隐瞒，只好老实交代自己的作案动机，把起因经过都一五一十地告诉给了他。

只不过听到一半，陈淮望就没心情听了，也不能再听她多说一个字，否则他下一秒可能会忍不住掐她脖子。

意味不明地盯着她看了一眼后，他嗤笑：“对你来说，追星就这么重要吗？”

一个非常耳熟的问题。

而尤霓霓的想法还是没有变，肯定道：“对啊！你想想，数学试卷能带来哥哥给我的那些快乐吗？当然不能啊，所以我……”

陈淮望从她身上移开眼睛，不再说话，甚至没有听完便起身离开，走进渐浓的夜色里。

见状，还在说个不停的人一时没反应过来，讷讷地闭上嘴，视线无意识地跟随他离去的背影。

怎么说走就走了呢？

尤霓霓被留在木椅上，一脸茫然，不知道自己的哪句话又踩到了他的雷区。独自坐着思考了一会儿后，她“哦”了一声，突然想到了一种可能性。

难道是觉得她不务正业？

可是，她本人都不着急，他急什么？

尤霓霓没想明白，又看了看那道快要消失在夜色里的背影。

要追上去吗？

她想了想，觉得还是算了。之前的经验告诉她，陈淮望现在正在气头上，不管她说什么都没用。还是等万能的时间发挥一点作用，稍微冲淡这一切后，她再见机行事好了。

尤霓霓不知道的是，陈淮望今天的心情是真的不好。因为下午最后一节课刚下课，他突然接到陈宗岩的电话。当然了，他并没有接通，只是坐在座位上，静静地看着手机屏幕亮又灭，灭了又亮。最后，等对方耗尽耐心，断断续续亮起的屏幕终于消停。

但陈淮望知道不会就这样便结束了。果不其然，没一会儿，屏幕再次亮起，这一次换了一个号码。

一个他没有办法再无视的号码。

陈淮望接了起来。

一个年迈慈爱的声音传来，关心道：“小淮，是奶奶，你最近怎么样啊，在新学校还习惯吗？”

“嗯，习惯。”

简短得不能再简短的回答，好像没有要多说一个字的打算。

老人知道他的性格，没有太在意，自顾自地絮絮叨叨说了很多，最后叹道：“奶奶想你了，你什么时候回来看看奶奶？”说完，怕他拒绝，多加了

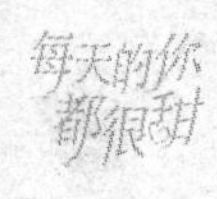

一句，“如果你不想回来，那就让奶奶去看看你吧。”

良久的沉默后，陈淮望给出的答复也只有一个字。

“嗯。”

即便如此，老人依然很高兴，又对着他说了一大堆才依依不舍地结束通话。

挂断电话后，陈淮望把手机扔进抽屉里，起身下楼。

当听见尤霓霓声音的时候，他心里正烦，一开始没什么心情搭理。谁知道她似乎并不在意被无视，反倒一直在他的身边叽叽喳喳。

等陈淮望意识到这一点，莫名地，那些压得人有些烦闷的烦心事竟消失不少。

她总是这样一个神奇的存在，像是掌握了他心情的开关。

陈淮望认了，开始陪她有一搭没一搭地聊天。

直到她提起鬼屋的事。

她大概深谙“扔颗糖再给一巴掌”之道。陈淮望承认，在这件事上，他不是她的对手，也不想再被她左右情绪，干脆离开。

虽然不太清楚陈淮望生气的具体原因，但尤霓霓隐约觉得，她这次好像闯了大祸。因为自从那天傍晚过后，他俩已经连续三天没说过话了。

这让尤霓霓觉得自己必须尽早重视这个问题，要不然到时候想挽救都挽救不了。

于是，第一节课的课间时间，她来到斜对面的教室门口。还没敲门，身后便传来一道熟悉的招呼声：“早啊，小学妹。”

尤霓霓赶紧转过身子。

结果一回头，第一眼看见的竟是江舟池，唇畔含笑，目光温和。

原本就对他没有抵抗力的人这下双腿更是没骨气地软了，扶着身后的墙才不至于坐在地上。

见她看直了眼，丛涵伸手在她面前晃了晃，问道：“又来看舟舟啊？”

“啊？”

尤霓霓回过神，反应过来他说了什么后，连忙摆摆手，往旁边一看，指了指一直没说话的人。

“我……我找他。”

这话说得不是很有底气，因为她害怕被陈淮望无视。

事实证明，她的担心不是没有道理。陈淮望确实连话都不想和她说，甚至没有多看她一眼，径直推开她身后的门，走了进去。

尤霓霓绝望了。

见状，江舟池安慰道：“我进去看看他。”

“嗯！”还是哥哥好！

尤霓霓双眼含泪，带着感激，重重地点点头。

一转眼，原地只剩下丛涵。

其实这几天他隐约觉得陈淮望周围一直笼罩着一层低气压，却以为是因为陈淮望家里的事，所以没多问，哪儿知道原来问题是出在尤霓霓身上。

他试探着问道：“陈淮望又惹你不开心了？”

尤霓霓打起精神，摇了摇头，主动承认错误：“这次好像是我惹他不开心了。”

丛涵一听，不相信：“不可能吧，你脾气这么好，怎么可能惹他不开心？你做什么事了？”

“我让他帮我做数学试卷。”

“就这点小事儿有什么值得生气的。”丛涵怀疑自己的耳朵。

“可能他看我只顾着追星，不顾学习，恨铁不成钢吧。哎，我……”

尤霓霓还在猜测原因，丛涵却越听越不对劲，打断道：“等等，你让他帮你做数学试卷是为了空出时间去追星？”

“对……对啊。”

丛涵闭嘴了。

难怪陈淮望会生气。

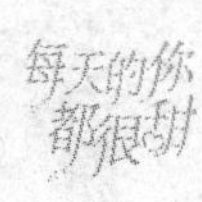

他叹了叹气，扮演和事佬："小学妹，你知道陈淮望这个人很少关心别人，和你闹脾气也是希望你多分一点注意力给学习。虽然我相信你自己心里肯定有数，他这么做完全就是多管闲事，但看在他这么担心你的份上，这次你就哄哄他吧。"

一听这话，尤霓霓陷入沉思。过了一会儿，她点了点头，答应道："好，我知道了。"

晚上。

晚自习结束铃一响，早就蠢蠢欲动的同学们纷纷开始收拾书包，迫不及待地准备回家过周末。

除了尤霓霓。

她一动不动地坐在座位上，难得有这么静下心来写作业的时候。

时间就在"沙沙沙"书写的笔下流逝。

等距离高三下课还剩最后几分钟的时候，尤霓霓合上练习册，伸了个懒腰，起身去关教室窗户，打算离开了。她却在无意间看见楼下停着一辆黑色保姆车，很是眼熟。

再一看，一道熟悉的身影正朝它走去。

她反应过来。

看样子江舟池应该提前几分钟下课了。

尤霓霓忘了来窗边的目的，不自觉地托着脸颊，目送他离开。

可就在车门拉开的瞬间，她眼尖地发现，车上还坐着一个人。虽然被挡住了脸，但可以清楚地看见那人穿了一身三中的校服。

见状，她赶紧往斜对面的教室看了看，确认陈淮望和丛涵都在里面。

难不成是李寂，还是其他同学？

尤霓霓的脑子里冒出种种可能性，还没从中挑选出一个确切的答案，下课铃声突然响起。

她回过神。

为了避免和放学的人错过，她赶紧收起思绪，不敢耽误一分一秒，抓紧时间，关上门窗，背上书包，来到教室门口等着。

从涵第一个走出来，看见尤霓霓后，一脸意外："这么晚了，还没回去啊小学妹？"

说完，他又自个儿明白过来，递给她一个鼓励的眼神，为她打气："要是陈淮望知道你专程留下来等他，肯定会感动得哭！"

"嗯！"

这时，被他们谈论的人从教室里走出来，而后视他俩为空气，径直从他俩身边走过。

尤霓霓不聊天了，赶紧追上去。

谁知她只不过是慢了几步，便差点跟丢人。再加上陈淮望腿长，一步抵她两步，她必须小跑着才能跟上他的步伐。

这种情况一直维持到出学校大门。

眼见着两人间的距离再次逐渐拉大，尤霓霓心想这样下去也不是办法，一咬牙，加快速度，直接跑了过去，扯着他的衣袖，阻止了他的脚步。

陈淮望被迫停下，低眸看了看衣袖上的那只手。

目光冷淡，没什么情绪。

即便如此，尤霓霓也没放开，态度诚恳、语气真挚地向他道歉。

"对不起，我错了，都怪我一时鬼迷心窍，才会让你帮我写数学作业。我发誓，以后我一定先好好学习再好好追星！"

一口气说完后，她又歪着身子，强行挤进陈淮望的视野，抛出一个诱人的条件。

"只要你肯原谅我，以后……以后我的脸随便你捏！"

可惜，老天爷依然没有帮她一把。

陈淮望抬眸看她，接着一根一根掰开揪着他衣袖的手指，从她手里抽回自己的手，毫不留情地走了。

好在尤霓霓做好了碰壁的准备，不死心地继续追上去。

然而这时突然冲出一辆逆行的电动车，几乎是贴着她的身子飞驰而过。

她吓了一大跳，整个人往后猛地一退，结果没注意身后的街沿，一不小心被绊倒，摔在地上。

真是祸不单行。

原本尤霓霓想着就当是自己倒霉，认了。没想到骑电动车的男人反倒不肯善罢甘休，走远了还回头骂道："走路不看路，没长眼睛啊！下次撞不死你！"

她一听，差点一口气提不上来。

脚踝传来钻心的痛，莫名其妙的一通骂以及前面那道头也不回的背影，三者加起来，终于让她的眼泪爆发。

尤霓霓越想越委屈，一边哭，一边寻找支撑点想要站起来。

眼前却忽然一暗。

她抬头一看。

那道明明已经走远的身影重新出现在她的眼前。

只见陈淮望背对着她，半蹲在她面前，低声道："上来。"

尤霓霓一愣。

见身后的人半天没反应，陈淮望也没回头，只朝后面伸了一只手，算是威胁，催道："趁我还没改变主意。"

一听，她立马回过神，搭上他伸过来的手，借着他的力，爬到他的背上，紧紧搂着他的脖子，生怕他真的反悔。

捞起扔在地上的书包后，陈淮望站了起来。

小小的姑娘是真的轻，即使加上了书包的重量，他也完全不觉得重。真正让人有负担的是，她微凉的脸颊时不时蹭过他的颈侧，还有喷洒在皮肤上温热的呼吸。

陈淮望敛了敛神。

沉默着走了一会儿，尤霓霓突然闷声闷气道："我不要当你妹妹了，一点都不好玩，我要做回大小姐。"末了，又小心翼翼地问了一句，"这样你

还会一直不和我说话吗？”

委屈的声音里还带着一点刚才的哭腔。

陈淮望心软了。

其实刚才的每一个瞬间他都心软过，不管是走出教室看见她，还是被她拽着衣袖，更别提现在。

他舍不得她这样难过。

于是他打算开口接话，谁知下一秒又听见她念顺口溜，像是自言自语，又像是故意说给他听。

“一般般的望望，一般般的拽，一般般的霓霓，望望甩都不甩。”

嗯。

大小姐的自愈能力果然不一般。

陈淮望抬头，望着远处的灯火腾跃，隐忍着的烦躁终于渐渐平息。

他从不否认自己的坏脾气以及古怪的性格，有时候连他自己都觉得厌恶。可是，她好像一点没被这些不讨喜的毛病吓跑，反而总像现在这样不厌其烦地哄他。

只有她。

这个发现足以驱走所有阴霾。

陈淮望轻扯嘴角，微不可察地笑了笑，眉宇间的冷漠逐渐被带有温度的情绪覆盖。

Chapter · 10

大小姐偶尔犯犯错，你应该多包容包容她才对啊！

虽然没有得到回应，但尤霓霓听陈淮望刚才的说话语气，觉得他好像没一开始那么冷漠了，而且终于愿意搭理她了。

也就是说，她的努力还是有用的吧？

这么一想，尤霓霓重拾信心，燃起希望，重新小心地试探："你是不是觉得我经常惹你生气？"

回应她的是一记低哼，仿佛在说，知道就好。

果然不按剧情走。

尤霓霓理亏，没办法反驳，只能继续认错："对不起嘛，我真的知道错了。你就再给我一次机会好不好？而且……而且大小姐偶尔犯犯错，你应该多包容包容她才对啊。怎么可以不理她呢？她得多伤心啊。"

如今，她不但完美消化适应"大小姐"身份，而且运用得炉火纯青，俨然把它当成了一块砖，哪里需要哪里搬。

对于这个现象，陈淮望不予置评，只回道："没有下次了。"

哎？这是原谅自己了吗？

尤霓霓一听，高兴得手舞足蹈，立马给他戴高帽，为长远的将来打下良好的基础。

"我就说你不会这么小气，看来我果然没有看错人！我相信，以后要是我又一不小心犯了什么错，你也一定会原谅我的，对吧！"

遗憾的是，陈淮望的今日份配合额度已用完。

他毫不给面子地回道：“不一定。”

“哦。”

尤霓霓明亮的眼神瞬间变得黯淡。

她放弃了耍小聪明的念头，本想再争取争取，却发现他们并没有往站台的方向走，于是问道：“我们这是要去哪儿啊？”

陈淮望没说话，握着她纤细的小腿，抬起来，轻轻晃了晃，就当作是回答了。

尤霓霓低头一看，原来她的右脚踝已经肿了起来。

从医院出来以后，尤霓霓的情况没一开始那么严重，但她的脚还是一沾地就疼得慌，完全不能走路。

所以，这一次陈淮望没有再止步于小区门口，而是一直背着她走到她家门口。

程慈见她这么晚没回来，打电话也关机，在家急得团团转，一听见外面的动静，赶紧去开门。

谁知一打开，第一眼看见的是陈淮望，接着才是趴在他背上的尤霓霓。

程慈第二眼看到的是她肿得像馒头的脚踝。

见状，程慈吓了一大跳，一脸担心：“出什么事了啊，怎么伤成这样？”

“没什么啦，就是不小心扭到了脚。”

在她的搀扶下，尤霓霓从陈淮望的背上转移到地上，解释道：“我已经去医院看过了，医生说没什么大问题，只是看着吓人。”

“真的没什么大问题？”程慈不放心。

“真的！”

尤霓霓重重地点点头，又望向身边的人，偷偷在后面拉了拉他的衣服，让他做证：“对吧？”

陈淮望嘴角微抿，良久才“嗯”了一声，听得出来并不是很想配合她说谎。

但这都不重要，重要的是他的肯定。

一得到他的回答，尤霓霓便终止这个话题，转而说道：“谢谢你送我回来，都这么晚了，你快回家吧，路上注意安全啊。”

谁知道话音一落，程慈突然发出邀请：“背了霓霓一路，肯定累了吧？要不要进来喝杯茶，歇一会儿再走？”

原本尤霓霓以为陈淮望会拒绝，谁知陈淮望竟然说了句“谢谢阿姨”，而后一点不见外地走了进来。

怎么回事？

尤霓霓满头问号，又听程慈说道：“你能再帮我把霓霓背到楼上去吗？我这身老骨头怕是抱不动她了。”

上一句话还没消化完，她又被这句话呛得不轻，正想让程慈别再瞎安排，腰上忽然多出一股力道，而后她整个人腾空。

陈淮望一把将她抱起，步伐从容地往楼上走去。再一看，程慈不但没阻止，反而一直担心陈淮望，让他别伤着自己了。

到底谁才是她的孩子？

就在尤霓霓自心底为自己打抱不平的时候，陈淮望已经抱着她来到楼上的卧室。

美式田园风格的房间布置温馨，干净整洁，也随处可见追星的痕迹。

比如，床上躺着的江舟池的等身人形抱枕。

把怀里的姑娘放在床上，陈淮望重新走到门口，按亮卧室的灯，一回头，便看见这样的景象。他轻轻挑挑眉，脸上的表情意味不明。

发现他在看什么后，尤霓霓白净的脸颊瞬间变得通红，难得在他面前表现出害羞的情绪。

她果断一骨碌滚到抱枕旁边，以最快的速度将它塞进被子里，而后清清嗓子，岔开话题：“我妈妈就是这样，你别把她的话当真，要是想走，随时都可以走的。”

陈淮望没回答这话，而是说道：“数学试卷给我。”

见他也转移话题，尤霓霓疑惑地问：“干什么？”

“你不是让我帮你做吗？”

“谁说的？没有的事！”

尤霓霓以为他是在“钓鱼”，只为了检查她到底是不是真的改过自新，想也没想，连忙摇头摆手拒绝，表明自己的立场。

结果下一秒又听他说：“如果我说我想写呢？”

还真是一个不小的诱惑。

尤霓霓当然知道他这么说是为了给这次的不愉快画上一个圆满的句号，经过一番艰难的挣扎后，她摇了摇头，拒绝道：“不用了。”

“嗯？”

“我觉得你说得对，我应该分清追星和学习的主次。我相信我哥哥肯定也不愿意看见喜欢他的人因为他而耽误学习。”

闻言，陈淮望眼底闪着温和的光，摸了摸她的脑袋，欣慰道：“看来大小姐终于长大了。”

尤霓霓之所以拒绝陈淮望的提议，除了要好好学习，还因为周末尤正柏正好出差回来。

星期天上午，她和程慈一起去接他，顺便在外面吃午饭。

三人来到之前订好的饭店。进去之前，尤霓霓先去了一趟洗手间，万万没想到的是，出来的时候，竟然在走廊上撞见了肖骞。

对方穿着一身黑色卫衣和深色牛仔裤，整个人看上去依然阴沉沉的，距离她只有几步远。

一开始，尤霓霓还以为是自己眼花，仔细确认一番，心如死灰。她习惯性地埋着头，尽量伪装成空气，降低自己的存在感。

擦肩而过的瞬间，一个陌生而阴郁的声音从头顶砸下。

“喂。”

尤霓霓吓得一抖，假装没听见，继续默默地贴着墙壁，从他身边走过。

然而这次她的脚步还没迈出去，她的衣服便忽然被人从后面拉住，限制了她的行动。

“耳朵聋了？”

不是吧。

尤霓霓不相信自己这么倒霉，茫然地抬头：“你是在叫我？”

肖骞看上去有些不耐烦，语气不善：“不然呢，这走廊上除了你还有谁？鬼？”

这个人怎么这么凶，就不能好好说话吗？

之前的偶遇都是她在明，肖骞在暗，偷偷溜走就完事了。像这样正儿八经地打交道还是头一次，尤霓霓说不害怕当然是假的。

她小心翼翼地问：“我们认识吗？”

“不认识。”

“那你叫我干什么？”

肖骞松开她的衣领，转而靠着墙，减轻脖子的负担，看着她，说道：“没什么，就想和你聊聊。”

这么突然？

对于他的一言一行，尤霓霓还是没有丝毫头绪，只得继续问道：“聊什么？”

“你觉得陈淮望这个人怎么样？”

哈？

毫无铺垫的问题更是听得人一头雾水。

尤霓霓皱了皱眉，不知道他是想听正面的回答，还是不那么正面的回答。最后，她决定折中，模棱两可地回道：“还可以吧。”

“还可以？”

“那就不太好吧。”

尤霓霓一边换答案，一边观察肖骞的表情，见还是没有好转的迹象，第三次跳票，改口道：“挺好的，挺好的。”

这下肖骞好像终于反应了过来，脸色一变：“你逗我玩呢。”

到底是谁逗谁玩啊！

尤霓霓无语，一时脾气上来，没控制好语气：“这也不满意，那也不满意，那能不能直接和我说你想听什么样的答案啊？”

见状，肖骞冷笑一声，轻轻推了推她的肩膀：“怎么，不耐烦了？”

“没有……”

这话让尤霓霓想起了自己的身份，表面上重新变得顺从，实际上已经在背地里辱骂他了。骂完，她又主动地问道：“你为什么这么关心这个问题，你和陈淮望是什么关系？”

“没关系。”

骗谁呢！

尤霓霓才不相信这话，又忍不住替陈淮望出头：“没关系？没关系你一直针对他干什么？”

“我乐意。”

哇，真是一个欠扁的回答。

要不是因为打不过，尤霓霓的拳头已经落在了他的身上。

她不知道应该怎么接话了，更不知道应该如何结束这段对话。幸好程慈的声音及时从不远处传来，催道：“霓霓，还站着干什么呢？快进来吃饭了。”

“来了！”终于得救。

尤霓霓松了口气，连忙应了一声，以最快的速度远离危险，朝包厢小跑去。

程慈的视线还落在肖骞的身上，等她过来后，问道：“那个男生又是谁，你同学？”

尤霓霓猛地摇摇头，一边把她往里推，一边带着强烈不满的个人情绪，回道：“就是我们学校里的一个大反派！”

最后的尾音随着关门声一同落进肖骞的耳朵里。

大反派？

看来他刚才对她还是太好了点。

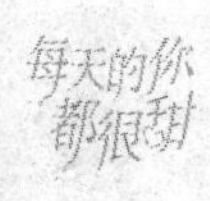

尤霓霓没有把这场偶遇放在心上，回归了正常生活。

星期一早上，她毫无悬念地起晚了。幸好雷正平看在她周末认真做试卷的份上，放了她一马。

这份快乐一直持续到下午第一节课。

上课铃响起后，尤霓霓看了眼黑板上的课表，刚拿出生物书，雷正平却走了进来，引起哀号声一片。

数学老师的占课理由总是取之不尽，用之不竭，有时甚至干脆不用理由。

他站在讲台上，等大家号够了，拍拍桌子："行了，吼什么吼。你们王老师有事，这节生物课和周五的体育课换一下。"

话音一落，尤霓霓和方遥雨同时愣住，僵着脖子，转过头，不可置信地对视一眼，接着握着彼此的双手，控制不住自己激动的心情，"啊啊啊"地叫了起来。

是的没错。

斜对面的高三（1）班这节课也是体育课，这就意味着，这次她们能看见流汗水的性感哥哥了！平时能逃则逃的人头一次这么期待上体育课。遗憾的是，直到结束热身活动，她们都没有见到想见的人。

趁着体育老师去拿排球练习需要的器材，方遥雨四处打探情况。尤霓霓闲来无事，被隔壁三班的三个追星女孩邀请加入闲聊。

由于同为墙头草类型，而追哥哥的轨迹大多时候都基本重合，所以四个人的关系不错，平时有了新墙头也会彼此相互狂塞"安利"。

而最近她们几个人的喜好也是相当一致，全成了江舟池的粉丝。

看见她后，女生们关心的第一件事——

"霓霓！怎么样？和哥哥说话的感觉是不是赛过活神仙！"

"当然。"

一提起这个话题，尤霓霓想不骄傲都不行，甩了甩头发，故作不在意道："这还用得着问吗？"

"慕了！"

“酸了！”

“哭了！”

……

尤霓霓意识到自己得意过头了，赶紧补上一句：“别这样，别这样，你们也很幸福啊，还可以和哥哥一起上体育课。哪像我们，只有今天快乐。”

然而此话一出，气氛更悲伤了。

三人忧伤地捧着脸，叹道：“唉，幸福什么呢。上周哥哥都没来上这课，不知道今天会不会出现。”

啊？

一听这话，尤霓霓愣了愣。

她回想了一下，发现上周好像确实没在网上看见江舟池上课的视频流出来。如果今天他还是不来上课，那她岂不是白高兴一场？

尤霓霓不禁忧从中来，遗憾道：“原本还想一睹哥哥的芳容，看来是没希望了。”

谁知话音刚落，后脑勺忽然被人拍了一下，不痛，但“哎哟”声还是自动从她的嘴里蹦出。

谁的胆子这么大！居然敢在我头上动手！

尤霓霓感到一阵莫名其妙，揉了揉脑袋，抬头寻找不要命的人，结果只看到一道背影。

修长而挺拔，透着一点淡漠和漫不经心，就像是雨后的一片晚霞。

除了陈淮望，还能有谁？

三个女生还不知道他俩的关系，看见这一幕后，表情震惊，赶紧问道：“霓霓，什么情况！你和大佬很熟吗？”

“不……”

怒火中烧的人正准备吼出“不熟”两个字，兜里的手机振动了一下，打断了她的话。她拿出来一看，居然还是刚才对她“施暴”的人发来的微信。

chen：想清楚了再回答。

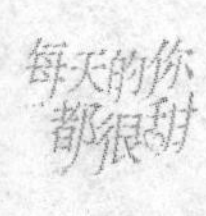

现在她连自由发言的权利都没有了吗！

虽然不高兴他的专制，但尤霓霓不得不承认，被这么一警告，她确实不敢再乱说话了。万一他这个小气鬼又闹别扭了怎么办？

正想着，不远处忽然爆发出一阵吵闹声。

四个人立马循声望去。只见原本还散落在操场各个地方的人如同河流汇流，全都拥向操场入口处。

这下不用问她们也知道是什么情况了。

她们互看一眼彼此，二话不说，摆出百米冲刺的姿势，气势足得仿佛能听见摩托轰油门的声音。结果正当她们准备松开刹车狂奔的时候，体育老师的声音非常不合时宜地从不远处传来——

“十三班的集合！”

“嗯？”

不用集合的三人递给尤霓霓一个同情的眼神，而后头也不回地奔向哥哥。

尤霓霓气得拿自己的头发出气，双手没个轻重地乱揉一通，一身怒气地回到班级所在的位置。

同样不甘心的当然还有方遥雨。

她平时一直教育尤霓霓，看见哥哥的时候一定要淡定，千万不能表现出八辈子没见过哥哥的样子，否则既丢哥哥的脸，也丢自己的脸。

而她本人在这一点上一向做得很到位。

比如，她从来不会专程在教室门口蹲江舟池。就算他突然出现在走廊上，她也不会立马冲出教室，只为了看他一眼。

但今天的情况不一样。

因为打篮球的江舟池可遇不可求，错过一次，谁知道下一次在什么时候。

等到终于解散，十三班可以自由活动的时候，另一端的篮球场早就被围得里三层外三层了。见状，尤霓霓和方遥雨两个可怜人迅速拉着手，赶往人群中心，可挤破了头，也没有突破第一层人墙。

“我们怎么这么多情敌啊？”

“因为哥哥值得！”

“嗯？”

突如其来的“彩虹屁”让方遥雨措手不及，本来想说，还有一部分原因是陈淮望在场，却又听她说道：“我去另一边看看！”

“好。”

两人兵分两路，不幸的是，尤霓霓围着篮球场几乎转了一圈，也没有找到一个突破口，只能时不时地跳起来，断断续续地看。动作就像是夏天下雨的池塘里跃出水面的鱼，也像是在跳蹦床。

总之，十分辛苦。

然而就是在这么惨的情况下，老天爷依然不肯放过尤霓霓。当她又一次努力做跳跃运动的时候，旁边足球场上的男生不小心踢飞了球，直奔她的脑袋而来。

咻——砰——咚——

足球落地。

尤霓霓的眼睛顿时变成两盘转圈的蚊香。

她有点蒙了。

为什么最近她总是遭受这种肉体上的摧残？

在后脑勺持续不断传来的疼痛作用下，尤霓霓继续灵魂出窍，也就没有看见拥挤的人群这时忽然自发地分开到两边，让出一条路。

陈淮望逆光而来。

午后太阳正烈，为他的轮廓镶上一圈金边，一举一动仿佛都带着点神圣的意味。

他微蹙着眉，大步走到尤霓霓的面前，不顾旁人形形色色的目光，直接抬手，轻揉她受伤的地方，语气微沉：“球来了也不知道躲开？”

男生身形高大，女生个子娇小，以至于这个动作看上去就像是他把她抱在了怀里。

不过尤霓霓正被尴尬环绕，无心留意这些。回神后，她委屈地反驳了两句：“我哪儿知道球会从那个方向飞来啊……我脑袋后面又没长眼睛……”

由于视野全被挡住，导致她并不知道周围的状况，否则一定不会往他的怀里钻。

而现在的她只觉得丢脸，于是紧紧揪着陈淮望敞开的球服，把它当作最后一根救命的稻草，遮住脸，问道：“有没有人在看我？”

看她这样躲在自己怀里，陈淮望的表情有所缓和，哼道：“你觉得呢？”

绝望。

看来今天是没办法抬头做人了。尤霓霓在心里想着。

还好陈淮望来得及时，所以应该没人看见她的脸。现在她要做的就是如何在不露脸的情况下，不着痕迹地转移到人少的地方。

嗯！

这让尤霓霓心里稍感安慰，重新打起精神，望着他，悄悄地问道：“那你能把球服借给我吗？”

细软的乌黑短发随着她抬头的动作滑落，露出被遮住的耳朵。莹白柔软的耳郭已经充血泛红，在光下是透明的绯色。

陈淮望神色一凝，下意识抬手，又想起刚打过篮球，手是脏的，最后只能用手背轻轻碰了碰，有些发烫。

尤霓霓一心观察着周围的环境，没有察觉这一动作，只知道一直没得到回复，便着急地催他：“嗯？”

陈淮望敛起心绪，回道：“不能。”

“为什么？”

“不为什么。”

这个坏人！这种时候居然不知道主动保护大小姐安全撤离！思想觉悟太低！

没办法，尤霓霓只能靠自己。为了不被人看见脸，她的额头抵着陈淮望

的胸膛，打算单手迅速脱下自己的校服外套，再迅速蒙住自己的脸，最后用一副标准的掩耳盗铃姿势迅速跑走。

计划很顺利，过程却不太顺利。

刚进行到第一步，背后骤然响起命运般的吼声——

“尤霓霓，你又在干什么！”

声音之大，气势之足，自带喇叭音效，听得原本还在庆幸自己没被发现的人表情一僵。

这下好了，全都知道被球砸到的人是她了。

尤霓霓没想到自己都这样了，竟然还能被雷正平认出来，一时不知道该说些什么好。很快，她又猛地意识到一个比暴露身份更为严重的问题，倒抽一口冷气，连忙转过身子，澄清道：“雷老，您听我解释，我……”

“什么都别说了！”

上次至少没有什么肢体接触，这次都发展成搂搂抱抱、拉拉扯扯，甚至脱衣服了，还解释什么！

解释就是掩饰，掩饰就是讲故事！

本来雷正平只是下楼散散步，哪儿知道会撞见这一幕，气得不想再和她多说一句话，斥道：“下课以后来我办公室！”

说完，他没再给她说话的机会，背着双手，朝教学楼走去。

望着雷正平离开的背影，尤霓霓哭了，失去全世界一般，丧气地蹲在地上，烦躁地狂揉自己脑袋。盘了一会儿，她又停下，抬头看另一位当事人。

原本她还以为陈淮望至少能安慰安慰她，却没想到竟在他眼底看见隐约的笑意。

笑？

他居然还笑得出来？

一想到待会儿要面对的事情，尤霓霓头都大了。见他反而一副没事人的样子，她气得站起来，直拿手指戳他，怒道：“笑笑笑！回去等着收我的绝交通知书吧！从此我俩恩断义绝！再无瓜葛！”

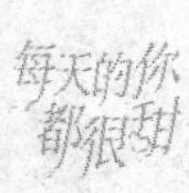

“嗯？”

对于她这番言辞激烈的控诉，陈淮望一个字都不打算认，握住她纤细的手指，无耻地问：“我做错什么了？”

做……做错什么了？

尤霓霓正在气头上，闻言，原以为自己能罗列出一大筐他的错误，却不幸卡壳了，刚提上来的气也卡在嗓子眼。

他确实没做错什么。

可惜人都是喜欢推脱责任的动物，尤霓霓当然也不例外，憋了半天气，终于硬想了一个罪名出来：“你刚才要是把衣服借给我，就不会被我们班主任看见了！这难道不是你的错吗！”

话音一落，雷正平又来了个回马枪。

“尤霓霓，你还在那儿打情骂俏是不是！赶紧给我分开！”

这下尤霓霓不敢再耽搁，从陈淮望的手里抽回手，随便找了一个角落，自闭去了。

体育课结束后，她乖乖来到雷正平的办公室接受教育。雷正平也不和她扯东扯西，毕竟已经认定她就是有这么一回事儿，所以等她走到面前后，开门见山：“刚才那个男生和你是什么关系？”

“真的什么关系都不是啊……”

“刚才你俩都那样了，你还好意思说什么关系都不是？欺负我没年轻过是吧？”

好吧，这个回答是有点过分了。

尤霓霓想了想，稍稍松口道：“那也顶多就是朋友关系，真的不是您想的那样啊。”

然而这次雷正平打死都不会再相信她。

见她不肯承认，他省去询问前因后果的步骤，也不想听她辩解，直接问道：“说吧，什么时候开始的？”

“我和陈淮望真的不是您想的那样。您说像我这样以学业为重的学生，

怎么可能会做出出格的事呢。您也知道，距离产生美，我喜欢的都不是现实里的人啊。”

尤霓霓一边说着，一边伸出食指，指着一旁的柜子，里面装的全是各科老师没收的小说、漫画、杂志、画册，其中“半壁江山”都是她打下的。

“您看，这些曾经都是我的哥哥。每当我觉得辛苦，想要放弃的时候，是他们的优秀敦促我好好学习，天天向上，成为更好的人。您觉得我会背叛他们，和其他男生谈恋爱吗？”

把追星这件事说得如此正能量，堪称追星典范。

好在雷正平是个开明的、与时俱进的老师，再加上学校里本来就有一个明星，所以他对于追星一族没什么偏见，也知道适当的追星确实能带来一些积极影响。

听完这番高谈阔论，说好打死不相信她的人又有点动摇了。

见他沉默，尤霓霓知道有希望，连忙乘胜追击，按照方遥雨刚才教的方法，开始放大招。

她重新低下头，换回卑微的态度，以退为进：“您要实在不相信我的话，就请我家长来吧，反正我也不过就是挨一顿打骂而已。”

最后一句话不是摆明了在威胁他吗？

看尤霓霓都把话说到了这种份儿上，雷正平又好好掂量掂量了她刚才说的每句话，没发现漏洞，最后决定姑且再信她一次。

“写一份检讨，最迟明天早自习交给我。”

又是这个标准结局。

“还有，以后注意保持和男生的距离！保护好自己！我不希望下次再看见类似的事情发生！”

“嗯！”

“你别光口头上答应得好，必须给我落到实际行动上！”

“嗯嗯！”

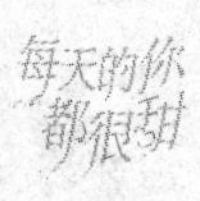

虽然在这场战役里，尤霓霓算不上毫发无损，但能争取到目前这个结果，她已经很知足了，心满意足地走出办公室。

然而刚踏上走廊，她又和一个她最不想见到的人迎面撞上。

四目相对的瞬间，尤霓霓想挖掉眼睛，脑内警铃大作，刚放松的心情再次紧张起来。这下她没心思再想别的事了，尚未落下的脚后跟立刻换了一个方向，一点也看不出刻意的痕迹。

可她还没走出去两步，便被肖骞拎着衣领，轻轻松松地提了回来，同时听见他并不友善的声音，说道："跑什么跑，我会吃人吗？"

尤霓霓吓得缩了缩脖子。

吃人倒不至于，但是——

"你会打人啊……"

"嗯？"

肖骞表情略显烦躁，因为他无法反驳，只好说道："那你别把自己当人。"

品品，这新颖的解题思路，这独一无二的逻辑，简直绝了。

她还能回什么？

"哦。"

回答虽然简洁，肖骞倒没再说什么，松开她，又看了看她短发下露出的一点肌肤，问道："你耳朵怎么样了，有没有事，头呢？"

最怕大反派突然的关心。

尤霓霓立刻抱头，捂住自己的两只耳朵，一脸警惕地看着他，总觉得他下一句话会说"如果没事的话，我就让它有点事"。

不能怪她以君子之心度小人之腹，只能怪肖骞这个人平时坏事做得太多。

她提防道："你干吗关心我的头和耳朵？"

肖骞面无表情道："你再废话，我可能真的会打人了。"

这个人怎么这么暴躁呢？

尤霓霓完全不知道他想干什么，随后又想到一种可能性，恍然大悟的同时，震惊道："刚才那个球该不会是你踢的吧？天啊，你技术也太烂了吧！"

肖骞阴沉着一张脸："再说一遍。"

尤霓霓立马闭上嘴巴。

她又不傻，怎么可能会再说一遍。不过，他不是来和她道歉吗，不应该是这个态度吧？

正想着，她的手腕忽然被扣住。肖骞拉着她往楼梯口走，好像要带她去什么地方。

还在想事情的人一惊，赶忙回过神来，还以为他真的要打人了。路过高二(1)班门口的时候，她毫不犹豫地朝里面大喊一声："木鱼、糊涂虫救我！"

巧的是，话音刚落，前面的人突然停下。

尤霓霓还在到处找救兵，没有注意，一头撞在他的后背上，"哎哟"一声，还以为赵慕予或是苏糊真的出来救她了，连忙探头去看。

最先入目的是一双被蓝色校裤包裹着的长腿，接着她的视线上移，才看见脸。

在不算特别明亮的自然光下，那双总是散漫的眼睛透着冰雪初融时的寒意，冷然在眉间洇开。

是陈淮望。

在这样孤立无援的情况下，陈淮望的出现无疑给尤霓霓带来巨大的安全感。

可随之而来的还有担心。

因为陈淮望和肖骞之间的气氛剑拔弩张，充满火药味，似乎只要一点点火花就能瞬间引爆这紧张的空气。

更重要的是，万一待会儿他俩突然打起来，最后肯定又会传成是为了她大打出手。

这种备受瞩目的事，尤霓霓实在不想再经历第二次，于是立刻一脸严肃地提醒道："你们都冷静一点，这里是学校，千万别动手伤了自己伤了对方。我真的不值得你们这样做！"

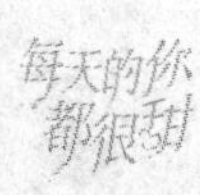

闻言，肖骞回头看她：“少往自己脸上贴金。”

这个人怎么也是嘴里没有一句好话呢！

尤霓霓一噎，不敢回嘴，只能冲他努了努鼻子，以示不满。

然而这一行为落在陈淮望眼里，却变成亲昵的小动作，仿佛两个人已经认识了很久似的。

他的心头升起一股烦躁。

靠着仅剩的一点理智，陈淮望才不至于做出一些吓到她的举动，耐着性子，对她说：“过来。”

嗯？

尤霓霓的注意力再次转移到陈淮望的身上。

雷正平的警告还在耳畔回响，她也再三告诫自己绝对不能一错再错，因此连连摇头，拒绝道：“不了不了，我们班主任让我注意和你保持距离。”

本来她还满心欢喜地以为这算得上是正当理由，谁知话音落下的瞬间，她清楚地看见陈淮望眼底的寒意加剧。

周遭空气凝固，温度骤降。

见状，尤霓霓赶忙换了一副口吻，可怜巴巴，改口道：“我过不来……”

手还被肖骞挟持着呢，怎么过去？

下一秒，陈淮望朝她走来。

尤霓霓又后悔了，觉得自己考虑不周。要是肖骞还是不肯松手，那他俩岂不是注定要打一场？

幸好这时赵慕予如从天降。

听见尤霓霓的喊声后，她一开始还以为是自己听错了。从教室走出来，她打算看看发生了什么，却没想到会看见这番对峙的景象。

她有些头疼，又没时间头疼，抢在陈淮望前面，径直走到肖骞的面前，问道：“你又想干什么？”

原本尤霓霓想告诉她，不用浪费时间，问了也没用，他是不会说的。

却不料遭遇史上最快打脸。

因为肖骞竟然一字一句地解释道：“她刚才被足球砸到了头，我带她去检查检查有没有脑震荡。”

嗯？

这个善良的回答完全超出尤霓霓的预料，以至于她觉得需要检查脑袋的人应该是肖骞才对。

赵慕予倒是一点不意外，“哦”了一声，冷静地回道：“不需要，放手。”

尤霓霓：“嗯？”

她知道赵慕予很刚，但不知道赵慕予竟然连肖骞都敢反驳。怎么回事，这还是她认识的木鱼吗？为什么突然之间变得这么厉害，厉害得连肖骞这种危险分子都能收拾了？

尤霓霓被她这番猛如虎的操作弄得一愣一愣的，不知道自己到底错过了什么。

不过赵慕予没废话也没解释，只对她说道：“回你的教室。”

“哦……哦……”

她还是没能从刚才的震惊中缓过来，目瞪口呆地转过身子，动作机械地走出去一段距离。

直到听见文武的声音从后面的楼梯口传来。

“你们几个都是哪个班上的，围在走廊上做什么，是不是准备来我办公室喝茶啊！”

随着话音落下，尤霓霓猛地想起自己忘了什么，连忙深深地埋着脑袋，折了回去，一头冲到只说了一句话的人面前，连拖带拽地把他拉走。

要是把陈淮望留下来单独面对肖骞，指不定会发生什么可怕的事。

不过没走几步，陈淮望反客为主，扣着她的手腕，将她一把拉到走廊的转角处，抵在墙角。

尤霓霓被挡得严严实实。

她抬头，一脸疑惑地看着陈淮望，见他冷着一张脸，没头没尾地问道：“什么时候开始的？”

嗯？

虽然这话说得不清不楚，但尤霓霓想了想，猜陈淮望大概是想问她和肖骞的事，果断给出一个求生欲满分的回答。

“我和他没有开始！现在没有！以后也不会有！”

她信心满满地认为这是标准答案，以至于没有察觉到陈淮望的脸色并没有好转。

与此同时，上课预备铃正好响起，她更是顾不上其他了，一心急着回教室，只最后叮嘱了他一句。

“我们这节课是数学课，如果现在一起出去，很有可能会撞上我们班主任，所以我先走，你过几秒再出来，知道吗？”

说完，尤霓霓从他手臂旁边探出脑袋，朝走廊上看了看，确定没危险后，火速地冲回教室。

几秒过后，陈淮望还站在原地。那句“我和他没有开始！现在没有！以后也不会有！”似乎盘旋在空气里。

她好像不知道，太过刻意的回答反而显得没有诚意，更像是在故意隐瞒什么事。

晚自习之前，尤霓霓和赵慕予、苏糊约好了去外面吃饭。

等在餐馆坐下，尤霓霓才想起一件重要的事，赶紧问道：“对了，木鱼，你和肖骞以前认识吗？为什么你都不怕他啊？”

赵慕予回答得轻描淡写：“一个只会用暴力解决问题的问题儿童有什么好怕的。”

有什么好怕的？

这还用问吗？当然是——

“怕他的暴力啊！”

一方面，尤霓霓觉得赵慕予这话说得没错；另一方面，她又觉得，在听过那么多关于肖骞可怕传闻的情况下，不管怎么说，面对他的时候都应该多

多少少有点害怕。

而不是像赵慕予那样，完全看不出一丝恐惧。

就算胆大如她，依然有点奇怪。

赵慕予没在意，一边回复微信消息，一边解答她的疑惑：“那可能是我皮厚，不怕被打吧。”

这么回答好像也没什么问题，但尤霓霓还是总觉得哪里不对。

然而这一次她没机会再问了。

因为下一秒赵慕予突然说道：“我有点事，先回学校了。你们慢慢吃啊。”

“啊？什么事啊，这么着急？”

“回来再和你们说。”

赵慕予没有正面回答，留下这么一句模糊不清的话便走出餐馆。

看着她匆匆离开的背影，尤霓霓又想起她之前奇奇怪怪的举动，若有所思道：“糊涂虫，我怎么觉得木鱼最近有事瞒着我们呢？”

苏糊似乎并不觉得这有什么，回道：“每个人都有自己的小秘密呀，瞒着我们多正常。”

“真的吗？”

在尤霓霓的观念里，朋友间应该无话不说毫无保留才对。现在听苏糊这么一说，她发现自己好像落伍了，握紧拳头，决定跟上潮流：“那我也要藏一点小秘密了！”

话音刚落，身后突然传来丛涵的招呼声：“小学妹，这么巧，你也喜欢吃这家的牛肉面啊。”

一听这声音，尤霓霓莫名开心，第一时间回头，却只看见丛涵和李寂两个人。

也许是还抱着一丝期望，她又四处看了看，确认了一番，可依然没找到那道想见的身影，只好问道：“他没和你们一起吗？”

丛涵在她旁边坐下，回道：“陈淮望啊？他不吃，在教室睡觉呢。”

闻言，尤霓霓皱了皱眉。即使本人不在场，她也忍不住教育道：“这个

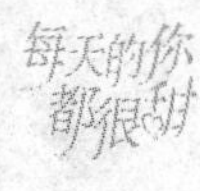

人挑食就算了，怎么还不吃晚饭？真是太不爱惜自己的身体了！”

“是啊，早饭基本上也不吃，都快成神仙了。”丛涵叹了口气，又话锋一转，“但这也没办法，他心情不好的时候就这样，喜欢自虐。”

心情不好？

尤霓霓敏锐地抓住这一重点，暂时放下上一个话题，追问道：“怎么了，发生什么事了吗？”

“还不就是今天在走廊上和肖骞撞上的事儿。哦，你当时也在场吧。”

她不光在场，准确来说，整件事都是因她而起。

“吃瓜”吃到自己身上，尤霓霓沉默，而后问出长久以来的困惑：“他俩的关系已经坏到这种程度了吗？连见一面都影响心情？”

“怎么说呢，你是不是觉得他俩就是单纯看对方不顺眼？”

见她点点头，丛涵继续往下说：“要是真有这么简单还好办一些，可惜他俩之间牵扯了太多其他事，我也不好和你多说，反正你以后最好还是别和肖骞走得太近。”

末了，他又觉得自己这话说得太过强硬，补充道：“当然，最后一句话只是我的一点小建议，不强制要求，毕竟你也有自由交朋友的权利对吧。”

尤霓霓却觉得冤枉。

“我没想和肖骞走太近啊，是他非要来找我。我又打不过他，除了配合他，还能怎么办呢？”

肖骞非要来找她？

啊……如果是这样的话，那还真的有点棘手。

丛涵认真地想了想，给她提了个建议：“那要不这样吧，待会儿回了学校，你先去和陈淮望好好说说，让他知道你对他的一片真心，这样应该能稍微好点儿。”

尤霓霓是一个想到什么就必须马上做的人。一听这话，她饭也不吃了，一路不停地一口气跑回学校，踏上三楼走廊。

来到高三（1）班门口后，她先站在外面张望。

夕阳溢满空荡荡的教室，里面只有一个人，坐在靠窗的角落，伸直的左手横放在课桌上，背对着窗户，枕着手臂，似乎在睡觉。

窗外黄昏正盛，晚风飘拂，吹起窗帘的一角。

他趴在桌上，黑发凌乱，皮肤偏白，眉眼没了凛冽，看上去有种脆弱的美。就像是当余晖散尽，他也会跟着一起消失似的。

尤霓霓脚步一顿。她觉得自己可能病了，而且还病得不轻。因为她仅仅是看见了这一幕，便开始无缘由地心疼起了陈淮望。

在心底叹了口气后，尤霓霓想了想，还是走了进去，不忘关上门。

本来她没想打扰陈淮望睡觉，但也许是察觉到身边有人，没一会儿，睡着的人便缓缓睁开眼。

纯黑的瞳仁恍若被雾气萦绕，眼神安静。

见状，正在玩手机打发时间的人赶紧收起手机，换上笑脸，歪着头看他。

对上陈淮望的眼睛后，她朝他小幅度地挥了挥手，刚想说一句“你醒啦”，脸却被他捏住。

Chapter · 11

听说如果能正好抓住落下的梧桐叶，就会和一路同行的人实现爱情。

将晚未晚的暮色混淆了梦境和现实。

睁眼的瞬间，陈淮望的视野里只有尤霓霓一人，坐在橙色的夕阳里，温暖得比夕阳还要令人眷恋。

也许是察觉了他的动静，她忽然歪着头看他，一双干净的眼睛弯出好看的弧度，嘴巴也因为正准备说话而微微张开。

陈淮望眼底的雾气散去。

这下他是彻底醒了。

而后，他缓缓直起身子，松开手，没有要解释的意思，一言不发地盯着她看。

脸部线条冷硬，夕阳也没办法融化。

远没有上一刻温柔。

好吧。

原本打算为自己讨回公道的人放弃了这个计划，看在他是做梦的份上，这次就不和他计较了。

尤霓霓收起话里的表演成分，安静地坐在椅子上，平复心情，没有忘记自己的主要目的。见陈淮望好像没有要理她的样子，她郑重地思考了一番，决定先用轻松一点的话题打破沉默的僵局，缓和一下气氛。

她率先开口。

“我来找你就是想和你说说，今天我和我们班主任好好解释了下，终于

消除了他对我们的怀疑。但是为了保险起见，以后在学校里我们还是得保持一点距离，学校外面就随便了。

“也谢谢你今天在走廊上的英雄救美哦。”话语间是刻意的讨好以及小心的试探。

面对这样的尤霓霓，陈淮望好像总是撑不过三句话，又心软了。他眸光微闪，脸上没什么表情，但终于愿意开口，意有所指：“睁眼说瞎话吗？”

“什么？”

“英雄救美。”

“我不美吗？”

“你觉得呢？”

她觉得？那当然是——

“美！”

话音刚落，她就被拍了下脑袋。

本来这没什么，但偏偏好死不死正好碰到她后脑勺的那块包。

尤霓霓痛得立刻惨叫了一声，眼泪都飙出来了。她对上他的视线后，趁机卖惨：“看吧，你只顾着生我的气，都不关心我，连我脑袋肿了块大包都不知道。”

陈淮望的确不知道这件事，皱眉问道：“哪儿？”

尤霓霓拉起他的手，带他找到准确的位置，柔软的头发下，确实有一块凸了起来。

陈淮望不说话了，帮她轻轻揉了揉。

见状，尤霓霓知道眼下的情形对自己十分有利，把握住机会，小心翼翼地踏出第一步，语气略带委屈，小声道：“还有，我真的没有背叛你，是肖骞自己来找我的。”

她如实交代上次在饭店遇见肖骞的事。

末了，她继续委屈地解释：“我真的就只和他见过那么一面，我也不知道他为什么会突然找上我。”

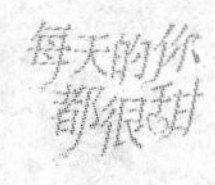

听完整件事的前因后果，陈淮望沉默了一瞬，问道："为什么之前没和我说？"

"因为我觉得这不是什么值得说的事啊。而且，要是把每件这种小事都和你说，那你岂不是得被我烦死啊。你不是最讨厌被人烦了吗？"

他确实讨厌被人烦，但是——

"大小姐例外。"

一听这话，尤霓霓先是一愣，而后笑了笑，有点开心，又有点满足，回道："哇，谢谢你给我的特殊待遇哦，那我以后专挑你烦。"

不过，这是不是意味着他不生气了啊？

怀揣着一丝期待，尤霓霓确认道："既然你现在知道了是怎么回事，那心情有好点了吗？"

陈淮望看着她，反问了一句："我的心情什么时候不好了？"

不是吧，难道她又被丛涵骗了？

尤霓霓再三强调一点。

"对我来说，肖骞只是一个陌生人，你才是我的朋友，以后不管发生什么事，我都会无条件地选择站在你这边。所以，你完全不用担心，更不用误会我和他有什么。"

谁知这段肺腑之言只换来一句——

"谁是你朋友了？"

"那我去找肖骞当我的朋友！"

闻言，陈淮望微眯着黑眸，右脚钩着椅子，将她连人带座拉到身前，嗓音平静，语气却危险——

"你敢？"

"我不敢！"

尤霓霓眼睛都不眨，立刻倒戈，说完，恨不得咬断自己的舌头。

这种日子到底什么时候才是个头啊！

虽然结果比较屈辱，但好在和陈淮望之间的误会消除了。

第二天，为了买早餐，尤霓霓比平时起得早了点，等公交车的时候一直打瞌睡。没一会儿，车来了。

早高峰时期的车厢里又是人挤人。

冒着被挤扁的风险，尤霓霓步履维艰地往后面挪。她好不容易才挤到稍微宽敞一点的后门，一头短发也在这一过程中不停和旁人的衣服摩擦，产生大量的静电。

最后，又爹毛了。

正在四处张望找扶手的人暂不知情，直到头顶传来一股力道，像是有人在摸她脑袋。

她的动作一顿，回头看了看。

一张熟悉的脸映入眼帘。

除去上次牵错手，今天应该算是她第二次和陈淮望在早上的公交车上偶遇。

尤霓霓脸上一喜，露出大大的笑容，立马笑着和他打招呼：“早上好啊，挑食鬼。”

陈淮望还在帮她安抚不听话的头发，听见这声早间问候后，垂眸睨了她一眼。见她表情明朗，但声音听上去有点没精打采。

于是他没说话，微皱眉，伸手探了探她的额头。

温度正常。

尤霓霓看出了陈淮望在担心什么，一只手按着左小腹，另一只手拉下他的手，解释道：“别担心啦，我没有身体不舒服，就是刚才跑太急，有点岔气。”

闻言，陈淮望似乎想到了什么，低哼：“又急着去见谁吗？”

“这还用问吗？当时是急着去见我们雷 Sir 了。”尤霓霓没察觉他的语气变化，认真地回答他的问题，“你又不是不知道我最近一直踩他的雷，要是再不表现好点，我可能……”

说到一半，公交车突然来了一个急刹车。

还没来得及拉扶手的人整个往前一扑，一头撞上陈淮望的手臂。

嗷，好痛……

她顾不上说话了，捂着鼻子，红着眼睛，重新看了看周围，继续刚才未完成的事。

遗憾的是，上面悬挂着的扶手已经被抢占一空，没有多余的空位。而后门的扶手栏杆也被几个初中生紧紧抱住，不给人留一点活路。

如果长得高一点还好，比如陈淮望，至少能扶着扶手栏杆上面一点的位置。

最可怜尴尬的就是她这样的。

作为一个永远没机会呼吸上层新鲜空气的人，尤霓霓只能把目光放回到陈淮望的身上，打算暂时拉着他的手臂。

然而刚一抬手，她又忽地眼睛一亮，果断放下手。

“借我靠靠啊。”

话音一落，陈淮望只觉得自己扶着扶手的手一沉。

他低头一看，眨眼间，多了一个手部挂件。

恰到好处的身高差让尤霓霓正好能把下巴搁在他的臂弯里，看上去就像是挂在他的手上，如同一只晒在晾衣架上的兔子玩偶。

陈淮望眉眼微敛，不知道她成天哪儿来这么多稀奇古怪的点子，低声问：“舒服吗？”

“舒服啊。”她舒服得瞌睡又找上门来了。

也许是知道自己这么做有点耍无赖的意思，尤霓霓嘴角漾着笑，似乎有点不好意思，又觉得好笑。

不过，对于这个解放双手的好姿势，她真的非常满意，所以不但没有要改的打算，反而一边打盹，一边说：“你要是觉得手酸和我说一声啊。”

如果按照常规操作，这句话后面通常应该跟一句非常体贴的“我就帮你揉揉手”或是“我就不靠着你了”。

但尤霓霓偏偏不走寻常路，非要另辟蹊径。

稍作停顿后，她把上句话补充完整：“我就换一只手靠。”

陈淮望没再搭腔，收回视线，望着窗外灰蒙蒙的街景，扯着嘴角，眼底浮出一丝淡笑。

很快，公交车到了下一站，一个熟人上了车，一眼便看见站在后面的陈淮望，兴奋地和他挥手示意。

等到丛涵好不容易挤过来，这才发现原来还有一个人在。

不过，这又是什么奇怪的姿势？

他停下脚步，换上一副大开眼界的表情，上下打量两人，也想体验一下被宠爱的滋味，于是脑袋往前一伸，打算靠在陈淮望的肩上。

惨的是，连衣服都没挨着，一道没有温度的声音便响起，平静道：“滚远点。”

丛涵有些无语。

不过尤霓霓是真的困，完全没注意到丛涵的存在，昏昏沉沉地睡了一路。

等到差不多快要到站的时候，她才稍微恢复了点精神，舒服地伸了个懒腰，而后表扬似的拍拍一直给她支撑的手臂，对它说道：“谢谢你哦。”

最应该得到感谢的人反而没有得到半句好话。

陈淮望低头看她，轻哼了一声，表达不满，话里有话：“大小姐连谢人的方式都这么与众不同吗？”

那是当然。

尤霓霓选择性忽略他的不满，就当他是在夸奖她了。

于是她扬了扬脸，微笑着，谦虚中透着得意，回道：“还好啦。一般一般，世界第三。”

最后的结果毫无悬念，小肥脸又被捏了。

尤霓霓笑容僵住，开启咬人模式，偏过脑袋，咬他的手。谁知这时她的余光忽然瞥见了一旁的丛涵。她惊讶道：“欸，丛涵学长，你什么时候上来的啊？”

笔记本

尤霓霓

小熊肥霓：朋友们！这段时间我不和你们一起吃午饭啦！

苏糊糊：啊？为什么？

小熊肥霓：秘密！［得意］

小熊肥霓：秘密！知道吗？秘密！ @赵赵赵

赵赵赵：不想知道。

小熊肥霓：……

放眼望去，普天之下，能和赵慕予在不可爱这件事上一较高下的大概只有陈淮望了吧。尤霓霓已经学会接受这个残酷的现实，如今不再做无谓的挣扎。

当然了，除了不怎么配合她之外，赵慕予在其他方面还是比陈淮望好很多的。

比如，她至少不挑食。

而这也是尤霓霓放弃和她俩吃饭的原因。

为了帮助陈淮望改掉这个坏习惯，她痛下决心，决定从今天开始，以后每天中午都和他一起吃饭，直到他挑食的毛病稍微改善一些。

中午放学。

地理老师又拖堂了几分钟，等尤霓霓来到食堂的时候，里面已经是人山人海了。幸好有丛涵为她指引方向，当她端着餐盘迷茫之际，听见丛涵热情地呼唤："小学妹，这儿！"

她循声望去，发现还是上次那个靠窗的老地方，坐着丛涵、李寂和陈淮望，甚至就连空着的位置都和上次一模一样。

让人恍惚间仿佛回到一个月前。

唯一不同的大概只有她的心境了吧。

尤霓霓不禁生出无限感慨，回神后，走了过去，在陈淮望的身边坐下，一看，他的餐盘里果然又只有一道菜。

她忧心忡忡地叹了口气。

为了维护某人的自尊心，尤霓霓并没有告诉他们一起吃饭的真正原因。

所以这会儿她只能一边夹起一小筷子的青菜，非常自然地放在挑食鬼的餐盘里，一边和丛涵聊天，混淆视听。

“对了，我哥哥会参加下周四的运动会吗？”

看着突然出现的绿色可疑物，陈淮望没说话，直接把它们夹到丛涵的餐盘里。

见此，尤霓霓蹙了蹙眉。

丛涵没注意到他俩的小动作，回道：“会啊，好像报了一个跳高吧。”

“跳高？哇！好棒！”

每年运动会上的跳高项目几乎是大型花痴现场，不过最后的冠军通常由体育特长生包揽。

尽管如此，尤霓霓还是被勾起兴趣，说好的随便问问变成了走心提问，继续道：“我哥哥是不是从小运动神经就特别好啊？”

“倒也没有。”

“啊？那他小时候是什么样的？”

“小时候？和现在差不多啊，话少，很安静，大多时候都喜欢一个人待着，被人欺负了也不知道吭声，每次都是赵……都是别人帮他出气。”

被人欺负？

尤霓霓一听，秒变愤怒脸，恨恨地咬着筷子，积极道：“如果我能早点遇见我哥哥，我也会站出来保护他的！”

闻言，陈淮望挑青菜的动作一顿，抬眼看了看她，冷哼一声。

当她发现挑食鬼第三次把青菜夹到丛涵餐盘里的时候，尤霓霓终于忍不住，爆发了。

尤霓霓忘记要维护他自尊心的事，点名批评道：“陈淮望！你能不能听话一点！多吃点蔬菜就这么困难吗！我一个年纪轻轻的少女，都快被你逼成老妈子了！”

丛涵一听，换上一副“我就不信我今天还收拾不了你了”的表情，自信道：“让我来，小学妹。”

说完,只见丛涵凑到陈淮望的身边,附在他的耳旁,也不知道说了些什么。

反正等他重新坐回到座位上时，陈淮望已经将那些被嫌弃的青菜一一夹了回去，甚至还顺走了表面的一层米饭。

而后，他皱着眉，默默地盯着青菜看了一会儿，像是在做什么思想斗争，最后十分不情愿地全吃了下去。

丛涵一脸得意。

对于陈淮望的这一改变，尤霓霓很是意外，好奇道：“你和他说了什么啊？”

丛涵却露出一个蒙娜丽莎的微笑，难得没有对她知无不言言无不尽，神秘道：“男人的秘密。”

尤霓霓满头黑线。

说实话，尤霓霓万万没想到，监督陈淮望吃饭不光是一件体力活，更是一件脑力活。好不容易吃完饭，四个人又两两分组活动，一组去操场打篮球，一组回教室。尤霓霓和陈淮望在经过梧桐林的时候，正好起了一阵风，摇摇欲坠的梧桐阔叶簌簌抖落。

充满秋意的画面让尤霓霓蓦地有了一丝灵感。

“听说如果能正好抓住落下的梧桐叶，就会和一路同行的人实现爱情。以后你和喜欢的女生走在一起，可以偷偷抓一片藏起来。”

她一边说，一边仰着脖子，望着漫天飘舞的落叶，忽地跳起来，伸长手，准确地抓住其中一片，而后递给陈淮望，开始教学。

但是这种少女心满满的传说，她叙述错了对象。

陈淮望并没有接过来，只是看着。叶子正处于绿色向黄色过渡的阶段，边缘还没有变得易碎干枯，夹在课本里刚刚好。

他却不为所动：“现在的电视剧都这么迷信了？”

连她模仿电视剧都能看出来？够可以的啊。

被他揭穿的人心里不服气，替自己挽回尊严：“你怎么就知道我是学的

电视剧桥段，万一是我自己原创的呢！”

“你这不是承认了吗？”

好吧，她确实是在效仿《鬼怪》。

不过从哪里学的并不重要，重要的是这件事本身的意义！

尤霓霓并不认同他刚才的话，理直气壮地反驳道：“反正是会给人带来憧憬、希望的迷信啊，信一信也不吃亏嘛。”

闻言，陈淮望将视线重新落在她的手上，盯着她手里的梧桐叶看了半瞬，而后终于接了过来。

和一路同行的人实现爱情。

似乎确实值得一信。

早起带来的负面影响一直持续到下午。

下午下了课，为了补觉，尤霓霓连晚饭都没去吃，能多睡一会儿是一会儿，免得晚自习打瞌睡。

谁知刚趴下没多久，她隐约察觉到有人站在她的面前。

尤霓霓半睁开一只眼，粗略地扫了一眼。

由于对方站着，她只看了个大概身形，误认为是陈淮望，安心地重新闭上眼，咕哝道：“你是又没去吃晚饭，还是这么快就吃完了啊……”

“没去吃饭。”

等等，这声音……怎么好像有点不太对劲？

尤霓霓有种不好的预感，心里“咯噔”一下，正处于休息中的大脑慢慢恢复运转。她瞬间清醒，瞌睡全无，猛地睁开眼，抬起头。

果然是肖骞。

只见他站在两个大组的过道之间，背对着窗户，面容有点被光线模糊，可浑身上下散发的阴沉气息还是很容易让人认出他。

“我的妈呀”四个字手牵着手，在尤霓霓的脑子里跳起了小天鹅舞。

她努力保持镇定，假装没看见眼前还有个人，挠了挠脖子，自说自话：

“怎么突然有点口渴呢？去楼下买瓶水好了。”说完，她伸着懒腰站了起来。

结局可想而知。

她刚起身便被肖骞按着肩膀，被迫重新坐回到座位上。

尤霓霓知道今天怕是逃不过去了，随手拿起一本书，卷成筒，作为防身武器。

而后，她往后靠了靠身子，仿佛离他越远就越安全似的，警告道：“你……你别乱来啊。要不然我和木鱼告你的状。”

虽然她暂时还没弄清楚他和赵慕予之间的关系，也不确定他俩到底是不是真的有关系，但是上次亲眼看见的画面不是假的。

在她看来，他确实很听赵慕予的话。

不幸的是，这一招好像在今天失效了。

肖骞并没有任何反应，长腿一跨，反坐在她前面的座椅上，面无表情道：“上一个这样威胁我的还躺在医院。”

说实话，尤霓霓怕他，但又不是太怕他。在这样矛盾的情绪下，她决定先和他好好沟通试试看，说道：“你和陈淮望有什么过节，你就去找他解决，用文明的方式解决，找我有什么用，难道我是你们的什么纠纷调解员吗？”

一听陈淮望的名字，肖骞的表情变了变，不爽道：“谁告诉你我找你是因为他？”

不是因为陈淮望？

尤霓霓皱眉，想不出第二个原因：“那你为什么找我？”

“和你道歉。”

道歉？

这么有礼貌的事，不太符合肖骞的人设吧？

听完他的解释，尤霓霓更糊涂了，反应了好一会儿才意识到他指的是上次踢球砸到她的事。她恍然大悟，没想到他居然还记着这事儿。

这股不达目的不罢休的执拗劲儿怎么和陈淮望一模一样？

她一时间有些难以适应他这么人性的一面，以至于不小心把心里话说了

出来："那我觉得你还是别做个人比较好，这样让人好不习惯啊。"

话音一落，围绕在肖骞周围沉闷的空气瞬间加重。

"我的意思是，我的耳朵没事，脑袋没事，整个人都好得不得了，谢谢你的关心，真的！"

看在他是好心的份上，尤霓霓主动认㞞，忽然觉得他似乎并不像传闻里说的那么坏，至少这几次对她都还算不错。

他那些厉害的打架事迹该不会是花钱请人编造的吧？

这么一假设，尤霓霓对他的害怕又少了几分，想了想，试探着问道："我能问你一个问题吗？"

"问吧，不一定回答。"

"你是不是对陈淮望有某种特殊感情啊？你总是来找我，其实也是为了引起他的注意吧？"

尤霓霓也不管他会不会回答，先把自己想说的说了，至于其他的，再说吧。

"如果真是这样，那我多嘴说一句啊。既然你这么在乎陈淮望，就好好和他说啊。两个人一直闹什么别扭，又不是小孩子了。"

虽然这话听上去像是在开玩笑调侃他，但是尤霓霓发誓，她说的每句话都是认真的。

因为通过这几次不算太细心的观察，她发现，肖骞对陈淮望的态度并不是一见面就要打架的那种看不顺眼，反而有种说不上来的感觉。

她想，也许丛涵之前说得对，他俩之间的关系的确远比她想的复杂。

遗憾的是，肖骞没有回答尤霓霓的问题。

他只从兜里拿出一罐牛奶，放在她的课桌上，角度新奇地嘲道："一天到晚瞎想这么多，一定很费脑吧，多补补。"

是谁走漏了她喜欢喝旺仔牛奶的风声？

尤霓霓没接话了，出神地坐着想事情，却发现肖骞一直盯着她看。

什……什么意思，还非得当着他的面喝一口才行是吧？

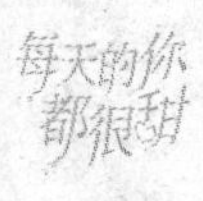

见他这样，尤霓霓毫无根据地生出一个莫名的念头，总觉得他为了送这罐牛奶，已经等很久了。

她生怕肖骞又执着于这件事，果断拉开拉环，咕噜咕噜喝了一大口。

“可以了吧？”

现在的她只想让这件事赶紧翻篇，希望肖骞别再动不动就来吓她了。出乎意料的是，喝完牛奶，肖骞没再说什么，就这样起身离开了。

还真的是为了监督她喝牛奶？

尤霓霓望着他的背影，一头雾水，哭笑不得，心想这位朋友真是一个让人摸不着头脑的人。

等肖骞一走，她立马拿出手机，和陈淮望发微信。

有了上次的教训，她学聪明了，知道发生这种事要主动汇报，要不然最后又落得一个被动的处境，到时候惨的还是她。

小熊肥霓：刚才肖骞给了我一罐牛奶，我只象征性地喝了一口哦。

小熊肥霓：做得好吧？

半分钟后。

小熊肥霓：完了，肖骞是不是在牛奶里投毒了……为什么我的肚子突然好痛……[吐血][吐血][吐血]

小熊肥霓：如果我不在你身边了，你一定要好好照顾自……

陈淮望回复消息的速度永远赶不上她发送的速度，导致她闲得一不小心又犯了戏瘾。

结果好像又闯祸了。

这一次尤霓霓倒是很快收到回复，就是内容和她预想的不太一样。

chen：撤回最后一句。

小熊肥霓：哦。

虽然不明所以，但尤霓霓还是照做，撤回了那句“如果我不在你身……”。被这么一吓，她的瞌睡也没了，倒是真的有点渴。

不过肖骞送的牛奶肯定是不能再喝了，于是她打算去楼下小卖部走一遭。

谁知她刚出教室，正好撞上一个女生，将她拦了下来，说道：“同学你好，不好意思啊，请问你能帮我转交一下这些东西吗？”

久违的送礼物环节。

久到尤霓霓差点忘了自己还有一个身份是送礼物机器了。

她接过东西，熟练道：“给李嘉逸吗？”

女生却摇摇头，脸微红，娇羞道：“是给陈淮望学长的。”

什么时候她的业务范围宽泛到连陈淮望都归她管了？

尤霓霓手一顿，想也没想，直接拒绝了她的要求：“不好意思啊，我可能没办法帮你这个忙。”

女生一听，表情黯淡下来，显然很失望。她慢慢放下递礼物的手，问道：“为什么？”

这次尤霓霓还没来得及回答，便听见张唯笑的声音：“霓霓，你不是要去上厕所吗？怎么还不走？”

她循声望去，看见对方正冲她挤眉弄眼。

显然，张唯笑听见了刚才的对话，特意过来帮她解围。

尤霓霓当然全力配合她，没再和女生多说什么，在她的帮助下成功逃离尴尬。

走出去一段距离后，张唯笑忍不住吐槽：“天啊！怎么会有这种人，明明知道你和大佬的关系，还要让你帮她送情书，这不是存心硌硬你吗？得亏你跟大佬之间没有什么，要不然非得被这骚操作气死。”

没这么严重吧。

作为当事人，尤霓霓远没有张唯笑那样情绪激动，反而安抚起她：“我怎么可能因为这种事被气死，那也太不值了吧。”

Chapter · 12

你以后得听我的话，不能动不动就生我的气。

尤霓霓没有把这段小插曲放在心上，正常过日子。

遗憾的是，从上周一直持续到这周的大晴天正好在星期四暂时画上一个休止符，运动会被迫推迟到下周。

全校正常上课。

高二（1）班，上午第三节课是计算机课。

下课后，赵慕予和苏糊正常回教室，结果下楼的时候，不小心听见几个陌生人的对话。

“欸，你们看了早上那个帖子了吗？大佬和十三班那个女生的事。”

“看了啊。帖子里不是还说女生一直没同意和大佬在一起吗？要我说啊，两个人都这样了，没有谈恋爱也是在暧昧，要不然这女生也太有心机了吧。”

“啧，果然人无完人啊！大佬其他方面那么厉害，怎么眼光这么差，居然被这种货色吊着。”

“这有什么，感情的事本来就是一个愿打一个愿挨。”

“也是。反正……”

在对方说得正起劲的时候，赵慕予突然转过身子，几步逼近，冷冷地扫了她们一眼：“九年义务教育就教会你们在背后随便乱议论别人吗？”

女生愣住，反应过来后，气焰不减，回怼道：“你谁啊，我们聊我们的天，碍着你了？神经病！”说完，拉着同伴离开。

在苏糊的劝阻下，赵慕予没有追上去。她拿出手机，找人问了问是什么情况。

很快，她得到好几张截图。

看完后，她的脸色更不好了，直接往高二（13）班走。

见状，苏糊连忙紧跟她的步伐，提醒道：“木鱼，你冷静一点啊，别吓到霓霓了。”

然而赵慕予不太听得进去这话。

另一头，八卦小能手张唯笑也在为了这件事伤脑筋。当时帖子一发布她就看见了，并且在第一时间联系版主删帖。尽管帖子确实很快被删除，可还是有不少人截图保存了。而她也没办法阻止他们在私底下流传那些照片和文字。

现在，她正在微信上和方遥雨张唯妙商量要不要告诉尤霓霓。

谁知还没商量出个结果来，就看见赵慕予和苏糊走了进来。

赵慕予气势汹汹，看得她们仨一阵心惊胆战，隐约猜到她的目的，想让她别冲动，又不好阻止她。

可怜尤霓霓还什么都不知道，正在座位上捧着手机，看视频傻笑。

她笑着笑着，忽然间，手机被人抢走。

她一脸茫然地抬起头，还以为是雷正平，不料看到的人居然是赵慕予，意外道：“欸，你们怎么……”

没等她把话说完，赵慕予便把她直接拉到外面的走廊上，一句废话没说，直接问道：“你是不是在和陈淮望谈恋爱？”

尤霓霓整个人处于“蒙圈”状态。

还没弄清楚赵慕予为什么找自己，她又被新的问题砸晕脑袋：“没……没有啊。”

好不容易大脑恢复正常，她冤枉道：“我怎么可能谈恋爱啊！更不可能谈恋爱还不告诉你们啊！”

说完，她还是想不通：“不是，你为什么突然这样问？”

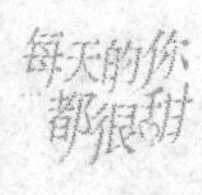

赵慕予没说话，直接把手机递给她。

尤霓霓接过来，一看，是一些论坛的截图，而内容居然全是她和陈淮望的各种照片，甚至基本上都是一些有肢体接触的照片。

至于文字，更不用说了，完全扭曲事实。

她看得差点想摔手机，无语又气愤道：“谁啊，无不无聊，又在这儿无事生非！”

赵慕予却反问：“那你觉得你和陈淮望这样搂搂抱抱像话吗？”

闻言，尤霓霓一愣。

原本她以为赵慕予找她只是为了提醒她这件事，顺便帮她一起骂一骂造谣生事的人。但现在听这语气，似乎更像是为了教训她。

她像是做错事的小孩，不敢大声说话了，讷讷道：“可是，我和路程不是也经常搂搂抱抱吗？”

“你和路程从小一起长大，这么多年的感情，能和现在这种情况比吗？”

“好像……不能。”

“我知道你把陈淮望当成你的朋友，我也不是让你别和他来往，可有时候有些事你得把握好分寸，知不知道？可能你心里坦荡荡，觉得这样没什么，但是别人看见会怎么想？”

闻言，尤霓霓垂下脑袋，沉默了。

其实她心里很委屈，但又无法反驳，因为她发现自己最近好像确实对陈淮望有点亲近过了头。

见状，苏糊赶紧把尤霓霓搂进怀里，哄道：“没事没事，你知道木鱼本来就不会说什么好话，这么急匆匆跑来找你也是担心你，别难过啊。”

看见那些不实消息尤霓霓当然生气，可是，就像赵慕予说的那样，如果她之前多注意一点，就不会让人有机可乘了。

于是她不再解释，只低低地“嗯”了一声，而后走回教室。

还在座位上焦急等待的三人见尤霓霓垂头丧气，咽下准备好的台词，十分默契地给她留出空间。

而尤霓霓混乱的大脑也确实需要好好静一静。

经过一番深思熟虑，她组织了一下语言，尽量不露出什么端倪，和陈淮望发了条微信。

小熊肥霓：最近我们班事情有点多，以后我就不和你们一起吃午饭了哦。

虽然直到上课，尤霓霓都没有收到回复，但她也没在意，毕竟这种事又不是第一次发生。

反正论坛的事在她这儿就算翻篇了。

然而，现实总是事与愿违。

下午，数学课刚结束，张唯笑立马转过身子，狂拍身后两人的桌子，激动得说不出话来，只一个劲儿地指着自己的手机，示意她们快看。

张唯妙也被她这奇怪的反应吸引过来。

最后，不明所以的三个人围着一部手机，一起看，就像是三个人分一碗粥似的那么可怜。

原本她们还以为有什么惊天大八卦看，却没想到只是一个技术帖，详细解析如何查论坛匿名发帖人的真实身份。

尤霓霓这种理科废、逻辑废看一眼就头晕，非常爽快地退出围观，把手机让给方遥雨和张唯妙。

如果只是单纯的技术帖，当然没什么好看的。整个帖子的亮点在于，楼主没有通篇灌输枯燥的理论知识，而是通过一个具体的案例来教大家。

而亮点中的亮点是，案例里的主角正好是今早开帖黑尤霓霓的那位。一步步扒下来，造谣的人的身份逐渐浮出水面，一目了然。

方遥雨和张唯妙看到最后，震惊得异口同声道："霓霓，原来黑你的人是宋凝！"

"宋凝是谁？"

"就是前几天托你送情书那人！"

是她？

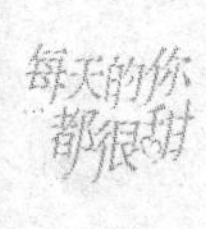

闻言，尤霓霓赶紧凑过去，重新加入她们的八卦队伍。

帖子下面已经有很多人回复了。

等她们看得差不多了，张唯笑的心情也基本平复，可以正常说话了。

她拿回手机，崇拜道："这位替天行道、做好事不留名的大侠真是太帅了！这下不用再担心那些截图被到处乱传了！大家肯定都知道那些是假的了！"

既然她已经夸了人，方遥雨就不重复了，而是打开思路，提出一种可能性："你们说这事儿会不会是大佬找人做的？"

张唯妙："有可能。"

张唯笑："非常有可能！"

尤霓霓："不会吧，他估计连帖子的事都不知道。"

"但是这个帖子出现的时间点也太微妙了，应该有很大的可能性是和你认识的人安排的吧。"

一听，尤霓霓又稍微被说服，觉得这话说得好像也不是没有道理。想了想，她还是决定等下一个课间的时候，去找找陈淮望，亲自和他确认确认。

好不容易等到下课，尤霓霓第一个跑出教室，直奔斜对面的教室。

没一会儿，陈淮望便从后门走了出来。

尤霓霓先观察了一下他的情绪。

尽管大多数时候都看不出个所以然来，但她还是试了试，隐约觉得他和平时比起来，有那么一点微不可察的变化。

比如，表情有些冷。

见状，尤霓霓只能小心翼翼地扔出一颗试探的小石子。

"那个……你知道论坛的事吗？"

她已经想好了，如果陈淮望回答说不知道，并且反问她是什么事的话，她就随便扯个谎，把这个问题敷衍过去。

可惜她设想的可能性一个都没发生。

陈淮望盯着她，看了一会儿，冷淡地问道："为什么现在才和我说？"

看来他是知道了。

既然如此，尤霓霓也没理由再藏着掖着，解释道：“不是不和你说，主要是我觉得你对这些事又不感兴趣，更不会在意，就没必要告诉你了吧，毕竟也不是什么好事。”

闻言，陈淮望薄唇紧抿，平静的眼底出现一丝波动，像是在极力隐忍某种情绪。

他低声地反问：“你凭什么觉得我会不在意和你有关的事？”

啊？

尤霓霓愣住，她没想到对什么都不太上心的人会这样直白地说出这种话。感到高兴的同时，她又有些愧疚。

高兴是因为，虽然陈淮望至今不愿意承认她是他的朋友，但是，她付出的感情并不是单向的；而愧疚又是因为，她这会儿才发现，原来她好像从头到尾都没有怎么信任过他。

意识到自己的错误后，尤霓霓主动认错，说了声“对不起”，又做出保证：“我发誓，以后再遇到这种事，我一定第一时间和你说！”

还好这话有用。

陈淮望脸色稍缓。

见状，尤霓霓赶紧把握住机会，直奔主题：“那……那个技术帖是你找人做的吗？”

陈淮望却没有正面回答，更像是在和她商量条件，回道：“如果是我做的，以后你还和我保持距离吗？”

其实今天上午尤霓霓和赵慕予在走廊上说话的时候，陈淮望远远地看见了。不过当时他没怎么在意，只当她们是正常聊天，直到后来收到尤霓霓发来的微信。

就像是被人莫名其妙地当头打了一棍。

现在，挥下这一棍子的人似乎还没意识到自己的错误，一脸认真地对他说道：“这是两码事，不能混为一谈的。”

陈淮望没表情地“哦”了声，终于正面回答问题：“不是我。”说完，转过身子，打算回教室了。

嗯？

尤霓霓不知道为什么气氛又突然变冷，情急之下，下意识伸手抓住他，阻止他离开的脚步。

她反复确认，不相信道：“真的不是你？”

陈淮望却没有回答，只是盯着那只被她抓住的手，而后抬起，占据她的视野，提醒道：“不是要和我保持距离吗？”

“这是必要的肢体接触！”

“没必要。”

原本刚才尤霓霓还有点不太确定，现在听完这两句话后，可以非常肯定地说，陈淮望又在闹别扭了。

她的表情僵住，缓缓松开手，尴尬和难堪同时涌向她。

这种热脸贴冷屁股的感觉已经很久没有出现过了。

在这样的双重打击下，尤霓霓低下头，眼圈慢慢变红，澄澈的眼睛渐渐蒙上一层水雾。当滚烫的泪水溢出眼眶的那一瞬间，作为当事人，尤霓霓反倒感到一阵错愕。

她没想到自己竟然哭了。

虽然上午被赵慕予教育的时候，她也觉得委屈，但是想哭的念头一次都没有钻出来过。

可是，现在她被陈淮望这样冷漠地对待，甚至不被他理解，那些在心底藏得好好的负面情绪全被勾了出来，一点不剩。

这些混着眼泪一起，止不住地往外冒。

对于自己不合时宜的脆弱，尤霓霓觉得有些丢脸，赶紧背过身子，用手背胡乱地擦了擦。

谁知道越擦越多，以至于泪水浸湿整张脸。

一股无力感突然袭来。

尤霓霓越想越觉得憋屈，索性不擦了，自暴自弃，转回身子，重新面向陈淮望，抽噎着，坚持把想说的话说出口。

“你……你以为我希望发生这些事吗？我这么做也是不想别人乱议论我们啊！为什么又弄得像是我做错了一样？”

她垂放在身侧的双手紧握成拳，似乎是想努力克制住大哭的冲动，殊不知这样一来，应该发泄出来的情绪全堵在喉咙。

最后，她哭得喘不上来气，眼皮红肿，小肩膀一抽一抽的。

可陈淮望已经听不见她说的话了，只看得见她哭得很伤心，一滴滴晶莹的泪珠顺着脸颊汇聚到下巴，不断滴落，砸在人的心上。

这些泪珠驱走他眼睛里的冷漠，只留下心疼和自责。

第一次经历手足无措的慌乱，陈淮望还没办法做到熟练应对，现在只想把她抱在怀里，告诉她：别哭了，是自己不好。

然而在他伸出手之前，尤霓霓后退了几步，转身离开。

反正该说的、想说的话她都已经说完了，再留下来和他僵持着也没有意义，就不在他面前丢人了。

这时，后门再次打开。

丛涵从教室里走出来，正好和尤霓霓迎面撞上，刚想嘻嘻哈哈地和她打招呼，却发现她哭了，而且还哭得很厉害。

他很是惊讶，连忙拍拍她的背，问道：“怎么了小学妹，谁欺负你了？”

被这么一安慰，好不容易稍微稳定下来的情绪又波动起来。

尤霓霓看了丛涵一眼，想回答，但又不能开口说话，要不然更加控制不住眼泪。

她再一看，江舟池也在，眼神里还带着关心。

但她一点都高兴不起来。

一想到自己现在这个丑样子被江舟池看见了，尤霓霓更伤心了，立刻埋着脑袋，朝厕所跑去，打算洗个冷水脸，清醒清醒。

丛涵一头雾水，只好拿另一位当事人是问：“你看看你，又做了什么不

要脸的事，居然敢把小学妹弄哭！真是身在福中不知福！”

陈淮望盯着那道逐渐消失在走廊尽头的背影，没有说话，难得悉数收下丛涵的指控。

过了半晌，他才收回视线，回头看身后的两人，皱眉，认真地问道：“怎么哄人？”

这题对单身人士来说，有点超纲了。

于是丛涵只能继续辱骂他：“现在知道后悔了？早干吗去了！我现在就发消息给小学妹，让她永远别原谅你！看你以后还敢不敢乱欺负人！”

话音一落，他被踹了一脚。

回到教室的时候，尤霓霓的眼眶还是红红的。本以为一两节课就好，谁知道这样情绪低迷的状态一直伴随着她，直到下午放学，也不见有好转的迹象。

准备出去觅食的三人摸了摸还闷闷不乐的人，问道：“霓霓，你想不想吃什么东西啊？我们给你带回来。暖呼呼的关东煮好不好？”

尤霓霓摇了摇头，还是一脸生无可恋的表情。

三个人对视一眼，心想看样子她今天是要把忧郁路线走到底了，于是没有再说什么，离开座位，往外走。

其实尤霓霓也没弄明白自己为什么要难过这么久，明明也不是一件多大的事儿，甚至压根儿就不应该放在心上才对。

大概是下雨天使人忧愁吧。

唉。

尤霓霓叹了口气，侧着头枕在手臂上，望着窗外还在淅淅沥沥下个不停的雨，体验了一把“少年不识愁滋味，为赋新词强说愁”的滋味。

可是看着看着，眼前忽然晃过一道身影，视野里的雨景有一瞬间被挡住，又很快恢复正常。而就在这短暂的一明一暗交替间，她的身边多出一个人，十分自然地在她旁边的座位坐下。

尤霓霓的视线也十分自然地落在对方的身上。

也许是因为外面的光线昏暗，教室里的灯光显得格外明亮，将他睫毛的阴影投在眼窝，也将他线条锐利的侧脸柔化许多。

她微微一怔，反应过来后，立马收回视线，二话不说，直接把脸扭向另一边。

眼不见心不烦是一方面。

另一方面，尤霓霓心里有点别扭。

虽然很不想承认，但在看见陈淮望的那一瞬间，她忽然想明白刚才还困扰着自己的困惑。原来她难过这么久并不是因为今天发生的那些事本身，而是因为陈淮望一直没来找她。

而这一点在之前也有迹可循。

因为今天上午从厕所出来的时候，她本以为陈淮望至少会追上来，却不料出来以后，连半个人影儿都没见着。

所以，就算他现在来了，也无济于事，反而只会让尤霓霓更加生气。她气他一点都不关心她，更气仍对他抱有期待的自己。还说什么会在意和她有关的事，其实都是骗人的！

尤霓霓越想越觉得陈淮望过分，不想理他。

陈淮望却迎难而上，伸手摸了摸她的脑袋，嗓音难得温和，问道：“还在生气吗，大小姐？”

虽然很不想承认，但听见这句话后，尤霓霓发现自己的坏心情好像立马不见了。

实在是太不争气了。

她不想这么轻易原谅陈淮望，于是假装不为所动，甚至还往座位外面移了移，躲开他的碰触。

谁知这一躲，旁边也没了动静。

走了？

太没有诚意了吧！连多说一句话都不愿意吗？

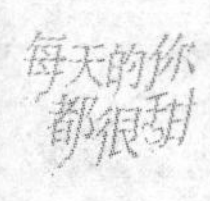

尤霓霓皱皱眉，气呼呼地坐直身子，正想发泄一通，却对上一道一直落在她身上的视线。

原来他还在。

对于自己的判断失误，尤霓霓不自在地清了清嗓子，见他不说话，只好端着架子，主动开口："有话就说，坐着不动是什么意思？"

陈淮望看着她气鼓鼓的侧脸，低声说："别生气了。"

语气像是在讨好她。

尤霓霓头顶的怒火顿时熄灭一半。

或许是因为第一次看见他这样放低姿态和人说话，又或许是因为他的样子看上去让人心疼，本就有所动摇的人彻底心软了，决定再给他一次机会。

"那你说，你今天是不是做错了？"

"嗯。"

"错在哪里？"

陈淮望少有地听话，一板一眼，认真认错："没有考虑到你的感受，是我不对，以后不会了。"

说到了点子上，看来他是真的知道错了。

见他态度诚恳，尤霓霓终于消了点气。

但是，在彻底原谅他之前，她打算抓住这个千载难逢的机会，小小以公谋私一下，开出让她完全消气的条件。

"那你以后得听我的话。"

"嗯。"

"不能动不动就生我的气。"

"嗯。"

"要是我哪里惹你不高兴了，你要和我说，不能憋在心里，和我冷战。"

"嗯。"

哇，太听话了吧。

对于他一系列的良好表现，尤霓霓十分满意，最后再提一个要求，便准

备收工。

“那你待会儿去帮我问问我哥哥，我今天哭的样子是不是很丑，他会不会不喜欢我了？”

谁知听完这话，陈淮望不“嗯”了，冷睨了她一眼，而后一言不发地起身离开。

尤霓霓还坐在座位上，反应过来后，站起来，手撑在课桌上，提醒着快要走出教室的人：“说好的不能动不动就生我的气呢！”

没反应。不会吧，这么快就食言了？

尤霓霓叹了口气，决定用微信声讨说变就变的人。

小熊肥霓：你看看你这个人！怎么这么禁不起夸呢！我刚才说那话只是想看看你是不是真的能说到做到！没想到你果然只是说说而已！

小熊肥霓：你这种行为就是典型的过河拆桥！

小熊肥霓：怎么，不回答是默认的意思吗？

小熊肥霓：你再不回我的消息！我现在马上冲到你的教室！哭给你看！

不到一秒的时间，陈淮望回了消息。

chen：嗯。

回了不如不回系列。

尤霓霓皱眉思索，开始考虑要不要加一个“必须要认真回我”的附加条件，防止他再钻空子。

下一秒，聊天界面突然跳出一条新消息。

不是语音，不是文字，而是一段视频，视频的定格画面甚至还是江舟池的脸。

尤霓霓一惊，赶紧找出耳机，戴上。做好充分的心理准备后，她颤抖着手，点开视频看了看。

一阵窸窣声后，陈淮望的声音突然响起，似乎是这段视频的拍摄者。

他问道：“有人想问问你，今天她哭的时候，是不是很丑。”

视频里，江舟池似乎正在看剧本。听见这个问题，他微微抬起头，回忆了一下陈淮望说的是什么事，而后看着镜头，回道：“不丑。”

画面定格，视频结束。

在最后的 0.1 秒里，好像还能隐约听见陈淮望低低地“嗯”了一声。

不过尤霓霓没细究，注意力全放在江舟池的身上，看视频看得意犹未尽，反反复复地看了好几遍。

意外和喜悦交织在一起，冲昏人的头脑。

虽然视频的时间很短，但她还是激动不已，以至于压根儿没注意到，陈淮望还漏问了一个“会不会不喜欢她了”的问题。

尤霓霓只知道，托陈淮望的福，她拥有了短暂的四十八秒的爱情，并草率而不负责任地决定，以后不管陈淮望惹她生气多少次，她都会无条件地选择原谅他。

又一脸痴笑地看了几遍视频后，她终于想起要回复陈淮望，于是怀着感恩的心，敲下感谢的话。

小熊肥霓：呜呜呜……望望 [牛][啤酒] 我还能再爱你一万年！

小熊肥霓：这周末你有空吗？

Chen：嗯。

小熊肥霓：我请你看电影吧！星期天下午两点，我家楼下不见不散！

尤霓霓从来都是滴水之恩当涌泉相报的人。为了感谢陈淮望帮她在她哥哥面前挽回面子，她不仅不计前嫌，还决定好好犒劳他一顿。

周末当天。

距离约定时间还剩差不多半小时的时候，程慈把烘干的衣服抱进尤霓霓的房间，见她还没走，一边叠衣服，一边不经意间问道：“宝宝，你喜欢在桐市的生活吗？”

“喜欢啊。”

尤霓霓没抬头，直接给出一个毫不犹豫的回答。

程慈继续问道：“那假如让你在C市和这里选一个地方生活，你更喜欢哪里？”

“当然是这里！”

回答完，尤霓霓好像终于觉得不对劲，好奇地问道：“你怎么突然想起问这个？”

“当妈的了解一下女儿的心路历程还需要理由？”

“当然需要！”

可惜，程慈无视了她的抗议，又换了一个话题：“对了，我想起来以前在哪儿见过望望了。”

不得不说，亲妈抓她的弱点果然一抓一个准。

一听这话，尤霓霓果断忘了前一件事，立马追问，惊讶地问道：“在哪儿？”

“隔壁。四年前我们刚搬过来的时候，那会儿他们一家人好像住在那里。”

隔壁？

她先是一愣，而后恍然大悟。怪不得陈淮望知道她家住在哪里，原来是这个原因啊。不过，他们那么早之前就见过面了？她怎么一点印象都没有呢？

正想着，又听程慈说道：“说望望，望望到。快下去吧。”

尤霓霓回过神，下意识地跟随她的目光，往窗户外面瞧了一眼。

透过树叶和枝桠间的缝隙，可以隐约看见陈淮望的身影，他站在她家楼下，好像正在打电话，眼睛却盯着隔壁那栋已经空了很久的房子。

见状，她刚打算收回的视线定在半空中。

以往的一幕幕画面在眼前浮现，最后汇成一个没什么根据的猜测，从她的脑海里闪过。

陈淮望每次送她都只送到小区门口，难道是因为不愿意看见以前的家，怕触景伤情？

程慈还等着她一起下楼，却见窗边的人走了一步后又定在原地。

“怎么了？”她问道。

尤霓霓盯着手机，上面显示的正是陈淮望刚刚发来的消息。

“陈淮望说他临时有事，今天取消了。”

从尤霓霓家离开后，陈淮望来到了市医院。

刚才那通电话是简章打来的。

他接通的时候，简章的语气不是太好，不耐烦道：“陈宗岩打你电话没人接，打到我这儿来了。说是你奶奶住院了，让你待会儿去医院看看。”

当然，这份不耐烦是针对陈宗岩，因为这种事情已经不是第一次发生了。

本来这没什么，真正让简章不高兴的是，十次里面，至少有九次陈宗岩都会故意夸大事实，严重到好像马上就要下病危通知书似的。

次数一多，简章也就懒得再当这个传话筒了。

但她又不得不承认，他的这一招可以算是屡试不爽。

因为在和老人家有关的事上，陈淮望总是认真对待。就算知道是狼来了的故事，他还是每一次都会去探望老人家。

毕竟谁都不知道这一次会不会是真的。

进了医院大楼后，陈淮望按照简章给的病房号，在一间单人病房里找到了生病的老人家。

一拉开门，他便看见陈宗岩坐在病床前，正给老人家削水果。而躺在病床上的老人家面色红润，看上去健健康康的，丝毫不见一点生病该有的憔悴。

听见外面传来的动静后，病房里的两人纷纷看向门口。

见到他时，两人的反应却各不相同。

陈宗岩手上的动作一顿，神色变得不自在，放下手里的水果和刀，从椅子上站了起来，对老人家说道：“妈，我出去抽根烟。”

老人家随便回了一句，没说别的什么话。因为她光顾着看陈淮望，已经顾不上他了。她高兴道：“你总算肯来见奶奶了啊，快过来让奶奶看看。”

陈淮望应了一声，走了进去，仔细确认她的身体状况。

见状，老人家倒是有点愧疚，主动承认错误：“其实奶奶没有生什么病，只是下楼的时候不小心崴了脚。奶奶就是想见你了，你不怪奶奶骗了你吧？”

对于这个结果，陈淮望已经提前设想过，所以这会儿并没有感到意外。

确认她没什么大碍后，他放下心来，在床边的空椅上坐下，重新拿起一个苹果，一边低头削皮，一边语气温和地回道：“不怪您，只要您人没事就好。”

闻言，老人家终于松了口气，好好看了看他，一脸心疼。

“你看看你，怎么又瘦了一大圈呢。最近是不是都没有怎么好好吃饭？唉，当初你要搬出去的时候，我就不应该同意，都怪你爸，非要听……”

说到一半，想起他不爱听这话，老人家及时止住，重新换了一个话题。

“那你不如搬来和奶奶住吧，就住高三这一年。反正从小都是奶奶带你，你也爱吃我做的饭。趁着现在奶奶还能动，再好好照顾照顾你。”

陈淮望知道她的好意，没有直接拒绝这个提议，反倒和她半开玩笑。

“奶奶，距离产生美。你要是和我住一块儿，你心目中的乖孙子可能就不存在了。”

老人家被这话逗乐。恍惚间，她仿佛又见到了那个总爱逗她开心的孙子。

一想到这儿，她忍不住叹了口气，惋惜这一切已经是很久很久以前的事了。

知道孙子不愿意，老人家便不再强求他，只问道：“那奶奶每个月给你打的钱你用了吗？那些都是奶奶自个儿的钱，和你爸没关系。”

陈淮望将削好的苹果在盘子里切成小块，递给她，正想回答，这时，房门突然被人从外面拉开。

人还没进来，一个充满担忧的声音倒是抢先响起。

“妈，你没事吧？怎么不小心摔倒了呢？有没有让医生给你好好做一个全身检查啊？”

随后，一个大着肚子的女人走了进来，而后一愣。

她好像没想到病房里还有其他人，等走进来看清后，惊喜道：“欸，小望也在啊。你奶奶一直念叨着想见你，今天可总算把你盼来了啊。”

陈淮望对她的话置若罔闻，继续回答奶奶的问题，说道：“用了。”

老人家也像是没看见女人，回道：“用了就好，要是不够，记得和奶奶说啊。”

“嗯。”

看他俩旁若无人地聊天，被无视的俞方有点尴尬，只能催着还站在门口的人：“小骞，你还站在门口干什么，快进来看看奶奶。”

肖骞站着没动。

显然，肖骞也没料到陈淮望会出现在这里，这下总算是弄清楚俞方让他来的原因了，于是他连门都没进，直接走了。

见状，俞方的面子终于有点挂不住了，但还是笑着帮他打圆场：“这孩子估计是刚才坐车晕车，身体不太舒服。妈，我先去看看他啊。你和小望慢慢聊着。”

说完，她连忙追了出去。

老人家的脸色一变，似乎不太乐意见着对方。

等俞方出去后，她更是直接抱怨：“都说了让她别来，怎么就是不听，挺着那大肚子到处跑也不嫌累。”

陈淮望没有接这话。

又和奶奶聊了一会儿其他话题后，看她好像有些累了，他便准备离开，让她好好休息。

他从病房出去的时候，一眼便看见站在走廊窗边的两人。

陈宗岩正一手搂着俞方的肩，似乎在安慰她什么，至于具体的谈话内容就不得而知了。

陈淮望也不感兴趣，没有多看一眼，关上门，往电梯口走。

这时，一直用余光观察病房动静的陈宗岩看见了他，和俞方说了一声后，连忙脚步匆匆地追了上来。

毕竟是好不容易才见一次面，陈宗岩很想趁着这个机会，和他好好聊一聊，可又不知道应该怎么主动开这个口。最后，他嘴里冒出来的又是以前那些翻来覆去说过的言论。

好话当然没有，反而指责陈淮望的不是。

“你还要和家里闹多久？我不是和你说过很多次吗？我绝对没有做对不起你妈的事，你这孩子怎么就是不相信。”

闻言，陈淮望停下脚步。

如果所谓的“对不起”指的是“没有在婚姻期间和其他人发生肉体上的关系”，他确实做到了。

可是，这个“对不起”的定义未免有些狭隘。

又或者说是，为了让自己心安理得地开始新的生活，他只能这样避重就轻地反复告诉自己，以此得到一些心理安慰。

时间一长，连他自己都忘了原本的真相是什么，只记得那些以假乱真的谎言。

半晌，陈淮望转过身子，目光落在走廊的另一头。

俞方正在认真观察他们的动向，好像很关心他们在聊什么，被发现后，又急忙移开眼睛，装出一副到处乱看的样子。

陈淮望多看她一眼都嫌脏，收回视线，反问：“那你觉得她有做对不起我妈的事吗？”

陈宗岩知道他说的是谁，没有回头看。

这样的质疑不是第一次了。

他无奈地叹气。

“我知道，你一直觉得是你俞阿姨破坏了我和你妈的感情。但这件事真的和她没关系，是我和你妈本身的感情就出了问题。而且，她和你妈是最好的朋友，怎么可能做对不起你妈的事？”

最后一句话陈淮望听笑了。

他吊着嘴角，神色渐冷，语气里满是嘲讽。

“没想到你都这个岁数了，还能说出这么天真的话，看来这辈子你遇见的全是讲义气的朋友？那你可要好好珍惜了，就算哪天被捅了刀子也千万别喊疼。”

说完,没等陈宗岩回答,陈淮望便转身离开,懒得再在他的身上浪费时间。

关于陈宗岩的辩解，这些年来，他已经听过无数次。

但他在意的从来都不是大人之间脆弱多疑的感情，因为这种事本来就不是旁人能够说清的，就算他是他们的儿子也同样如此。

可惜，现在再来追究他到底在意的是什么已经没有了意义。

因为简筠已经回不来了。

Chapter · 13

把你的不快乐，卖给我，然后抱一下，好不好。

由于尤正柏不在家，闲来无事的母女俩一致决定去逛商场来打发时间，顺便解决晚餐问题。

谁知晚上回家，快要走到家门口的时候，尤霓霓远远地看见一道熟悉的身影。

深秋的夜晚已经有些冷了，陈淮望站在一盏昏黄的路灯下，灯光在他的脚下拉出一道孤寂的影子。和他做伴的只有盘旋在头顶的几只飞蛾。

孤零零的画面看上去让人觉得莫名可怜。

对于他的突然出现，尤霓霓毫无准备，以至于忘了和程慈打声招呼，直接丢下她小跑过去。

她用手指戳了戳发呆的人，问道："你怎么来了，忙完了吗？"

听见尤霓霓的声音后，陈淮望拾回神，好像没想过会遇见她，眼底闪过一丝意外，"嗯"了一声。

"那你怎么不提前给我打个电话，是不是等很久了？"

陈淮望知道她误会了。

他只是不知不觉走到了这里，倒不是专程来找她。

这时，程慈也走了过来，同样误会了他出现在这里的原因，于是像上次一样，热情地邀请道："来找霓霓玩啊？去屋里聊吧。这天越来越冷了，千万别冻感冒了。"

尤霓霓却不再像上次那样拼命反对这个提议。因为她觉得陈淮望看上去

像是有心事的样子，也不知道是不是她的错觉。

听完程慈的话，尤霓霓重新转过脑袋，仰着头看他，眼睛里带着一点不自知的期待。

在这样的眼神注视下，陈淮望哪里说得出拒绝的话。最后，这趟漫无目的的乱走就这样结束在这里。

当他们进门的时候，尤正柏已经回到了家里。

一听见开门的声音，他便来到玄关，准备迎接外出的母女俩，却没想到还有一个不速之客跟着她俩一起回来。

他脸上的表情瞬间换了换。

尽管这是第二次见面，但两人间的气氛好像依然没有好到哪里去。

准确地说，应该是尤正柏单方面对他不太友好。

当然了，这一点在一个有女儿的父亲身上很常见，程慈也十分清楚。

所以她没有说什么，一边拉了拉好像有很多话要说的尤正柏，一边对他俩说道：“你们上去聊你们的吧。”

程慈的动作已经代表一切，尤正柏没办法多说什么，只能叮嘱道：“不准关房门。”

她的爸爸又在想些什么！

尤霓霓下意识地瞟了陈淮望一眼，只希望他别误会他们是不正常的一家人。

正想回答“当然”的时候，程慈抢答：“小时候你都没这样管过霓霓，怎么现在她长大了还反倒管起她来了？要做一个开明的爸爸，好吗？”

尤正柏有些无语。

哪有这样卖女儿的。

为了避免程慈再做出或是说出什么不符合母亲身份的事和话，尤霓霓当即拉着陈淮望上楼，带他远离“道德沦丧地”。

关上门的瞬间，她暂时松了口气，自顾自地朝里走。

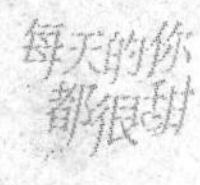

可陈淮望还站在门口，视线在四周扫过一圈。

房间和他上次来的时候看到的比起来，似乎有点不太一样，多了一些新东西。

比如，墙上的海报加入了新成员。

再比如，床上的人形抱枕也多了一个，放在床的另一边，营造出左拥右抱的感觉。

前后好像连一个月的时间都不到。

陈淮望轻哼一声，嗓音微凉：“这么快就有新欢了吗？”

尤霓霓正在喝水解渴，反应过来他说了什么后，水全喷了出来，被成功呛到，赶紧找纸擦嘴。

见状，陈淮望走了过去，帮她拍背顺气。

其实尤霓霓很想说，比起头天晚上爱上，第二天就“爬墙”的情况，这次真的不算快了。而且，她还是喜欢江舟池的啊，没有变心。

可惜，就算她把这些想法一五一十地告诉陈淮望，他也不一定能够理解。

尤霓霓想了一种更为通俗易懂的说法。

“人的生命是有限的，天底下的哥哥却是无限的！我必须抓紧生命中的每一分每一秒，这样才可以尽可能多地把我的爱分给每一位哥哥！”

能把“脚踏多条船”说得这么清新脱俗理所当然的，大概只有她了。

对于她的强词夺理，陈淮望不予置评，只抬手捏了捏她的后颈，像捏小猫脖子，带着点警告意味，但力道不重，反倒有点痒。

尤霓霓毫无防备，“哎哟”叫出声，往旁边一躲，逃离他的魔爪。

然而陈淮望并没有跟上去，视线落在摆放在书桌上的相框上。

除了一张全家福，还放着一张她和路程的合照。

似乎是在什么旅游地，明媚的阳光，茂盛的热带植物，若隐若现的彩虹，一切美好的存在全成了他们的陪衬。

照片里，路程站在尤霓霓的身后，下巴搁在她的头顶，放在她脸颊两侧的双手“比耶”；尤霓霓则是双手抱肩，翻了一个白眼。

主题一目了然，相爱相杀的青梅竹马。

只不过放这照片并不是尤霓霓的意思，而是被路程强迫的，美其名曰，用另一种形式陪伴她学习，为她加油打气。

可是陈淮望不知道这段小插曲，静静地看着，手指轻敲桌面，不知道在想什么。

正往小圆桌走的尤霓霓没有察觉，只觉得身后好像没什么动静。

她回头一看，这才发现陈淮望已经在书桌前坐下。

她的脚步一顿。

要是换成平时，她说完“彩虹屁”以后，肯定会被他嘲笑一番，今天居然这么平静地结束？

太不正常了。

这让尤霓霓愈发肯定刚才在家门口冒出的想法——

他有心事。

被迫来到书桌前后，她懒得再去抬张椅子，直接双手反撑在桌沿上，稍一用力，跃坐在桌上，悬在半空中的两条腿晃了晃。

她之所以同意陈淮望来家里坐坐，就是因为想和他好好聊聊。但她观察了半天气氛，又觉得他好像不太想说话，于是最终什么话都没有说。

东摸西摸了半天后，她把一只耳机塞进他的左耳里。

陈淮望眸光微闪，却没有出声，任由她发挥。

很快，一个女声从耳机里流泻而出。

一开始，陈淮望以为她只是想借此让他放松放松。可是等听清歌词后，他明白了她的意图，平静的眼底起了一点涟漪。

他低垂着眼，冷冰冰的嘴角有了些许温度。

一首歌的时间很短。

快要结束的时候，尤霓霓忽然把脑袋凑到他的跟前，眼睛亮晶晶的，跟着一起唱出声。

“……把你的不快乐，卖给我，然后抱一下，好不好。”

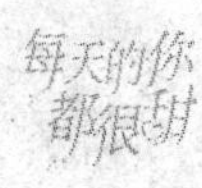

而后，她朝陈淮望张开双臂，打算让歌词变成现实。

谁知他迟迟没反应。

一怒之下，尤霓霓干脆一把抱住他，非常阔气道："我有的是钱，你有多少不快乐，我就买多少，所以，你别不开心了。"

少女的香甜气味唤醒人的思绪。

陈淮望微微回神。

明明耳机还没有摘下，音量也足以盖过其他声响，他却偏偏只听得见尤霓霓的声音，温柔而笃定，仿佛在人的心上轻轻吹了一口气，掀起一阵波澜。那些沉重烦闷的情绪被轻易赶走。

陈淮望眉眼微敛，终于想起回应她的动作，伸手，牢牢圈住她的腰。他将头埋在她柔软的颈窝，被困住的声音听上去有些闷。

他说道："没想到大小姐唱歌也跑调。"

尤霓霓很有自知之明，知道自己算不上天籁之音，可是，也不至于跑调吧。

遭到陈淮望的嫌弃后，她皱皱鼻子，差点习惯性地给他一拳，又及时想起他这会儿情绪不好。

看在他今天这么让人心疼的份上，这一次她只能不和他计较了。

尤霓霓不情不愿地收回蠢蠢欲动的手。

下一秒，她又察觉到不对劲。

陈淮望好像完全没有要松手的意思，依然紧紧地抱着她。

尤霓霓觉得奇怪，想侧头看看他，又碍于他的脸埋在她的肩上，什么都看不见。

不会吧。

尤霓霓的脑子里突然冒出来一个不太好的想法，于是没急着推开他，而是大胆地猜测道："你……你该不会在哭吧？"

闻言，陈淮望挑了挑眉，没想到自己在她心中这么脆弱。

虽然今天在医院里遇见的事情不算愉快，但他从头到尾都没有感到伤心或是难过。

因为最难受的那段时期已经过去了。

从以前的愤怒，到现在的麻木，以后无论再出现什么样的状况，他都可以坦然面对。

如果非要说今天的事对他产生了什么不良影响，或许只有一点——

他厌倦这样的生活，也不想再和陈宗岩的家庭扯上半点关系。

可现在看来，被尤霓霓这样误会好像对他并没有什么坏处。

既能被她抱，还能被她哄。

于是陈淮望不打算解释了，想让她继续担心，便顺着她的话往下，故意哑着嗓音，低声地问道：“哭了有什么安慰吗？”

一听他的声音确实和刚才有所不同，尤霓霓果然上当了，甚至没顾得上思考他说的这句话本身是什么意思。

这下她慌了神，第一次面对这种情况，难免手足无措，只能连忙拍拍他的背。

“你有什么不开心的事就说出来，这样我还能帮你想想解决的办法，千万别闷在心里，也千万别哭啊。我还不知道应该怎么哄哭鼻子的男……”

谁知她的话还没说完，便被打断。

“咳！”

门口传来尤正柏的声音。

紧随其后响起的是几阵突兀的“咔嚓”声。

尤霓霓立马扭头看向门口。

只见程慈正一脸歉意地调整相机，感觉她的视线后，第一时间和他们道歉：“不好意思啊，忘了关声音，是不是打扰到你们了？别放在心上，你们继续，继续，当我不存在就好。”

怎么可能当她不存在？

尤霓霓终于松手，和陈淮望分开，不高兴道：“妈妈，你又在做什么坏事！”

“记录我的心动瞬间啊。”

真是见鬼了。

听完程慈的话，尤霓霓连忙从书桌上跳下来，恼羞成怒道：“妈妈，你怎么老是扭曲事实啊？我们不是你们想的那样，那个拥抱只是鼓励的拥抱。”

“我没说不是鼓励的拥抱啊。”

没办法，尤霓霓只好换一个攻击点：“那你刚才进来怎么都不敲门？”

谁知又被倒打一耙。

“我们敲了的啊，是你自己太投入了，没听见声音吧。”

是吗？

尤霓霓朝尤正柏投去求证的视线，不料在场的四个人里，就数他的表情最不好看。尤正柏之所以出现在这里，是因为程慈为了挽救他的形象，特意带着他上来送水果。

结果呢。

撞见了刚才那一幕。

极具冲击性的画面引起他的极度不适。

尤正柏越想越不高兴，“咚”的一下，放下手里的水果盘，心想还好他们来得及时，要不然指不定还会发生什么不可描述的事。

庆幸的同时，他又忍不住拿出岳父看女婿的架势，开始一一数落陈淮望的不是。

“你和我家霓霓都还是学生吧，像刚才那样抱着合适吗？还好你们现在是在家里，要是在外面也这样，你想过会对霓霓造成……”

尽管在上来之前，他被程慈再三警告：管住嘴，迈开腿，只做事，别说话。

但是，在亲眼看见自家女儿被一个男生那样抱住后，他怎么可能还控制得住自己的嘴呢。

而面对尤正柏的这番指责，陈淮望一句话没反驳，全盘接受，听得很认真。

尤霓霓却左右为难。

她知道尤正柏是为她好，可她也不能昧着良心，就这样让陈淮望被冤枉

啊。

经过一番深思熟虑，尤霓霓还是勇敢地站了出来，把陈淮望护在自己的身后，主动自首道：“爸爸，是我先抱的他。”

尤正柏的声音戛然而止。

他没想到自家女儿这么快就胳膊肘往外拐了，一脸痛心地看着她。

更让他没想到的是，自家老婆也开始胳膊肘往外拐。

程慈无视尤正柏的不满，对陈淮望客客气气地道：“刚才那些话你别在意啊，你叔叔就是见不得他女儿对除了他以外的异性好，没有恶意的。来，吃点水果吧，这个季节的石榴最好吃了。哦，霓霓你就别吃了啊，免得待会儿又做出一些丢脸的事。”

说完，她拉着尤正柏走出房间，把独处空间还给他俩。

对上陈淮望探究的眼神后，她解释道：“我对石榴过敏。”

“过敏？”

“对啊。如果一次性吃太多，就会像喝醉了酒似的，睡一觉就好，所以以后我能省下不少借酒消愁的钱呢。”

尤霓霓没当回事儿。她解释完，又不好意思道：“我爸爸妈妈是不是让人特别有负担？其实我妈妈以前不是这样的，不知道最近是不是看了什么奇怪的东西……”

说到一半，她又突然反应过来，这个“奇怪的东西”不正是陈淮望本人吗？要不是因为他的出现，程慈也不至于变成现在这样吧。

看来以后得减少他俩的见面次数才对。

正想着，她又听陈淮望说道：“他们都很好，没给我负担。”

嗯？

在见识了那么多不合常理的事之后，还能说出这种客套话，也真是难为他了。

尤霓霓知道他辛苦了，同情地拍了拍他的肩：“那你现在要回去了吗？”

陈淮望点点头。

“走吧，我送你。”

下楼的时候，为了不引起注意，尤霓霓刻意放轻脚步声。

尽管如此，程慈还是在第一时间闻声赶来，见他俩往门口走，她一脸失望道：“这么快就要走了啊，怎么不多玩一会儿？”

“不玩了，明天还要上学呢。”

她一边敷衍地回答，一边拽着陈淮望，加快步伐，快速逃离这片危险区域，生怕又生出别的事。

平安地来到外面的世界后，尤霓霓放开手，临别前，叮嘱道：“以后你有什么事找我，还是先打电话吧，别再独闯狼窝了。”

陈淮望“嗯”了声。

于是她又挥挥手：“那你快回去吧，路上注意安全。”

直到他的身影逐渐消失在夜色里，尤霓霓才转身往回走，脸上的笑也从脸上褪去。

回到房间后，尤霓霓一头倒在床上，还在想陈淮望为什么不开心，书桌上的手机突然响了起来。

一看，是路程发来的视频通话邀请。

接通后，路程一眼看出尤霓霓脸上残留着的惆怅，问道：“怎么了，一副为情所困的样子。”

尤霓霓重新趴在床上，没理会他的打趣，有气无力道：“眼睛不好就去看医生，千万别错过了最佳治疗时间。”

见她不愿意说，路程便没有多问，开始追究她最近犯下的一个滔天大错。

他承认道：“是，我确实眼睛不太好，否则也不会和你做朋友了。”

被突然攻击的人：“我哪里又惹到你了？”

“你说呢？”

尤霓霓还真的说不出来。

见她一脸茫然，路程也是真的生气了，恨不得这会儿能穿过屏幕，好好收拾她一顿。

他公布她的罪行。

“我不联系你，你就不知道主动联系我是吧？咱俩都几天没通过电话了。”

嗯？

闻言，尤霓霓回过神，终于用正眼看他，不相信道：“我们已经几天没联系了？不可能吧，我怎么觉得昨天刚和你通过电话呢？”

路程眯了眯眼，嗓音略低，隐隐带着点威胁的意味：“尤霓霓，你最近是不是过得太滋润了？”

这种感觉很熟悉。

要不是隔着手机，现在的她恐怕已经被路程直接用手肘卡着脖子，拖着往前走了。

尤霓霓知道这次是自己的错，所以没有和路程一争高下，见他的脖子上还淌着汗，似乎刚运动完，正走在回家的路上。

周围的嘈杂人声时不时偷窜入耳机，再钻进她的耳朵里。

于是她果断转移话题，感叹道：“你们大城市果然不一样啊，这么晚了，大街上还那么热闹。”

你们大城市？

怎么听上去让人这么不舒服？

路程依然黑着脸，表情没有好转，提醒道：“别忘了，你也是C市一分子，现在只是暂时住在桐市而已。”

“哦……”

尤霓霓确实差点忘了这一事实，见话题转移失败，索性回归最初的问题。

“那你最近为什么都没有联系我？”

“在我妈面前挣表现。”

“挣什么表现？”

“不想告诉你。”

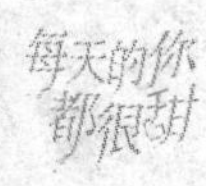

“哼！”

小气鬼。

她还不稀罕听呢。

尤霓霓撇撇嘴，表明自己一点都不感兴趣。

路程心情好了一点，又问道：“你们下周四开运动会？”

“对啊。”

她点点头：“怎么了，你又有什么危险的想法？”

“还是不想告诉你。”

尤霓霓有些无语。

既然什么都不告诉她，那这通电话的存在意义是什么？专门吊她胃口的吗？

尤霓霓才不想让他得逞，气鼓鼓道：“那我去洗澡睡觉了！再见！”

“等等。”

“干什么？”

原本尤霓霓还以为路程知道错了，结果听他问道：“谁把你书桌上的相框扣下去了？”

嗯？

她回头看了看书桌，发现自己和他的那张合照果然被扣在了桌上。

难道是陈淮望？

算了，这不重要，反正她的回答都是——

“哼，不告诉你！”

说完，她按下结束键，视频中断，画面跳回到聊天界面。

路程盯着手机屏幕，眼底的光和它一起熄灭。

新的一周。

尤霓霓把所有的快乐全押在了即将到来的运动会上。

幸好这次没再出岔子。

和上周四的阴雨天比起来，这周四的天气好得出奇。

阳光明媚，万里无云，在秋天快结束的时候最后上演了一场秋高气爽。

由于开幕式八点钟才开始，而且是初中部和高中部一起参加，所以这会儿全校师生都还在教室里坐着，等广播里的通知，依次下去候场，免得出现拥挤混乱的状况。

谁知道快要轮到高二（13）班下去的时候，方遥雨突然收到一条不好的消息，“蹭”地站起来。

“霓霓！哥哥在校门口被一些外校的人围住了！快！救哥行动刻不容缓！”

尤霓霓正抓紧每一分每一秒写广播稿，一听这话，立马弃文从武，放下笔，和方遥雨一起冲出教室。

不幸的是，刚踏上走廊，一股神秘的力量忽然限制了她的行动。

她回头一看，又是陈淮望。

“你干什么，快放开我！别拦着我去拯救我哥哥！”

陈淮望扣着她的手腕，脸上没什么表情，也没有理会她的抗议，只回道：“别跑。”

怎么能不跑？

再不跑！她哥哥就要被外校的那些女生吃掉了！

尤霓霓皱起眉头，不说话了，直接用力地动了动手腕，试图挣脱开他的束缚。

可惜无果。

没办法，她只好寻求旁人的帮助：“丛涵学长，你快帮帮我！”

然而这次丛涵也帮不了她，难得地站在陈淮望这一边。

因为他知道，陈淮望是怕人太多，到时候发生什么安全事故才这样做。

在这种情况下，丛涵能做的只有消除尤霓霓的担心，于是安抚道：“放心吧，舟舟没什么事。就算有事，他的身边也有人保护他，不用你去救他。”

那也用不着抓着她不放吧。

尤霓霓欲哭无泪，只能眼睁睁看着方遥雨渐行渐远。

当她以正常偏慢的速度走出教学楼后，校门口早就没了江舟池的身影。

是好事，也是坏事。

她恨恨地瞪了陈淮望一眼。

这时，丛涵说了句“我去走方块队了”。

闻言，尤霓霓还以为自己终于解脱了，不料手腕上的力量依然没有消失，好像对方并不急着走。

她奇怪地问道：“你不去吗？”

“他没有参加。”丛涵补了句。

尤霓霓有点意外。

像她这种身高的，没有参加方块队还情有可原，可陈淮望为什么没资格参加？

她一脸恨铁不成钢道：“真是白瞎了你的长相和身高！”

“小学妹，这种时候你就别夸他了。”

她哪有夸他？

走之前，丛涵又交给了她一个艰巨的任务：“你也不走方块队吧？那正好，你帮我好好看着他啊，千万别让他溜出学校去了。”

“嗯！”

尤霓霓被迫从丛涵的肩上接过老妈子的担子。

等丛涵离开后，她和陈淮望一起走向看台，在班级对应的位置坐下。

见他们班没坐几个人，尤霓霓怕他无聊，大人不记小人过，拍了拍身边的座位，安排道：“你先和我坐吧。”

说完，她从包里拿出相机，提前为待会儿的拍摄做准备，谁知相机居然黑屏了。

怎么回事？

尤霓霓倒腾了半天，还是没有解决好。

忽然间，从旁边伸出一只手，帮她摘下镜头盖。

问题消失了。

陈淮望收回手，轻拍她的脑袋，嗓音里听不出嘲笑，关心道：“第一次用相机吗，大小姐？”

“谁说的！我会拍！真的会拍！”

尤霓霓大声反驳，却见他只是不置可否地微微一哂，似乎并不相信她的话。

见状，她立马板着脸，严肃地警告道：“你最好收起你那怀疑的眼神哦！”

刚说完，广播里随即传来“下面迈着矫健的步伐，向我们走来的是高二（13）班”。

这下尤霓霓顾不上和陈淮望争论了，赶紧拿着相机站起来，靠在看台栏杆上，认真地拍下每一个瞬间。

直到队伍走到操场的另一端，尤霓霓才心满意足地回到座位上，把刚才拍的照片一一翻给陈淮望看，不死心地证明自己的实力。

“看吧，看吧！这绝美的构图，这恰到好处的光线，绝对可以说明我是真的会拍，而不是……”

在夸自己这件事上，尤霓霓毫不嘴软。

可就在她说得正起劲的时候，一个突然响起的声音打断了她的话。

“霓霓。”

一听这声音，尤霓霓先是一愣，好一会儿才反应过来，还以为是自己的幻听，立马扭头看了看。

而后，她的眼睛和嘴巴同时变大。

一个本应该在两三百公里之外的人，此刻居然正站在距离她几步之遥的位置上，笑着看她。

这比路程上次的出现还让人意外。

尤霓霓还是不敢相信自己的眼睛，使劲儿眨了好几下，努力确认这到底是不是幻觉。

路程知道她在怀疑什么，张开手，为她提供另外一个更简单有效的确认

方法。

“别眨眼睛了，过来抱一下我不就知道是真是假了吗？”

好了，不用确认了。

这么不要脸的话只有路程才说得出来。

尤霓霓回过神，“呸”了他一声，正想朝他走去。谁知她刚起身，一股来自衣角的力量阻止了她前进的脚步。她低头一看，是陈淮望的手。

他又在闹什么别扭？

尤霓霓的视线移到他的脸上，还以为他有什么话想说，不解地问道：“怎么了？”

闻言，陈淮望薄唇微抿。

上次合照的相片只要扣过去就能眼不见心不烦，现在呢。不想看见她抱其他人，也不想看见她对别人好，这种话要怎么和她说才不会让她觉得他有问题。

好像不管怎么说都不行吧。

就像无论他做什么都没有办法左右她的决定一样。

几秒后，陈淮望松开手，低垂着眼，遮住眼底交织的复杂情绪，回道：“没什么。”

嗯？

碍于路程还在等她，尤霓霓没时间多问，只好拍拍他的肩，叮嘱道：“我先去问问我朋友到底是什么情况，你好好坐在这儿等丛涵学长回来啊。”

说完，她背上包，朝路程走了过去，好奇地问道：“你怎么进来的？”

“走进来的。”

尤霓霓有些无语。

尤霓霓已经可以想象路程刚才是如何欺骗门卫大爷的了，一时间不知道应该说什么好，只能戳了戳他的手臂，嫉妒道：“你就顶着你这张脸到处招摇撞骗吧！”

路程却没有配合她的玩笑，脸上的笑也没了，说道：“我千里迢迢跑来看你，你就是这个态度吗？”

她的态度怎么了？

她不是一向这样和他说话的吗？

尤霓霓一头雾水，埋怨道：“谁让你这么早就来了啊，又不给我多留一点安排的时间，我也有很多事情要做的好不好。”

谁知道这话不但没有缓和气氛，反而火上浇油了。

路程继续不高兴：“嗯，为了给你惊喜，没有提前告诉你就过来，是我不对，下次不会再这样了。”

好吧。

原谅她到现在还没有消化好路程的突然出现，毕竟这才九点钟不到，一时间难免脑袋转不过来。

尤霓霓知道自己又说错了话，端正站好，积极认错。

“不不不，是我不对，居然没有体会到你的良苦用心。你肚子里面能撑船，就别和我生气了。大老远跑来，你干吗把宝贵的时间浪费在这种没有意义的事上啊，对吧。”

路程没说话了，用行为代替回答。

这次他终于可以对她做上次视频通话时就想对她做的事了——

捏她的脸。

见路程心情好了一些，尤霓霓松了口气。

等路程捏够了，她把他拉到远离陈淮望的空位坐下，重新挑了一个安全的问题。

“你今天该不会凌晨五点就出门了吧。”

“差不多。”

这下尤霓霓是真的感动了，奖励似的拍拍他的背：“辛苦了，辛苦了，晚上带你去吃牛魔王。”

末了，她又想起他上次说的挣表现，心想他这次应该不是背着 Aimee 偷偷过来的，于是问道：“你们学校这两天也开运动会吗？”

“嗯。”

“那你这次打算玩几天啊？”

“星期天回去。”

尤霓霓“哦”了一声，随口说了句：“那你星期五晚上过来也不迟吧，为什么来这么早？”

之所以这么说是因为她觉得桐市就这么一丁点大，两天的时间足够玩了，用不着待这么多天。

结果这番体贴的关心落进路程的耳朵里，硬生生变成另外一种意思。

他扫了眼不远处的人，回道：“哪有什么为什么，就是想早点看见你，多和你待两天，不行吗？还是你嫌我坏了你的好事？”

尤霓霓没听出他的弦外之音，只知道他的语气不对劲，于是瞪着他，踢了他一脚。

路程躲开她的攻击，转而靠在她的身上，嗓音里带着一丝舟车劳顿的疲惫，嫌弃道：“你们校长讲话好无聊，还不如找个地方陪我睡觉。”

“你倒是想得美，我还有比赛在身呢，想睡觉回我家去。”

路程只好退而求其次，提出另外一个要求：“那我们必须在这儿待着吗，不能到处走走？”

“等开幕式结束吧。”

她的肩上还担着老妈子的担子，得把陈淮望看好了才是。

哦对……陈淮望。

尤霓霓差点忘了这件事，赶紧扭头看了看。

见他已经回到自己的班上，戴着耳机，乖乖地坐在座位上观看开幕式，她放心了。

可惜这份放心没能持续太久。

因为下一秒她又觉得陈淮望一个人坐在那儿，看上去特别孤单，很想要过去陪陪他。

无奈现实不允许。

幸好又唠唠叨叨了几分钟后，校长终于结束了讲话。

运动会正式开始。

踩着熟悉的《运动员进行曲》，各个班级的同学陆陆续续回到班级所在的休息区域。看台上的人慢慢多了起来，丛涵也回来了。

这下尤霓霓没了后顾之忧，收回视线，对路程说道：“好了，走吧。”

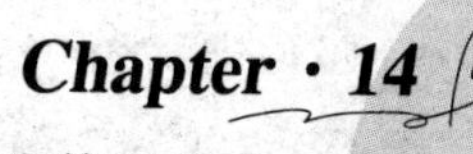

Chapter · 14

我在想，你还要我等到什么时候？

想着路程应该还没吃早饭，尤霓霓决定先带他去学校的小卖部买点东西垫肚子。

结果一路上，但凡有女生从他们身边经过，没有一个不多看路程两眼，甚至还有直接前来搭讪的。

对此，尤霓霓已经习以为常，识趣地靠边站，不打扰她们。

然而还是碍了一些人的眼。

其中有几个女生注意到尤霓霓的存在后，有意无意地提起她和陈淮望的关系，暗示她“脚踏两条船”，以此劝告路程离她远些。

尤霓霓听得直翻白眼，改变了计划。

从小卖部出来后，她说道：“我带你逛一圈学校，你就回家等我吧。反正也没什么好玩的，还不如回去好好休息一下。”

话里话外听上去都像急着赶他走。

路程脚步减慢，看着前面那道欢快的背影，毫无征兆地问：“你是不是觉得我在这里碍着你了？”

“当然！”

尤霓霓没有察觉他的不对劲，自顾自地往前走，回答得不假思索：“你太招人注意了，再这样下去，我迟早会被那些女生的眼神杀死。”

理由充分合理，可路程还是存有一丝怀疑。

“就因为这个？”

“对啊，不然呢？”

“难道不是急着去找陈淮望？”

随着话音落下，尤霓霓也猛地停下。

她确实是还记挂着陈淮望，但这绝对不是主要原因，于是急忙否认道：“你别听刚才那些人乱说，我和陈淮望的关系就像我和你一样，只是朋友。”

只不过这番解释更像是此地无银三百两。

路程看着她的眼睛，又一字一句地问道：“真的只是朋友吗？”

一直刻意回避的问题如今就这样直白地被人摆在她的面前，尤霓霓一时语塞。

或许是路程的眼神太具压迫性，又或许是她不想再逃避下去，在这样的注视下，那句理直气壮的“真的”卡在她的喉咙。

半晌，尤霓霓苦恼地叹了一口气，沮丧道：“陈淮望只是把我当朋友。”

言外之意，对她来说，陈淮望不只是朋友。

路程听懂了，眼底闪过一丝落寞，却没再说什么，只是摸了摸她的脑袋，转移了话题：“你们学校好像也没什么好逛的，我还是回家等你好了。”

然而路程掀起的波澜并没有平静下来。经过这一番灵魂拷问，尤霓霓变得心事重重，回到看台后，却没有看见陈淮望的身影，不知道他上哪儿玩去了。

看来果然有了丛涵学长就不用她陪了啊。

这种不被他需要的感觉让尤霓霓感到有些失落。她微微耷拉着脑袋，在座位上坐好，从包里拿出纸和笔，打算重新投身写稿事业。结果刚写了两个字，丛涵的声音又从看台下面传来。

“小学妹，陈淮望没去找你？”

闻言，尤霓霓立马抬起头，循声望去，只见丛涵一个人站在看台下，于是赶紧起身走到栏杆前，蹲着问道：“他不是和你在一起吗？”

“没啊。刚才你没走多久他就跟着走了，我还以为他是去找你了呢。”

啊？

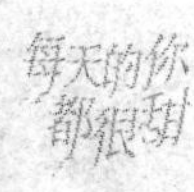

尤霓霓愣住。

见状，丛涵又连忙补了一句：“没事，我就是以为你俩在一块儿，随便问问。”

尤霓霓应了一声，可还是不怎么放心。

等丛涵走后，她拿出手机，给陈淮望打了几个电话，没人接，发短信发微信，也没人回。

总是这样。

尤霓霓有点生气，打算去教学楼里找找看。谁知经过自家教室的时候，竟瞥见里面有一道熟悉的身影。

她的脚步一顿，立马退回来确认。

清透的日光铺满整个教室，视野明亮开阔，让人一眼就可以看见里面的人。陈淮望坐在她的座位上，鲜明的轮廓被柔化，唯有一双眼睛清晰深刻，正望着虚无的空气尘埃，不知道在想什么。

总算是找到人了。

尤霓霓长长地舒了口气，悬着的心落回原处。

只不过她庆幸了还不到半分钟，又被别的不良情绪支配。

她气冲冲地走进去，站在陈淮望的面前，把刚才堆积的担心通过说话的方式一股脑地发泄出来。

“手机发明出来就是为了方便别人找到你！你不想接就挂断，好歹让我知道你是不想接，而不是因为各种危险的情况没有办法接！还有，你不回你的教室，坐在我们班干什么，思考人生吗？”

这是尤霓霓第一次这么严肃生气地跟他说话，因为她是真的害怕他出什么事。

可是这番激动的言论好像并没有在陈淮望那里激起什么涟漪。

他依然冷静，回道：“嗯，我在思考人生。”

尤霓霓以为他在开玩笑，没想到他居然还有心情开玩笑，更生气了，怒道：“思考什么人生！”

陈淮望缓缓抬头。

即使阳光这样强烈，也无法驱走他眼底的阴霾。

良久，他开口说话，声线平缓，又像是压抑着各种情绪，望着她，说道：“我在想，你还要让我等多久。”

如果没有那么在意她，或许那句藏了很久的话早就说出来了。

然而这个假设并不成立。

所以，陈淮望只能不断地反复自我提醒，要有足够的耐心，等她自己愿意，而不是逼她做决定。

而现在他之所以失控是因为，他一直以为，这段时间的相处或多或少起了点作用，只不过她一向反应迟钝，暂时还没有察觉到那些变化而已。

可是，直到刚才看见她对路程的一举一动，他才知道，她依然把他当成朋友。

只是把他当成朋友。

可惜尤霓霓永远不可能知道他的这些想法，更不可能听得出他真正想表达的东西，反倒觉得他在推卸责任，好气又好笑。

“你自己跑到这里藏起来，还要怪我找不到你吗！”

意料之中的反应。

陈淮望收回视线，重新望向别处，知道她听不懂，也没想过让她听懂。

就算她听懂了，也改变不了什么。

见他不说话，尤霓霓不知道他是在反省，还是在赌气，反倒没了底气，想起自己找他的初衷是为了关心他，而不是指责他的不是。

想了想，她伸出右手，主动求和。

“对不起，我应该好好和你说，不应该凶你的。可是，你也有错啊，对吧？所以这次我们就算扯平了，握一握手就忘掉刚才的事吧，嗯？”

尾音带着一丝轻微的鼻音，像讨好，又像催促，似乎急着把这不愉快的一页翻过去。

结果对方没反应。

没办法，尤霓霓只能和他翻旧账。

“你不是答应过我，要是我哪里惹你不高兴了，你要和我说，不能憋在心里，和我冷战吗？怎么又说话不算数了？”

陈淮望平静的眼底出现一点波澜。

他知道，他没有立场为了路程的事生尤霓霓的气，谁让他自己选择了这条路。

但是，他又不想这么快原谅她。

更何况这只手还碰过别人。

于是陈淮望依然没有回应她的动作，只睨了眼，问道：“洗手了吗？”

尤霓霓以为他嫌她脏，强行拉起他的右手，完成这场“握手言和”的仪式。

而后，她在他的旁边坐下，清清嗓子，重新问道：“你为什么跑到我的位置上坐着？”

“晒太阳。”

尤霓霓有些无语。

确实，这个时间点，她的座位是晒太阳的最佳位置。

可她又不傻，怎么可能相信这个理由！

见陈淮望不愿意说，尤霓霓想了想，直觉问题应该出在了最开始，果断问道：“刚才在看台上面的时候，你拉我的衣服，是不是想和我说什么，又不方便当着我朋友的面说？”

“嗯。”

“你想说什么？”

“你朋友的坏话。”

尤霓霓没顾得上计较这话，犹如被打通任督二脉，思维突然变得清晰起来。

“难道你不高兴是因为我朋友来了？”

“嗯。”

原本尤霓霓只是试探性一问，没想到他竟然这么坦荡荡地承认了，弄得

她差点没反应过来。

她追问道："为什么？"

陈淮望很坦诚："不想看见他。"

这又是什么不讲理的理由？

尤霓霓瞪了他一眼，觉得自己有必要为不在场的路程平反两句："他又没有做什么对不起你的事，你为什么讨厌他？这对他来说多不公平啊。"

不料火上浇油。

陈淮望低哼："你再说下去，只会让我更讨厌他。"

好吧。

小气鬼，惹不起。

尤霓霓紧抿嘴唇，沉默了几秒，又忍不住问："可他现在已经走了啊，你还是不高兴吗？"

陈淮望没说话，只看了她一眼。

"好好好，我不说了，不说了。"

尤霓霓立马举手投降。

这时，兜里的手机遭到了体育委员的轰炸，提醒她记得参加五分钟后的比赛。

见状，她不再耽误时间，一边回复消息，一边说道："我要下去参加跳绳比赛了。你要下去吗？"

话音刚落，她又立马补充一句："哦，你别误会啊，我不是让你下去给我加油的意思，我是看丛涵学长好像在到处找你。"

唯一下去的理由被她亲自否决掉，陈淮望刚动了一下的身子重新坐回到椅子上。

尤霓霓懂了，也没勉强他什么。临走前，她郑重地警告道："坐我的座位可以，但是不许在我书上乱涂乱画啊！"

说完，她匆匆跑出教室。

空气再次安静下来。

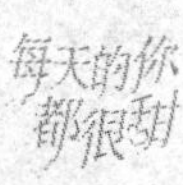

虽然她从始至终都没有弄清楚真正的状况，可陈淮望的心态已经逐渐趋于平和。

这是大小姐的超能力。

他拿起笔，重新翻开桌上的书，继续刚才没完成的事。

下午五点，今日的比赛基本结束。

高一高二放学回家，高三正常上晚自习。

回去后，尤霓霓一打开门，第一感觉是家里空空荡荡的，格外安静，里面既没有路程的身影，也不见程慈。

“路程？”

没人回应。

“妈妈？”

还是没人回应。

尤霓霓觉得奇怪，不再没效率地干吼，决定借助万能的手机，给程慈打了个电话，接通后问道：“妈妈，你和路程出去玩了？”

“路程？路程来桐市了？什么时候的事，我怎么不知道？”

“我给你发的微信你没看见吗？”

程慈“哦”了一声:“我今天和你爸爸在外面爬山呢,没怎么注意看手机。”

尤霓霓还以为她是忘了回复，没想到是因为忙着过二人世界。

罢了。

她识趣地挂断电话，不当电灯泡了，又给路程打了一个电话过去。

这次电话响了很久才终于接通。

“喂，你又去哪儿溜达了，怎么没在家啊？”

电话那头的人不知道在干什么，过了半晌，才传来一句懒懒散散的回答。

“我回C市了。”

回C市？

“为什么突然回去了？”

一听这回答，尤霓霓首先注意到的是他那带着浓浓睡意的声音，好像正在睡觉，接着才突然想起一件事。

她冷哼道："也不知道是谁说的想和我多待两天，结果才见一面就走了。果然不能太相信男生的嘴。"

路程闭着眼，轻笑了一声。

"反正等你下学期回了C市，有的是时间，不急这一两天了。"

也许是刚睡醒的缘故，他说话的语速有点慢，说完后却迟迟没得到回应，又叫了一声尤霓霓的名字。

尤霓霓的注意力却还放在上一句话上，怀疑自己听错了，否则就是他说错了，确认道："我下学期就回C市了？什么意思？"

话音一落，空气里的轻松氛围霎时荡然无存。

听她的语气似乎还不知情，路程渐渐清醒过来，睁开眼，意识到自己说了不该说的话。

他想解释，结果半天没想到合适的理由，抓了抓头发，只好实话实说："这事儿我也就是刚才听我妈提了一嘴，还不确定是不是真的，你先别急着难过啊。"

尤霓霓没说话，握着水杯的手指不自觉地用力，关节泛白。

比起难过，她更多的是生气。

怪不得上次程慈突然问她喜欢这里还是C市，原来是在试探她吗？

既然他们那个时候就有了决定，为什么不告诉她？

是不是觉得她一定会反对，所以干脆等到不能改变的最后一刻再来通知她？

受负面情绪的影响，尤霓霓现在很难做出客观的判断，想问题也不受控地朝着最坏的方向想。

她深呼吸了一口气，尽量让自己的声音听上去正常，回道："嗯，我没事。"

路程一听，这哪里是没事的样子，更像暴风雨前的平静。可是他还没来得及多说两句，电话已经被挂断，再打过去，一直提示"对方正在通话中"。

尤霓霓无法接受只有她被蒙在鼓里的事实。

结束和路程的通话后，她重新给程慈打了一个电话，没有立马质问程慈，而是问道："妈妈，你是不是有什么事瞒着我？"

程慈还以为是自己之前做的坏事暴露了，如实地回答："昨天冰箱里的最后一罐牛奶其实是我喝的，不是你爸爸。"

"还有呢？"

还有？

"前天晚上我背着你点外卖了。"

"就这些吗？"

"应……应该就只有这些了吧。"

程慈目前能够想到的就只有这两件事，下一秒又听她问道："我们下学期就要搬回C市的事，你打算什么时候和我说？"

闻言，程慈一惊："你听谁说的？"

"听谁说的重要吗？如果我今天没有发现这件事，你们是不是准备能瞒多久瞒多久？"

"当然不是！事情不是你想的那样，我们……"

却被尤霓霓打断。

"不管事情是什么样，反正我们要搬家是事实，不是吗？"

她的声音里有一丝微不可察的试探。

程慈没听出来，只知道尤霓霓现在在气头上，于是先安抚她："霓霓，你别急，等我们回来好好和你说说是怎么回事好不好？"

尤正柏的声音也传了过来。

"是啊，霓霓，你别急，爸爸妈妈没想骗你，你先乖乖在家等我们回来好吗？"

然而尤霓霓已经听不进去任何安慰的话了，只知道程慈刚才没有否认。

也就是说，搬家的事是真的了。

心底最后一簇微弱的火苗彻底熄灭，她的手脚一下子变得冰凉。

从小到大，尤霓霓最骄傲的事就是有一个开明的妈妈以及一个虽然严厉却很爱她的爸爸。

在他们家，大人和孩子之间几乎没有秘密，也从来没有出现过什么家庭矛盾。

也正因如此，她更无法接受被他们欺骗的事，生出一种被背叛的感觉，压抑着的情绪终于崩溃。

她带着哭腔，气愤道："我再也不要相信你们的话了，你们都是骗子！"说完，也不给他们解释的机会，直接掐断电话，一边哭，一边把他们通通拉进黑名单。

就像是被确诊的癌症患者，尤霓霓现在满脑子只有一个想法。她只剩下不到三个月的时间了。面对突然被倒计时的人生，她完全不知道应该如何应对，脑袋里乱哄哄的一团糟。

其实比起被程慈骗，她更难过的是，她马上就要离开这件事。

当初从 C 市搬过来的时候，她的年纪还小，并不能完全感受到"分离"两个字的重量。

对于那时候的她来说，快乐很简单，只要认识了新的小伙伴，就能迅速融入新的环境，忘掉之前的伤心难过。

可是现在不一样了啊。

成长路上的所有喜怒哀乐全留在了这座小城市里，她对它有太多的不舍了。

其中，最不舍的当然是陪着她走过大半个青春的朋友们。

朋友。

这个词让尤霓霓突然意识到现在不是哭的时候，还有更重要的事等着她去做。

她赶紧擦擦眼泪，翻出通讯录，给苏糊打了一个电话。

电话很快被接通。

“喂？”

“糊涂虫……”

她刚一开口，好不容易压下去的委屈又一下子冲到喉咙口。

尤霓霓哽咽着，说不出完整的话。

苏糊听她的声音不对，担心道：“怎么哭了啊，出什么事了？”

搬家的事尤霓霓想当面和她们说，所以这会儿只抽噎着，问道：“我……我今晚能不能去你家睡一晚……”

要是换成平时，苏糊绝对一口答应下来，无奈这次有特殊情况。

她为难道：“不好意思啊霓霓，我奶奶最近住在我家，晚上都是和我睡，可能不太方便。你问过木鱼了吗？”

“没……没有……”

“那你要不然先去木鱼家，我待会儿过去找你们？”

“那……那我等一下再和你……和你说……”

“好，你也别哭了啊。不管发生什么事，有我们在呢。”

尤霓霓哭着应了一声，挂断后，又给赵慕予打电话。

赵慕予一听她情绪不对，没等她把话说完，便打断她，让她现在立马打车来自己家。

一想到自己以后要是被欺负了，再也没有人这样站出来保护自己，尤霓霓就哭得更厉害了。

她就这样一路哭到赵慕予家。

老式居民楼的楼道昏暗狭窄，尤霓霓努力擦干眼泪，站在门口，敲了敲门。里面传来脚步声，随后门被打开。

瞥见那一抹属于校服的蓝色后，尤霓霓理所当然地认为开门的人是赵慕予，心里的委屈终于憋不住了，开始放声大哭。

可是下一秒，哭声戛然而止。

因为她看清了门后的人。

屋内的灯光从他的身后弥漫出来，看上去就像是舞台上的梦幻光效。

尤霓霓相信，这一定是她悲伤过度出现的幻觉。

要不然她哥哥为什么会出现在这里？

江舟池的眼底同样闪过一丝意外。

空气安静了半秒。

他很清楚这样的见面意味着什么，本来想说两句，赵母的声音却在这时忽然从厨房传来。

“是霓霓来了吧。快进来坐啊，别站在门口。”

说完，她又介绍起了江舟池的身份：“哦，这是和慕慕从小一起玩到大的朋友，现在是大明星呢，你应该认识吧。对了，你千万别和别人说他住在这里啊，要不然到时候咱们小区可要乱套了。”

其实除了幻觉，尤霓霓还抱着另外一丝侥幸心理，那就是敲错了门。

现在看来，她必须得认清现实，不能再自欺欺人下去了。

不过，她的心情好像没有想象中那么激动。

也不知道是因为受到的冲击太大，还是因为负负得正，又或者是她的大脑压根儿还没有反应过来，对于这件事，她竟然没有太多的感觉，甚至成功止住了哭意。

唯一的强烈情绪波动只出现在看见江舟池的那一瞬间。

回过神后，尤霓霓还有多余的精力找借口，冲里面的人说道：“阿姨，我刚才买的东西好像落在便利店了，我先回去拿，待会儿再进来。”

从头到尾她都没有再看江舟池一眼。

准确来说，她是不知道应该如何面对他，就好像她和他之间的距离一下子被拉近，近得让人一时间无所适从。

因此，回应完赵母的招呼，尤霓霓便打算离开。

结果一转身，她正好和上楼的人迎面撞上。

赵慕予刚拐过楼梯的拐角，还不知道发生了什么事，笑着和她招了招手，刚想问她怎么不进去，往后延伸的视线突然落在江舟池的身上。

她的动作表情顿时僵住，脸色一白。

见状，尤霓霓只想冷笑一声。

自嘲的冷笑。

要怪只能怪她太过相信他们了吧。

赵慕予更没想到事情会变成这样。

她只不过是出去帮尤霓霓买洗漱用品，压根儿就没想过本应该在学校上晚自习的人会突然跑来她家，要不然她根本不可能让尤霓霓来。

不过眼下不是追究这个的时候。

赵慕予知道时机的重要性，没有任何废话，直接和她解释道："霓霓，你别误会，我没有想骗你，一直没有告诉你这件事是因为我觉得我和他很快就不会有联系了。"

尤霓霓却没说一句话。

她现在需要的是这种无济于事的解释吗？

当然不是。

比起"最好的朋友和最爱的哥哥有着不同寻常的关系"，她更在意的是，赵慕予瞒着她这件事。

现在尤霓霓只想找个地方，好好发泄一番。

尤霓霓当作没看见赵慕予，对她的话也置若罔闻，紧贴着墙壁，从她的身边径直走过，似乎不想再和她有任何接触。

然而擦肩而过的时候，她好像想起什么，忽地开口，说了第一句也是最后一句话。

"你别跟上来，我现在不想看见你。"

她真正生气的时候从来都是这样冷静，冷静得一点都不像她。

赵慕予知道她的脾气，也知道现在说什么都没有用了，无力地垂下手。

从小区出来后，无处可去的尤霓霓只能漫无目的地在大街上游荡。

她觉得天底下没有比她更惨的人了。

不光接连遭到最信任的人欺骗，现在就连人生中最重要的一个爱好也受

到了致命打击。

这种时候，是不是应该再来一场狂风暴雨才对？

尤霓霓停下脚步，站在街沿上，丧着一张脸，双眼无神地盯着灿烂的夕阳看了一会儿，而后认清短时间内不会下雨的事实，也认识到自己脑子不太正常的事实。

她叹了口气，重重垂下脑袋。

经过一家便利店的时候，她果断走了进去，买了几盒石榴果汁和几袋零食。

人生中从来没有发生过什么大事的人，就连想发泄情绪都不知道应该怎么发泄，只能模仿电视剧里常出现的桥段——借“酒”消愁。

结好账后，尤霓霓在外面随便找了张空桌，谁知刚坐下，突然接到苏糊打来的电话。

她知道应该是赵慕予派来的，想了想，还是接了起来。

一接通，手机便传来苏糊着急的声音。

“霓霓，你现在在哪儿啊，我过来找你。”

“不用了，我想一个人待着。”

尤霓霓的语气很平静，发自内心的平静。

可是苏糊很少听她这样说话，微微一愣，最后还是停下了穿鞋的动作。

她放弃了和尤霓霓当面交谈的计划，坐在自家门口，退而求其次，问道：“那你和我说说，今天到底是怎么回事好吗？”

尤霓霓却没有回答这个问题，捏了捏果汁盒，反问了一句：“糊涂虫，你是不是早就知道这件事了？”

“当然不是！”

苏糊在第一时间否认了。

刚才赵慕予给她打电话的时候，和她简单说了说情况，所以她听懂了“这件事”指的是什么，保证道：“霓霓，我发誓，我真的不知道！”

苏糊确实不知情，顶多就是比尤霓霓多察觉到一点不对劲的地方而已。

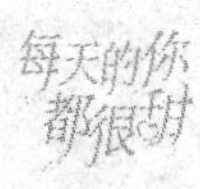

闻言，尤霓霓“哦”了声，也不知道信没信，继续问道：“那你还有其他事瞒着我吗？不如趁今天一起说了吧。”

见她有点破罐破摔的意思，苏糊一时有点无措。

最后，她叹道：“霓霓，木鱼没有及时告诉你她和江舟池的关系，这事儿肯定是她不对。但是你也不能因此否认她整个人啊，对不对？你知道木鱼最不想看见你难过。”

道理尤霓霓都懂，更知道没必要做出一副全世界都对不起她的样子。

可惜人在生气的时候，总是只记得一些糟糕的事情，很难想起对方的好。

她现在不敢再相信任何一个人说的话了，甚至觉得离开这里好像也挺好的。

当陈淮望接到江舟池的电话，从学校赶过去的时候，尤霓霓已经哭倒在便利店外面的塑料椅子上了。

即便如此，之前发生的事，她依然记得一清二楚。

谁是仇人更是一眼就能认出来。

比如，赵慕予想送她回家，她就紧紧扒着椅子不松手；赵慕予想用她的手机给程慈打电话，让他们过来接她，她就死死捏着手机不松手，甚至还咬人。

总之，就是和赵慕予反着来。

从马路对面走过来后，陈淮望扫了眼桌上东倒西歪的果汁盒，眉头紧皱，一手扶着尤霓霓快要从椅子扶手上滑下去的身子，抬眸看赵慕予，不悦道：“你就这样让她喝？”

一听这声音，尤霓霓立马抬起头，就像是终于找到了依靠，一把抱住陈淮望的腰，和他告状：“望望，你……你来得正好！快帮我把这个坏人赶走，她老在……老在旁边烦我，我不想看见她！”

遗憾的是，这份依靠没有让她安心太长时间。

虽然她的大脑晕晕乎乎，但是并没有停止运转，很快她便意识到，陈淮望和她哥哥从小就认识。

也就说，他肯定早就知道她哥哥和赵慕予的关系。

想起这一点后，尤霓霓猛地推开他，气呼呼地趴在桌子上，背对着他，生气道：“我不要和你说话！你也是一个骗子！”

见她醒了，陈淮望自顾不暇，低头看了看她，这才发现她的眼角还是红红的，明显刚才哭过。

他用手轻轻碰了碰，问道：“我骗你什么了？”

“你骗我……骗我……”

尤霓霓没有注意到他手上的动作，好好想了想这个严重的问题。

谁知道“骗我”两个字一直在她的嘴里打转，偏偏愣是没有转出一丁点儿下文来，最后反倒把自己念睡着了。

确认尤霓霓是真的睡着后，赵慕予松了口气，站在路边招了辆出租车，打算送她回家。

上车前，陈淮望却提醒道：“你想看她待会儿跳车吗？”

赵慕予有些无语。

Chapter · 15

好好珍惜和你在一起的每一分每一秒。

最终，赵慕予没有跟上去。

出租车上。

窗户半降，残留着黄昏余温的晚风灌进车厢，温度正好，让人恍惚间仿佛回到春天。尤霓霓本来有些难受，被风这么一吹，终于舒服了些。

她挠了挠脖子，迷迷糊糊地醒了过来，睡眼惺忪地确认周围的环境。

谁知一扭头，她便看见陈淮望的脸，在还没有完全降临的夜色里明明灭灭。

刚才那些不开心的事瞬间重回尤霓霓的大脑。

她努力撑起靠在陈淮望身上的身子，和他拉开距离，控诉道：“你这个骗子！又想带我去哪里！你要是敢对我乱来，看我怎么收拾你！”

陈淮望抬起右手，轻松握住尤霓霓举起来示威的拳头，把她快要撞向车门的身子拉了回来，说的还是那句话。

“我骗你什么了？”

而尤霓霓依然回答不上来这个问题。

好在这次她没有再把自己念睡着，但也没有正面回答问题。因为她发现陈淮望确实没有骗她，只不过没有主动告诉她而已。

找不到有力证据，她只能顾左右而言他：“我现在脑子不清醒，说不过你。反正……反正你最会玩这种语言游戏了！”

倒是会给自己找借口。

陈淮望不和不清醒的人计较，大手按住她的脑袋，让她重新靠在自己的肩膀上，一边拍着她的后背，一边轻声哄她。

“不是难受吗？再睡一会儿。”

是有点难受。

不过再难受她也不睡了。

尤霓霓动了动脑袋，挣扎着想要坐起来的同时，有理有据地曲解他的好意。

“等我睡着，你就好把我卖了是吧？别以为我不知道你的想法，我喝的是石榴汁，不是酒，脑子还没有受损好吗！”

陈淮望动作未停，垂眸睨了她一眼。

原本以为是玩笑话，没有回应的必要，却见她一脸认真，不像开玩笑，似乎真的就是那样想的。

这么没有安全感也不知道是不是因为和今天发生的事有关。

为了消除她的不安，陈淮望只能打一次脸，回了句：“你还没有那么值钱。”

“哼！”

尤霓霓当然没听出话里的安慰成分，只觉得他又在讽刺自己，却又没办法反驳。

是啊。

像她这样爸妈不疼，朋友不爱的人，的确没多少价值。

好不容易稍微忘掉的伤心事又被提起，惹得尤霓霓忧郁复发。

这下她不仅不挣扎了，就连被卖一事也妥协了，自暴自弃地靠在陈淮望的身上，咕哝道：“卖吧，卖吧。要是能卖个好价钱，让你过上好日子，我也算是做好事积德了……”

睡意在有节奏的轻拍下渐渐袭来，她的声音越来越小，最后干脆没了声儿。

陈淮望的手一顿，拭去她眼角不知什么时候渗出的眼泪。

现在他已经不关心到底发生了什么事，只希望她一觉睡醒后，能够重新

开心起来。

由于正值下班高峰期，路上有些堵车，等抵达目的地的时候，晚霞早已褪尽，取而代之的是没有星星的夜空。

陈淮望背着还在熟睡的人往小区里面走。

结果不知道是不是预感到了什么，当他一只脚刚踏进小区大门，原本趴在他背上睡得好好的人突然惊醒，环顾四周，觉得有点眼熟。

随后，尤霓霓意识到这是要送她回家的意思，立马强烈地抗议道：“我不要回去！”

说这话的同时，她还拼命蹬着两条腿，动作幅度大得像是恨不得直接能从他的身上跳下去。

陈淮望怕她摔下来，只能暂时掉头，朝远离小区的方向走去。

等她差不多睡着后，他又再重新折回来。

谁知每次当他快要靠近小区大门的时候，她总能瞬间醒过来，仿佛在身上装了雷达似的，而且一次比一次更激动地抗议。

就这样尝试了数次，并且次次都以失败告终后，陈淮望不做无用功了，把背上的人放了下来。

脚一沾地，尤霓霓慌了。

虽然还没有完全清醒，但她知道自己刚才的行为有点不讲理，害怕因为不听话而被他丢下，赶紧冲他张开手，想要重新让他背。

陈淮望却没有理会她的耍赖。

他把她不安分的手拉了下来，看着她的眼睛，好好问她：“你不回家想去哪儿？”

语气很正常，可落进尤霓霓的耳朵里，更像是责骂。

于是她不说话了，只埋着脑袋。没一会儿，眼泪啪嗒啪嗒地掉在水泥地上。

陈淮望不知道哪句话又碰到了她的伤心事，见状，赶紧扣着她的后脑勺，把她重新搂进怀里，毫无原则地哄道：“好了，不想回家就不回，别哭了。”

嗯？

这是不会丢下她的意思吗？

尤霓霓抽抽鼻子，在他胸口蹭了蹭眼泪，这才回答他的上一个问题。

“我也不知道我想去哪儿……我没有别的地方可以去了……”

说完，她从陈淮望的怀里抬起头，用那双湿漉漉的眼睛看他，全然忘记了刚才在出租车上对他的种种不满，可怜巴巴道：“你可以收留我一晚上吗？”

果然有求于他的时候才会对他这样。

不过，不管她的讨好是出于什么目的，陈淮望都没有办法拒绝她的要求。

最后，他把尤霓霓带回了自己家。

得知自己不用回家，更不用露宿街头后，脸上的眼泪还没干，尤霓霓便重新换上笑脸，蹦蹦跳跳地走在街头，甚至每遇见一根电线杆就上前抱一抱，仿佛都是她的好朋友似的。

她这样的状态在进入陈淮望的家后达到巅峰。

明明什么稀奇玩意儿都没有，偏偏她一进去就不停地“哇”，似乎打开了新世界的大门，对房子里的每样东西都感兴趣，东摸摸西碰碰的。

就像是一只刚从动物园放出来的，对外面的世界充满各种好奇的小猴子。

哪里还找得到一点伤心难过的影子。

陈淮望怀疑自己又被她骗了。

给她倒了一杯水后，他进了卧室，把里面的床单被套换了一套新的，任由客厅里的人发疯。

结果出来的时候，小疯子已经累倒在沙发上，看样子又困了。

因为没有换洗的衣物，陈淮望只能帮她简单洗漱了下便把她抱进被窝里，让她舒服地呼呼大睡，而后关灯，半掩上房门，走了出去。

从来没有任性过的人突然闹脾气的下场就是，第二天早上醒来以后不知今夕是何夕。

尤霓霓抬起无力的手，揉了揉太阳穴，只觉得喉咙干得像在沙漠里走了三天三夜，想喝水，又困得睁不开眼。

由于意识还不够清醒，连带着有关于昨天的记忆也没有完全恢复，一时间，她忘了那些不愉快的事，以为这会儿是在自己家，于是习惯性地叫了两声“妈妈”。

很快，房间门被人打开。

紧接着，尤霓霓的视野里多出一个水杯，里面盛着她渴望的温白开。

她没多想，直接坐起来伸手接过水杯，结果刚咕咚喝了几口，余光一不小心看见身边的人，吓得她手一抖，差点把嘴里的水全吐在他身上。

艰难地将水咽下去后，尤霓霓一脸震惊，怒吼道：“你你你……你怎么在我房间？”

对于她的过激反应，陈淮望只是挑着眉，抬手戳了下她的脑门儿，反问道：“还没睡醒？”

尤霓霓听出了一丝不对劲，立马转着脑袋，环顾四周。

深色系的简洁装修风格确实和她的粉嫩少女房间完全不一样。

这下她彻底清醒了，而且受到的惊吓比刚才多出一万倍，下意识地拉高被子挡住身体，大叫道：“我怎么在你房间？”

今天又是一个大晴天，清晨的阳光遍布每个角落。

整个屋子里只听得见尤霓霓认错的声音。

洗漱完后，她见陈淮望还没出来，以为他生气了，便来到另一间卧室，隔着紧闭的门，和里面的人说话。

“不好意思啊，你知道我脑子本来就不好使，加上昨天还发生了那么多的事，一时间忘了昨晚的事也挺正常的啊！对吧，所以你别把自己关在房间里不出来啊。”

没人回答。

尤霓霓挠了挠脑袋，只能重新想办法，结果一不小心被客厅里的一个展示柜吸引。

里面放着各种奖杯和奖牌。

她好奇地凑过去看了看，没想到居然全都是一些和摄影有关的奖项。

她有点意外，随后又想起之前丛涵好像说过，当时文武缠着陈淮望去参加什么摄影比赛。

她正想着，面前的房门打开了。

陈淮望换了一身衣服，一走出来，见尤霓霓站在门口，意外道：“大小姐一大早就这么黏人吗？”

尤霓霓有些无语。

原来他是进去换衣服啊。

看来她那段真情实感的道歉是白准备了，不过陈淮望没有生她的气就好。

于是尤霓霓没有解释自己出现在他房间门口的原因，而是指着展示柜，问道：“之前丛涵学长说你参加摄影比赛的事是真的吗？”

陈淮望已经换了一身正常的衣服，正往厨房走，听见她的问题后，“嗯”了一声。

就这么一声，好像没有多说的意思。

可是尤霓霓有多问的打算。

“你也太深藏不露了吧，平时一点儿没看出来你有这种艺术细胞……哦！你以后该不会要选择从事这方面的工作吧，还是只是当成业余爱好？如果是当成职业的话，那你大学应该选……”

她被勾起好奇心，连忙朝他走过去，紧紧跟在他的身后，嘴里说个不停。

陈淮望也没打断她，把牛奶放进微波炉后，靠在墙上，耐心地等她问完才开口说话，却不是回答她的问题。

他回忆道：“以前在我们家，凡是能看见的相机都是碎的。我爸说，没出息的人才玩这些。”

尤霓霓一听，不服气地反驳：“谁说的啊！这世界上有那么多出色的摄影师，难道他们都是没出息的人吗？”

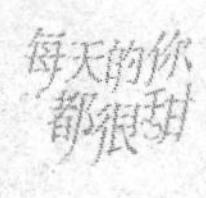

闻言，陈淮望轻笑：“嗯，我妈当时也是这样回他的。”

“然后呢？”

“然后，他把相机砸了。他说，你之所以能看见那些摄影师是因为他们成功了，背后还有更多可能一辈子都出不了头的失败者，你能保证你儿子成为金字塔尖上的人吗？”

陈淮望的情绪没有一点波动，嗓音也很平静，就像是在叙述一件和他无关的事。

尤霓霓却听得火冒三丈。

如果站在父母的角度，或许可以理解这番话，知道他这么说是因为担心自己的孩子将来没办法靠这个养活自己。

但是，连试都没试一下，为什么要这样直接否定他，年轻不就应该多尝试吗？

尤霓霓越想越觉得这话没道理，闷闷地低着头，不说话了。

没听见她的声音，陈淮望便侧头看了她一眼，见她两只手攥成拳头，像是想打人似的，于是捏了捏她气鼓鼓的脸颊，好笑道：“你这么生气干什么？”

怎么能不生气！

虽然有点不礼貌，可尤霓霓想了想，还是忍不住说道：“一个人能找到自己的兴趣爱好是一件多难得的事啊！你爸爸怎么能这样打击你呢！太过分了！”

陈淮望只微微一哂，没有接话。

见状，尤霓霓又问道：“那你现在是打算放弃了吗？”

“还没想好。”

嗯？

还没想好是什么意思？

尤霓霓皱眉思索，微波炉突然发出“叮”的一声，打断她的思路。

从里面拿出热好的牛奶后，陈淮望往外面的餐桌走去。

她跟着走了出去，在他对面坐下的时候，面前已经放着一杯牛奶和她平时最爱的南瓜面包。

尤霓霓又被他的细心弄得一愣一愣的。

陈淮望却屈指轻叩桌面，说道：“好了，该你了。”

“什么？”

“昨天怎么回事？”

尤霓霓还没有从上一件事里回过神来，一听这话，心想他刚才讲相机的故事就是为了和自己“以事换事”吗？

倒是公平，让人没有办法不说。

她撕下一小块面包，塞进嘴里，闷闷道：“也没什么，就是我下学期要搬回C市了。可是这么重要的事我妈妈居然一直瞒着我，我一气之下，就……就弄成现在这样了。”

她万万没想到，最先知道这个消息的居然是陈淮望。

真是命运弄人。

尤霓霓叹了叹气，又听陈淮望问道：“这就是你不愿意回家的原因？”

现在过了最生气的时候，再回过头来看，尤霓霓承认，她或许是有点小题大做了，但当时的她哪能那么理智。

她不服气道：“难道这不值得生气吗？”

“听了他们的解释再生气也不迟。”

尤霓霓张张嘴，又闭上，放弃了在他这儿寻求安慰的想法，反正男生思考问题总是理智的。

没人说话的餐桌上逐渐安静下来，直到尤霓霓喝完牛奶，外面传来一阵敲门声，这阵沉默才被打破。

陈淮望坐着没动，只冲她扬扬下颌，示意她去开门。

寄人篱下，她不得不低头。

尤霓霓恶狠狠地咬了一口面包，起身往玄关走。原本她以为是外卖之类的，等门一打开，看清外面站着的人后，僵在原地。

她怎么都没想到会是尤正柏和程慈。

不用问也知道肯定是陈淮望打电话让他们来的。

程慈一见到她，一边叫着“霓霓”，一边流着眼泪。尤正柏也没好到哪里去，双眼布满血丝，看上去像是一整晚都没睡。

本来经过一晚上的时间冷静，尤霓霓已经不像昨天那样抗拒和他们说话了。现在程慈这样一哭，把她对他们最后的那一点埋怨也冲走了。

尤霓霓一想到他们昨天一定没少担心她，自责内疚就纷纷涌了上来。

尤霓霓不闹别扭了，抱着程慈一起哭了起来，嘴里还一直说着“妈妈对不起”。

画面看上去可怜又好笑。

尤正柏知道母女俩算是和好了，松了口气，把两个人搂进怀里。等她们哭了好一会儿他才说话，开着玩笑：“你俩是在这儿上演母女相认的苦情戏码吗？”

一听这话，程慈和尤霓霓对视一眼，破涕为笑。

尤正柏捏了捏自家女儿的脸：“这位闹脾气的小公主，愿意跟我们回家了吗？”

尤霓霓擦擦眼泪，不忘正事：“那你们先说说，为什么要瞒着我？”

尤正柏就知道她忘不了这事儿，好好和她说了说。

“搬回C市是因为爸爸生意上的事，你妈妈没有及时告诉你就是想着你舍不得离开，所以想再等等看有没有不用搬走的方法，哪儿知道路程那小子一不小心说漏了嘴。”

“那有不用搬走的方法吗？”

“暂时没有。”

见她一脸失落，程慈连忙说道：“如果你实在舍不得这里，到时候让你爸爸先回C市，我陪你在这里住着，等你高考完再回去。”

尤霓霓当然不可能同意这个提议，她怎么能够因为自己而让父母异地呢？于是她摇头拒绝了，只提出一个条件：“以后再遇见这种事，你们不能再瞒着我了。要早点告诉我，好让我有多点时间好好准备。”

“好，下次不管发生什么事，我们都提前和你商量。你也不能再这么冲

动了，知道吗？”

“嗯！”

虽然解决好了矛盾，但尤正柏一想到昨晚的担惊受怕，就忍不住教育道：“看吧，明明一句解释就能说清楚的问题，你还闹离家出走。昨晚还醉成那样，你……”

结果他还没说完，便被程慈打断道：“好了，霓霓都知道是误会我们了，你就少说两句。”

有了女儿，忘了老公，尤正柏心里委屈，只能转移话题。

“那咱们回去吧，别站在别人家门口团聚了。”

哦……差点忘了陈淮望！

走之前，尤霓霓赶紧重新回到客厅，打算和陈淮望说一声，却没见着他人，再一看，卧室的门关着。

难道他是为了给他们一家人留出谈话空间，特意回了卧室？

尤霓霓走过去，试探地敲了敲门。

门果然很快被打开。

见她眼睛又红红的，但表情明朗，陈淮望问道：“谈好了？”

尤霓霓点点头，认真地感谢道：“昨天谢谢你照顾我，如果下次你遇见了什么困难，有需要我帮忙的地方，我一定十倍奉还！”

听上去像是威胁人。

陈淮望眉梢微抬，“嗯”了声，把她的手机递给她。

尤霓霓没多想，接了过来，最后问道：“对了，昨天我来你家，你爸爸妈妈没有说你什么吧？”

“我一个人住。”

一个人住？这么叛逆？

尤霓霓先是一愣，而后又觉得没什么好惊讶的，因为这确实像是他做得出来的事。之前那个关于他为什么没有住在她家隔壁的问题好像也得到了解答。

不过，从上次的状况来看，他应该是想回家的吧，否则不会看上去那么落寞了。

这么一想，尤霓霓管不住嘴，多说了几句。

“虽然你爸爸对你很严厉，但是父子之间哪有隔夜仇。你们应该坐下来好好说说，你看我和我爸爸妈妈不就和好了吗？真的，相信我，离家出走一时爽，以后回家火葬场。”

她认真开导人的样子让人有点不忍心把她从虚构的世界里叫醒。

好在陈淮望心比较狠，照说不误：“谁离家出走了？”

不是离家出走？

尤霓霓一噎，从语重心长的老妈子角色里抽离出来：“那你怎么一个人住，你爸爸妈妈呢？”

“离婚了，我跟着我妈，不过她前年去世了。”

“哦……”

也许是他说得太过轻描淡写，语气和说话的内容完全不符，尤霓霓只当是一句普通的回答，没有细想，习惯性地回应了一声。

可嘴巴还没完全闭上，她又突然反应过来，上一句话的信息量有多大。

尤霓霓张了张嘴，想说点什么，却又不知道应该说什么好。毕竟这种和家庭有关的事并不是旁人说两句不痛不痒的安慰话就可以起到安慰作用的。

见她一副欲言又止的样子，陈淮望知道她在纠结什么，拍了拍她的脑袋，倒是没和她客气什么，而是提前申明道：“我不接受口头安慰。”

尤霓霓知道他这是故意开玩笑，却笑不出来。

不过，既然他想岔开话题，她便不再多说什么，只上前一步，踮脚紧紧抱住他。

“谢谢你今天愿意和我说这么多。放心吧，以后不管发生什么，我都会站在你这一边，支持你的每一个决定，你永远都不会孤军奋战。”

回去的路上，尤霓霓一直在和路程打电话。两人各自道歉认错后，和好如初。

等她挂断电话，程慈和她说了下今天帮她请假的事，顺便问道：“不过你昨天怎么没去找木鱼她们？”

另外一件伤心事被提起，尤霓霓好不容易恢复的情绪又变得低落起来。

现在冷静下来后，她可以坦然承认，昨天和家里吵架的事是她冲动了，把情绪发泄到苏糊身上也是她的不对。

唯独对赵慕予的态度还是和一开始一样。

想了想，尤霓霓还是把昨天在赵慕予家发生的事和程慈简单地说了说。同时，她也好好反省了一下。

“妈妈，你说我是不是不应该发那么大的脾气？”

饶是程慈平时见惯了各种大大小小的事，听完整件事还是免不了一阵惊讶，没想到原来是这么一回事。连她都这么意外，更别提尤霓霓了，当时出现那种反应也情有可原。

不同的是，程慈可以很快调整好心态，站在客观的角度帮她分析问题。

“首先，你得明白，虽然你们是朋友，但是木鱼没有义务告诉你她的所有事；其次，我觉得你可以先听听她的解释，万一就像我们一样，不是故意瞒着你呢？”

尤霓霓沉默了。

第一句话似乎和苏糊之前说的那句“每个人都有自己的小秘密”不谋而合了。

见她不说话，程慈以为她不认同，于是又替她另外想了一个办法。

“或者你换个方式想想看，对你来说，是这件事更重要，还是木鱼这个朋友更重要？如果因为这件事失去她这个朋友，你是觉得无所谓，还是觉得可惜后悔。”

好一会儿，尤霓霓才回道：“好，我知道了。”

周一早晨。

和平常一样，赵慕予早早来到教室，交完作业后，正在做早读准备，却忽然听见一个不太可能出现在这里的声音。

“你说你这个人怎么这么沉得住气，我可等了你一个周末，你居然连一通电话都不给我打？”

闻言，赵慕予停下手里的动作，愣了一秒后，不可置信地回头循声望去，所有想说的话最后只化作一声“霓霓”。

说实话，尤霓霓很少看见赵慕予这个样子，知道自己这次是真的把她伤到了。

在赵慕予前面的位置坐下后，她佯装生气道：“哪有人道歉像你这么没有诚意的啊，才来找我一次就不找了。”

强烈的不真实感仍然围绕着赵慕予。

见尤霓霓不再像上周那样讨厌她，好一会儿，她才反应过来，回道：“我以为你不想看见我。”

“那你也要多试试看啊，怎么可以这么轻易就放弃了呢？”

“那你不生我的气了吗？”

“还有那么一点点吧。”

尤霓霓用手指比出一丁点的距离，而后张开手，开出和解条件：“抱我一下就好了。”

赵慕予知道她这是在给彼此台阶下，毫不犹豫地一把抱住她，认真地和她道歉。

“对不起，霓霓，我真的没想过伤害你。”

尤霓霓拍拍她的背：“你有什么好对不起我的啊，这件事明明就是我的不对。你不告诉我肯定有你的原因，我不应该冲你发那么大的火。”

程慈说得对，就算她们是朋友，也没有义务告诉对方所有的事。

想通这一点后，尤霓霓终于意识到自己的问题了，有点羞愧，反而不好意思再开口说话。

原本她打算等赵慕予一来找她，她就马上和她和好，结果一直没等到人，她只好主动一点了。

可是赵慕予一听这话，立马松开她，像看一个陌生人似的看着她。

尤霓霓当然看懂了她这是什么意思，不高兴道：“用这种眼神看着我干什么，我就不能善解人意一次吗？”

当然可以。

只是前后转变这么大，赵慕予一时间有点难以适应。

毕竟尤霓霓能够原谅她，她就已经很意外了，压根儿没想过她还会说出这种话。

想了想，赵慕予又问道：“你已经确定下学期就走吗？”

尤霓霓点点头。

周末的时候，她已经和苏糊好好沟通了一番，想必苏糊也把这个消息和赵慕予说了。

赵慕予摸了摸她的脑袋，想起她上周伤心的样子，送上迟来的安慰。

“没什么好难过的，反正以后我们还有那么多时间可以一起度过。回去以后，也别抗拒新环境，你性格这么好，一定可以很快融入进去。”

尤霓霓当然知道她们的关心不会因为距离而变淡。

她难过的是另外一件事，却又没想好究竟要不要说出心里的顾虑，捏着语文书一角纠结。

见状，赵慕予也没催尤霓霓，安静地等着她。

幸好在语文书被扯掉一个角之前，尤霓霓终于做好了决定，托着脸颊，叹道：“你说，以后我和陈淮望还会见面吗？等我回了C市，我俩会不会就渐行渐远了？”

一个出乎人意料的困扰。

赵慕予的脸上闪过一丝讶异。一时间，无数个问题在她的心头涌现，下一瞬又全部消失。

一想到这儿，赵慕予忍不住敲了敲尤霓霓的脑门儿，换了一种思维开导

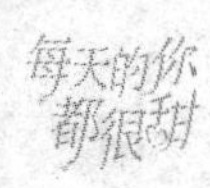

她："如果他因为这点距离就和你疏远了，说明他并不珍惜你这个朋友。这样你也没什么好遗憾的啊，对不对？"

好像……也是哦？

闻言，尤霓霓豁然开朗，顾不上计较她的暴力行为，捂着额头，一脸认同地点点头。

赵慕予又问道："不过，陈淮望知道你这么舍不得他吗？"

他怎么可能知道呢？

尤霓霓摇摇头，不忘叮嘱她："你也别和陈淮望说哦，我不想影响他学习。"

"那你打算就这样一直忍住不告诉他？"

"当然不！"

这一次，经常容易一头热的人难得没有冲动，而是有计划地分析："现在我们以学业为重，其他的事等毕业了再说吧。"

赵慕予一听，失笑道："没想到你思想觉悟这么高。"

尤霓霓皱了皱鼻子，就当她是在夸奖自己了。

但不得不说，在某种意义上来说，她好像确实挺有自知之明的。

比如，她知道，陈淮望只是把她当朋友。

毕竟对于她要离开的事，他没有一点表示，反倒是丛涵，自从知道她要转学的消息，突然进入茶饭不思的状态。

中午一起吃饭的时候，他十分伤感。

"明明和你就只剩下最后半年时间相处了，怎么现在连这么一点时间也要被抢走啊，天理何在！"

本来之前尤霓霓没觉得陈淮望应该舍不得她，可现在看见丛涵这样，忍不住对陈淮望问道："我要走了，你都不难过吗？"

哪怕只有一秒也好。

丛涵一听，加入声讨队伍："对啊，你居然还吃得下去饭！还有没有良心！"

陈淮望没理丛涵，抬头看了眼尤霓霓，给出的回答很理性。

“你迟早都会离开这里，难过什么。”

话是这么说没错，可是——

“下学期就走和高三毕业再走还是有很大区别啊。本来高中毕业后大家就要各奔东西了，更别说上了班，肯定更是各忙各的。这样一来，我们的联系只会越来越少，还有可能好几年都见不了一面。就算是这样，你也觉得没什么大不了的？”

陈淮望收回视线，低着头，反问：“以后你忙工作就不追星了吗？”

“当然要追！”

尤霓霓回答得不假思索，而后发现掉进了他的圈套。

好吧，忙确实是借口。如果真的想见一个人，无论多忙，都抽得出时间。

尽管如此，尤霓霓还是觉得哪里不对劲。

大概是因为陈淮望见惯了分离，又或者是因为他本来就不是情绪外露的人，所以才可以这么平静地面对这种事吧？

这么一想，她稍微释然了一些。

而从涵对于这种事比较有经验，听完他们的对话，自信道：“小学妹，你别看他现在一副无所谓的样子，等下学期见不到你了，他就知道什么叫后悔了。”

“……不至于，不至于。”

尤霓霓没想过让陈淮望后悔什么的，毕竟她知道自己对他来说还没有那么重要。

从涵却不这么认为，肯定道：“至于，至于。”

说完，他又对陈淮望说道：“从现在开始，好好珍惜和小学妹在一起的每一分每一秒吧！”

她是不是又搬起石头砸自己的脚了？

吃完饭，尤霓霓没急着回教室，而是拿着手机，记录生活去了。

谁知道下次回来的时候，学校会变成什么样，她得趁着这会儿有时间，好好记下它现在的样子。

当然了，既然要记录，那就要记录得充分彻底一点。

除了学校，她还打算利用周末，把桐市她以前经常去的地方也好好拍一拍。

虽然时间不多，只够她拍下一个季节的画面，但总比什么东西都没留下好吧。

想着想着，尤霓霓抵达了第一个目的地，却发现陈淮望一直跟在她的旁边。

她停下脚步，回头说道："你跟着我干什么，我不回教室。"

"好好珍惜和你在一起的每一分每一秒。"

这话有点耳熟。

好像是刚才丛涵教育他的话？

尤霓霓没想到陈淮望把这话放在了心上，有点高兴，但又不能表现出来，于是控制好面部表情，一边用脚尖踢着地上的枯叶，一边轻哼道："你不是不难过吗？为什么要珍惜？"

陈淮望的视线落在她不安分的右脚上，忽地半蹲下，一边替她重新系上快要松开的鞋带，一边回答她的问题。

"难过和珍惜是两回事。"

这又是什么歪理。

尤霓霓还没从他的动作里反应过来，又被这话说蒙了，低头看他，一动也不动。

松松垮垮的鞋带很快便在陈淮望的指间变成漂亮牢固的蝴蝶结。而后，他站了起来，脸上的表情被摇晃的斑驳光影混淆，唯有声音清晰真实，他说道："不难过是因为难过也改变不了什么，珍惜是因为接下来的半年很难再见到你。"

尤霓霓愣住。

她觉得自己真的是找罪受。

陈淮望不难过吧，她觉得不受重视；他难过了吧，她又得想方设法安慰他。

“没事没事，我一定和你常联系。你看我和路程这么多年还不就是这么过来了吗？以后有空我一定会回来看你的！你有空也可以……算了，有空也别来C市找我，还是我来找你吧。”

尤霓霓赶紧拍拍他的肩膀，用实际案例向他证明距离不是问题，却忘了不能提路程。

好在陈淮望这次没有和她计较这件事，将注意力放在最后一句话上。

他在意道：“还没走就翻脸不认人了吗？”

尤霓霓拍他肩膀的手一顿，转而戳了戳他的手臂，心寒道：“你看看你，又在咬吕洞宾了吧。什么叫翻脸不认人，我明明是为了让你可以安心学习。”

也许是意识到自己刚才的话有点无理取闹，陈淮望任由她动手动脚，没说话了。

不过尤霓霓也没教育他太久，还得抓紧时间做正事。

刚打开相机，她又想起身边有一个专业人士在，于是连骗带威胁地让他帮忙拍照，自己则捡了根树枝，负责在旁边指挥。

最后，她验收了一下指挥成果，很满意，挥着树枝，像个导游似的，继续往下一个地方前进。

因为有陈淮望在，她的记录之旅稍微有了一点调整。

两人绕过开水房，拐个弯，不远处就是自动售卖机了。尤霓霓眼睛一亮，背着手，一边倒退着走，一边看着陈淮望，得意道：“给你说个秘密。”

“嗯？”

“刚开学那会儿，有一天中午，你和丛涵学长走在这儿，正在说我哥哥返校的事。当时我为了偷听，一不小心撞在了你的身上，这事儿你一定不知道吧。”

如果她脸上的得意能收敛几分，陈淮望肯定会配合她说“不知道”。

偏偏她从来不知道什么叫适可而止，小脸得意扬扬地抬着，被日光笼罩，让人移不开眼。

陈淮望忍不住逗她，想看她失望，于是回道："知道。"

"知……知道？怎么可能？"

一听这话，尤霓霓的表情果然瞬间垮了下来。但她还是觉得陈淮望是在骗她，因为她自认为当时藏得很好，不相信自己会被发现。

谁知下一秒又听他说道："九月十九日，星期三。"

他又在瞎说一些什么话。

一开始，尤霓霓没听懂，直到继续走了几步，才猛地反应过来这是什么意思。

虽然她记不住具体时间，没办法核对，但他既然能这么流利地说出日期，肯定是因为真的知道。

她睁大双眼，望着陈淮望，一脸惊讶道："你怎么记得这么清楚？"

"大小姐第一次对我投怀送抱，不应该记清楚一点吗？"

"哼！"

她就知道没有好话听。

尤霓霓选择性地忽略他的措辞，没有再说话，而是停下脚步，站在故事开始的地方，回顾过去的时光。

从最初的看不顺眼，到现在的无话不谈，之前发生的每件事仿佛都还历历在目。

不知不觉间，原来他们已经一起经历了这么多快乐和不快乐啊。

一时间，尤霓霓不禁生出诸多感慨，抬头望着身边的人，感叹道："如果没有这件事，说不定我俩现在还不认识吧。人和人的相遇真神奇啊，谁能想到我们居然成了朋友呢？"

感受到她的视线后，陈淮望侧头看她，见她眼睛里落满温柔的光，难得没有再把"朋友"一词单独拎出来否认。

气氛原本很好，如果雷正平的声音没有突然在他们身后响起的话。

“尤霓霓，你吃了饭不回教室，又在这儿瞎晃悠什么？”

尤霓霓脸上的表情顿时僵住。

这段时间她好不容易在雷正平面前挣了点表现回来，千万不能功亏一篑了。冲陈淮望使了个“我先走你殿后”眼色后，她头也不回地直奔教学楼。

一回到教室，尤霓霓先是看了看雷正平有没有跟上来，而后给陈淮望发微信。

小熊肥霓：我们雷 Sir 没找你谈话吧？

几秒后。

chen：找了。

小熊肥霓：你怎么不跑呢！他找你说什么了？

chen：借东西。

浪费表情。

尤霓霓不理他了，翻出手机相册，开始欣赏今天的战果。

然而看着看着，她渐渐忘了初衷，满脑子只有一个想法——

陈淮望拍的照片也太好看了吧！必须给他配好装备！

Chapter · 16

想要你喜欢我。

作为说做就做的行动派，尤霓霓当天就在网上下了单，第三天便收到了货。

然而一个多月过去了，相机还放在她家里。

原因很简单，无缘无故送他东西实在太可疑了。

为了不暴露真实感情，尤霓霓觉得自己必须找一个合适的理由，所以直到跨年那天才有机会把想法付诸行动。

当天晚上，她来到陈淮望家楼下。

一开始，她打算等电视里的跨年节目开始倒计时再出现，可想了想，又觉得和他一起倒计时好像比较有意义。

纠结了一小会儿后，尤霓霓还是提前了十分钟上楼。

敲门的时候，她的心里有些忐忑，生怕家里没人，毕竟制造惊喜最怕当事人临时有事了。

幸好她担心的事没有发生。

门很快便被打开。

尤霓霓抱着一个大箱子，听见开门的动静后，立马从箱子旁边探出脑袋，开心道："新年快……"

最后一个"乐"字被惊讶吃掉了。

因为开门的人是丛涵。

见是尤霓霓，丛涵同样很惊讶："小学妹，你怎么来了？"

把门完全推开后，他这才注意到她手上的东西，瞬间明白了。

他赶紧接过箱子，一边往里走，一边问道：“你这大晚上的跑来，该不会就是专程为了给陈淮望送新年礼物吧？”

一听这话，尤霓霓觉得有点对不起他，跟着走进去后，又在外面的阳台看见了李寂的身影。

这下她更愧疚了。

她懊恼地挠了挠头发，抱歉道：“怎么办，我不知道你们也在，没准备你们的礼物，下次补上可以吗？”

“补什么补，我们这些闲杂人等又不重要，别放在心上。”

这话绝对是丛涵的真心话。

因为他和李寂今天过来主要是想着陈淮望一个人在家太冷清，所以特意陪他跨年，哪儿想过会发生这事儿啊。

把箱子放在桌上后，丛涵冲正在阳台聊天的人吼道：“陈淮望，小学妹来看你了，快滚进来！”

也许是隔了一扇玻璃门的缘故，等他吼完，过了一两秒，阳台上的人才听见。

陈淮望回头，看清客厅里的人后，有点意外。

他走了进来，问道：“又离家出走了？”

尤霓霓有些无语。

原来在他的心里，她就是这样一个形象？

围观群众等不及了，拍了拍箱子，催道：“什么离家出走啊，人家小学妹是来给你送新年礼物的，赶紧过来拆礼物吧。”

闻言，陈淮望分了一点注意力给丛涵。

见桌子上真的有一个箱子，他看了看尤霓霓，似乎是在向她求证这话的真假。

这下尤霓霓反倒有点不好意思，为了不让他失望，先降低他的期待值：“我瞎买的，不知道你会不会喜欢。”

陈淮望没说话了，径直走过去，打开箱子。

其实他大概猜到了尤霓霓会送什么，但最后的结果还是有点出乎他的预料。

因为箱子里面除了一台单反，四周还整整齐齐地摆放着各种镜头盒子。

丛涵没和他抢第一眼，等他看完以后才凑过去，然后震惊了。

除了之前的摩托车，他还是第一次看见这么大手笔的礼物，双手忍不住颤抖："这么多的镜头，全是钱啊！"

李寂打了一下他的后脑勺，鄙视道："能不能别这么俗气。"

丛涵没理他，后悔了："小学妹，我可以收回刚才那句话吗？其实我还是很想要你的礼物。"

"好啊，等开学了给你。"尤霓霓非常爽快地答应了下来。

对于自己不熟悉的领域，她一直秉持着"人不识货，钱识货"的理念，反正贵的肯定是好的。

不过，这些就没必要跟他们说了。

见陈淮望一直盯着箱子里的东西，不知道在想什么，也看不出来他喜不喜欢，尤霓霓忽然想起一件很重要的事，赶紧补充了一句。

"你千万别有压力，我送你这些不是想逼你重新开始摄影，我就是觉得你应该需要一台相机，你不用也可以的。"

"怎么能不用！必须要用！"

丛涵说得非常坚定，还推荐道："快让陈淮望带你去山上拍拍萤火虫！"

"萤火虫？"

尤霓霓对这话没有丝毫怀疑，反倒被勾起兴趣，好奇道："这个季节还有萤火虫吗？"

"当然有，但是很难拍，所以才更有意义啊。"

这么厉害。

"那拍到以后岂不是可以像转发锦鲤那样许愿了？"

"想许愿？这还不简单。"

丛涵从茶几上随手拿起一个打火机，“啪”的一声打燃：“许吧。”

她就是开开玩笑而已，怎么还当真了？

不过，既然他都这么配合她了，尤霓霓没道理不配合他，于是双手十指交叉，置于胸前，闭上眼，假装许了一个愿望，而后吹灭那一簇火苗。

“好了。”

丛涵松手，把打火机塞进她的手里：“谁的打火机谁负责实现你的愿望，拿着去找陈淮望吧。”

她是不是又被骗了？

尤霓霓拿着打火机，一动不动，微笑着眨眨眼。

李寂看不下去了，担起打假卫士的担子，拆穿道：“这个季节哪儿来的萤火虫，别听他鬼扯。”

闻言，丛涵不慌不乱，见招拆招。

“我刚才说的是萤火虫吗？哦，那可能是我一时脑抽，一不小心说错了。不好意思，纠正一下，我真正想说的是，待会儿让陈淮望带你去天台拍烟花。正好试试相机。”

烟花？

这句话尤霓霓完全可以自行判断真假，转向陈淮望，期待道：“可以吗？”

陈淮望看了眼乱怂恿人的丛涵，回道：“不可以。”

“为什么？”

“对新相机不熟。”

“没事啊，随便拍拍也可以的，反正就是我们内部欣赏嘛。”

尤霓霓晓之以理动之以情，拉着他的衣袖摇了摇：“以后我们哪儿还有机会一起看烟花啊。”

陈淮望没说话了，片刻后，转身进了卧室。

这是什么意思？

尤霓霓不解地望着丛涵，试图从他那儿得到解答，却不料他摆了一个大功告成的姿势。

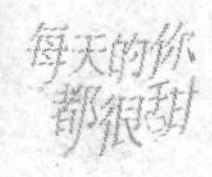

没一会儿，陈淮望从卧室里走出来，手里拿着一件厚羽绒服，给她穿上。这还不够，又替她围了一条围巾，把她包得严严实实的，只有一双眼睛露在外面。

尤霓霓低头打量被裹得像头熊的自己，由衷地问道："我们这是去抢银行吗？"

"穿着吧，白天刚下了雪，天台上很冷的，反正衣多不压身嘛。"

丛涵很随意地安慰了她几句，而后一手搭在李寂的肩上，一手舞着可乐瓶子，迫不及待地往外走，激动道："噢噢噢，去看烟花喽。"

尤霓霓这才反应过来陈淮望这是同意去拍烟花的意思。

高兴归高兴，但她看见丛涵这么兴奋，忽然有一种被利用的感觉，问道："我怎么觉得是丛涵学长自己想看烟花呢？"

"终于发现了吗？"

好吧。

被利用就被利用，反正满足一下他的少女心又不是一件什么坏事。

最后，四个人一起来到天台。

当他们还在楼梯上的时候，外面便陆陆续续响起"砰砰砰"的爆竹声。上去以后，只挂着轮明月的天上已经很热闹了。

小城市没有禁止燃放烟花爆竹的规定，也很少有高楼大厦，于是视野开阔。

只见一朵朵色彩绚烂的烟花在晴朗雪夜热烈绽放，代替消失的星星，将夜空照得煌煌如白昼，美得让人忍不住屏息。

尤霓霓以前顶多趴在自家窗台随便看看，这还是第一次离烟花这么近，看得合不拢嘴，甚至仰着脑袋，三百六十度，转着圈看。

她转晕了，才扶着陈淮望的手臂停下来歇会儿。

她好奇地问道："你们以前都来这里看烟花吗？"

"那得看是多久以前了。"

这句话丛涵说得似乎有些惆怅，好在他下一秒就恢复了，又开始忽悠她：

“你不是想许愿吗？对着烟花也是可以的。”

“是吗？”

“你不信啊？那我许给你看。”

从涵真的开始许愿。

见状，尤霓霓也没什么好犹豫的了，跟着他一起许愿。

这么美的夜晚，似乎无论做什么蠢事都值得被原谅。

这一次她心甘情愿地上当，闭上眼睛，比刚才更虔诚，把心里的愿望毫无保留地告诉漫天烟花。

陈淮望一直看着尤霓霓，直到她睁眼才移开视线，重新望向远处起伏绵延的山峦。

尤霓霓没有察觉。

许完愿望后，她长舒了一口气，下意识地抬头看了眼身边的人。

见她这次这么认真，从涵知道她当真了，试探道：“小学妹，如果问你许的什么愿，你肯定不会说的，对吧？”

尤霓霓收回目光，点点头，表情神秘：“等以后实现了，我再告诉你。”

意料之中的回答。

从涵并没有失望，反而凑到她的耳边，悄悄道：“我猜和陈淮望有关。”

闻言，尤霓霓一脸诧异，没想到这么快就被看出来了。她赶紧瞄了瞄陈淮望，生怕被他听见。

见他没什么反应，她才放心，小声地问道：“你怎么知道？”

从涵也卖起关子，学她的样子说道：“等以后你的愿望实现了，我再告诉你我是怎么知道的。”

尤霓霓一愣，而后笑了笑，说了声“好”。

她的愿望确实和陈淮望有关。

不知道从什么时候开始，她看见陈淮望，总会不合时宜地想起那句“十六岁的少年是众神追求的花朵，而十七岁的少年根本轮不到我，唯有宙斯才能享受”。

可是十八岁的陈淮望啊，珍贵得不属于上述诗句描述的任何一种情况。

也不属于任何一个人。

即使世间所有美好的词汇堆砌在一起，作为他的注脚，也无法将他的少年意气描绘出千分之一。

如果可以，她希望他永远这样纯粹肆意又无畏地看这世俗风光。

这就是她的愿望。

离开桐市之前，全班给尤霓霓办了一个欢送会，害得她哭成了狗。

临别的时候，雷正平最后一次叮嘱她："去了新学校就好好学习，千万别把'迟到大王'的称号带过去了啊。"

尤霓霓哭着点头答应。

事实上，她也确实做到了这一点。

只不过刚回去的那几个月，尤霓霓过得不太好。又或者说是，她故意不让自己好过。

就像赵慕予之前预料过的那样，她下意识地抗拒新环境。

尽管有路程陪着，新同学对她也很友好，可不知道是不是因为始终记挂着桐市的人和事，她总觉得生活里少了一点什么东西。

在那半年里，对她来说，唯一的好消息大概只有陈淮望考上了理想大学这件事了。

更让她开心的是，他没有放弃摄影。

为了这一临时的决定，除了文化课，他还必须得另外准备艺考。

虽然时间过于仓促，但被上帝开了全景天窗的人总会受到好运的眷顾，所以他的艺考最后当然是圆圆满满地收场。

更重要的是，他的理想大学正好在C市。

可惜尤霓霓自从回来以后，就被压在了学习的五指山下，平时完全没有时间和他见面，顶多打打电话。

这样的高压状态一直持续到她高考结束。

6 月 8 号那天，踏出教室的那一刻，尤霓霓彻底解脱，走路带风，还没走出学校大门就已经开始忍不住畅想美好未来了。

原本她很早之前就计划好了，高考完第二天回一趟桐市，和好久不见的小伙伴好好狂欢一下，无奈计划赶不上变化。

谢师宴正好安排在明晚，卡在中间，而且后天他们一家人还要和路程一家人去旅游。

如果要回去的话，时间太紧，玩也玩不痛快。

在这种情况下，她只能把回桐市的计划推迟到旅游结束以后。

而陈淮望呢。

尽管在同一个城市，见上一面不是什么难事，可他最近忙着拍摄期末考试要交的作品，应该没空见她，所以她直接把和陈淮望的见面时间排在了最后面。

对于这个满满当当的新安排，尤霓霓很满意。

谁知道一出学校大门，好不容易重新规划好的计划又被打乱了。

因为她竟然看见了陈淮望。

尤霓霓出来得算早，所以外面还没有什么学生，全是焦急等待的家长。

陈淮望站在其中，似乎等了她有一阵子了，点了支烟打发时间。即使穿着一身再简单不过的白色短袖、黑色长裤，他也是人群里最醒目的存在。

不过，看见陈淮望的瞬间，尤霓霓并没有朝他飞奔而去，而是脚步一顿。

她压根儿没想过陈淮望会来。

虽然他们每天都有联系，但是像这样的见面机会在这分开的一年半里并不常见，上一次似乎还是寒假的时候。

也不知道是不是这个原因，这会儿见到他，尤霓霓竟然有种恍如隔世的感觉，觉得他好像变得成熟了，又好像还是以前的少年。

她甚至有点不好意思靠近。

看来她对陈淮望的思念不但一点儿没减少，反而还越来越多。

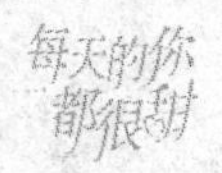

完蛋了。

尤霓霓站在原地，努力调整情绪，免得待会儿露馅儿，不远处的人却已经看见了她。

陈淮望朝她走来。

见状，尤霓霓赶紧深呼吸了一口气，强迫自己恢复正常，笑着和他招了招手，问道："你今天下午不是有课吗，怎么来了？"

陈淮望也很长时间没有见过她了，好好看了看她。

她的头发比以前长了一些，整个人也瘦了不少，唯独脸上的婴儿肥一如既往，依然紧紧跟随她。

陈淮望想抱她，但最终只是捏了捏她的脸，回道："礼尚往来。"

尤霓霓想起来了。

去年陈淮望高考的时候，她正好放假，于是特意回了一趟桐市，和他们好好庆祝了一番。

但她那是没事做啊，和他能是一种情况吗？

尤霓霓板着脸，忍不住又开始瞎操心，苦口婆心地教育道："你怎么能逃课呢？虽然大学管得宽松，但是这不代表你可以……"

陈淮望挑眉，提醒道："大小姐，这个世界上除了逃课，还有一种东西叫请假。"

"哦……"

欠缺考虑的尤霓霓闭嘴了，一边给路程发微信，一边重新问："那我们现在是要去哪儿？"

陈淮望说了一个地名。

尤霓霓一听，是她一直想去的一家餐厅，激动得在原地蹦跶了一下，兴奋道："那还等什么，赶紧向着快乐出发吧！"

她迫不及待地往外面的马路走，却又没办法再像以前那样自然地牵着陈淮望走，于是只能叮嘱道："这里人多，你要好好跟着我哦。"

说完，尤霓霓又想起另外一个好消息，和他确认道："对了，我听丛涵

学长说，你们学校最近和美国好几所艺术院校有交流合作项目，你们院长还有教授都推荐你参加？”

陈淮望盯着空落落的手腕，“嗯”了一声。

“哇，我果然是慧眼识珠！”

尤霓霓没察觉他的异样，背着双手，脚步轻快地一蹦一跳。

就像是自己一直看好的一块宝石终于要开始发光发亮，得到更多人的认可了，她有些自豪。

“那你什么时候走？以后飞黄腾达了要记得‘苟富贵，勿相忘’这句话啊！”

陈淮望抬起视线，望着她开心的背影，一脸平静，回道：“我没说要去。”

话音一落，尤霓霓脸上的喜悦暂时消失。

她以为自己听错了，转过身子，重新走到他的面前，不太理解地皱皱眉：“为什么不去？这么难得的机会，怎么可以错过！”

说完，她又想到了一种可能性，脚步一顿，合理地怀疑道：“你该不会是交了女朋友，舍不得她吧？”

“暂时还没有。”

暂时？

女生通常心思细腻，尤其是面对喜欢的人，一句简简单单的话能揣摩出好几层意思，所以尤霓霓没有左耳进右耳出，试探道：“那就是很快就会有的意思了？”

陈淮望“嗯”了一声。

尤霓霓没想到自己误打误撞居然猜对了，强忍住心里泛起的酸涩，语气故作轻松道：“说起来，和你认识这么久，我好像还不知道你喜欢什么样的女生呢。”

闻言，陈淮望垂下眼眸。

思忖片刻后，他回道：“你这样的。”

她这样的？

一个让人始料不及的答案。

尤霓霓睁大眼睛，递给陈淮望一个“没想到你这么有眼光”的眼神，端庄地站好，准备迎接他的夸奖。

“我是哪样的啊？”

陈淮望也不吝啬语言，一一说出她身上的特征：“矮，话多，花心，喜欢追星，爱讲歪理，反应迟钝。”

不得不说，他形容得十分精准。

也正因为太过精准，导致尤霓霓听后，心情不怎么美丽。

因此，陈淮望每多说一个标签，她的脸就黑一分，最后只差往脑门儿上贴个月亮就能直接去演包青天了。

等他一一说完后，尤霓霓果断地举起毫无威慑力的拳头，一副他敢再多说一句就一拳打死他的架势，问道：“说！你是不是就想趁机骂我！”

陈淮望不以为意，反问一句：“什么时候说实话也算骂人了？”

这么不会说话，活该你追不到姑娘！

尤霓霓不高兴了，没好气道：“既然你喜欢的人在你眼里全是缺点，听上去完全就是一个一无是处的废物，你干吗还喜欢她啊？”

“你觉得那些是缺点吗？”

“不然呢！”

陈淮望敛起脸上的淡笑，望向她的眼里装着认真以及暂时还压抑着的情愫，给出自己的解释。

“对我来说，那些都是她的闪光点。因为它们，我才发现了她。”

看来他是真的很喜欢那个女生啊。

尤霓霓的心里更酸了。

只是伤感归伤感，该说的话她还是要说，重新劝道：“出国的事你真的不再考虑考虑吗？要是你喜欢的女生知道你为了她放弃这个机会，肯定会自责的吧。你忍心让她自责吗？”

“你会自责吗？”

自己？

尤霓霓不知道为什么突然提到自己，随即又反应过来。

因为她是他喜欢的人的类型，所以他想通过她的想法推断那个女生的想法吧。

这么一想，她果断地回道：“当然会！”

然后没了下文。

见她好像完全没意识到这段对话的主人公是谁，陈淮望反思自己是不是说得太委婉了，可尤霓霓还以为他是在重新考虑出国的事，心想他应该心里有数，便不再往下说，转移了话题。

“对了，你暑假有什么安排吗？我后天要和路程去巴厘岛玩，回来以后，去桐市找木鱼和糊涂虫，还有小雨她们。接下来应该就是去看我哥哥的演唱会吧。反正我要把这一年半里缺失的快乐全都补回来！”

她说得很开心，陈淮望也听得很认真，只是直到最后也没听见想听的。

他垂下眼睫，低声问：“我呢？”

嗯？

尤霓霓立马停止兴奋，回想了一下刚才的话，这才意识到自己的计划安排里把所有人都算上了，唯独少了一个他。

于是她知错就改，赶紧拍拍他的肩，保证道：“放心吧，我肯定会给你带很多纪念品回来的！”

然而这点补偿并不足以弥补被忽略带来的伤害。

陈淮望紧抿着唇，没再说话。

尤霓霓知道这次是自己的疏忽，见他不出声儿了，歪头观察他的表情，赶紧加码：“不够吗？那你还想要什么，说吧，我都满足你！”

闻言，陈淮望眼波一闪。

原本他没打算在今天和她说这些，但尤霓霓刚才忽然提起这个话题，让他很想赌一把。沉默半瞬后，陈淮望重新抬眸，夏日的浓荫映在眼底，却遮不住其中的渴望。

他想要的很多。

想和她在春天见面，夏天牵手，秋天拥抱，冬天接吻。

更想要——

陈淮望看着尤霓霓的眼睛，在一树的蝉鸣里，低沉地开口，更为直白地说道：“想要你喜欢我。”

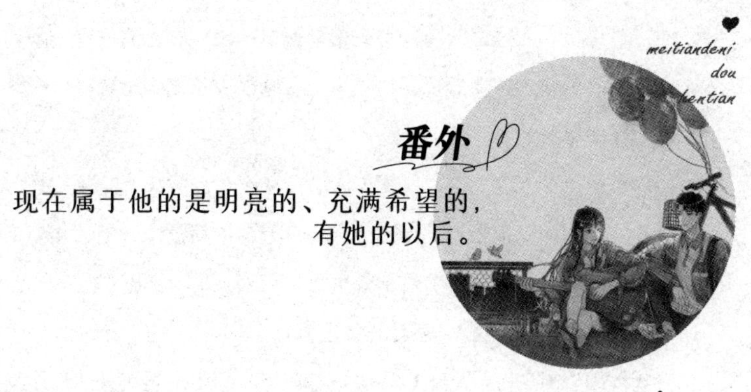

番外

现在属于他的是明亮的、充满希望的，有她的以后。

大二的一个寻常周末。

由于临近期末，念新闻专业的尤霓霓每天除了背书就是背书，再也感受不到大学应有的快乐。

好不容易熬到周末回家，她也不能放松下来，不光背了一大摞的复习资料回来，昨晚甚至复习到凌晨。

第二天早上，她毫无意外地又赖床了。

如果换作平时，不用说，尤霓霓肯定一觉睡到自然醒，但今天情况特殊。

不是为了要复习，而是和人约好了。

直到拖到不能再拖的最后一刻，她才终于艰难地爬起来，在对赖床的懊悔里一番梳洗打扮后，匆匆跑下楼。

程慈正在客厅插花，听见一阵“咚咚咚”的脚步声，紧接着余光里闪过一道身影。

她来不及阻止，只能提高音量，提醒道：“霓霓，晚上记得回来吃饭啊。”

“再说吧！”

尤霓霓知道程慈在打什么如意算盘，脚步未停，丢下一句敷衍的回复便头也不回地跑了出去。

一打开门，迎接她的是满眼的明媚。

初夏的早晨还算温和，阳光也不刺眼，大方而又懒洋洋地笼罩着一草一木以及台阶下的人。

总是令人恐惧的时间似乎格外偏袒陈淮望，在他的身上毫不吝啬地注入世间的美好。即使他已不再年少，蓬勃的少年气却没有减少一丝一毫，和青涩褪去后的成熟并存。

所有令人着迷的、属于男人的特质正在他的身上慢慢发酵。

唯一和以前相同的一点是，现在的他依然没个站相，此刻正屈着腿，姿态闲散地靠在身后的黑色越野车上，看上去比阳光还要漫不经心。

见状，尤霓霓不禁有些感慨。

她的男朋友早就可以熟练地开车了，而她连驾照考试都还没报名，每次都理所当然地依靠他。

这大概就是男朋友太优秀的副作用吧。

唉。

尤霓霓不以为耻，反以为荣，加快步伐，蹦蹦跳跳地跑到他的跟前，在惯性作用下，一头扑进他的怀里。

“等很久了吗？”她仰头问道。

“还好。”

陈淮望单手搂着她，看了看表，听上去像是在表扬她：“比上次有进步，快了一分钟。”

对于自己每次都迟到这个不争的事实，尤霓霓无法反驳，果断地决定跳过这个对她不利的话题。

“好了，出发吧。”

她不再接话，推开陈淮望，自觉地绕到另一边，打开车门，坐了上去，系好安全带。

今天是他们在一起整整两年的日子。

虽然她和陈淮望都不是什么有仪式感的人，基本不在意这种纪念日，之所以选择在今天约会也只是因为两个人正好都有空而已。

但，既然恰巧撞上了这个有意义的日子，当然要好好利用了。

等车子在马路上平稳地行驶后，尤霓霓开始了名曰求夸的作战计划。

她左手握拳，假装是话筒，递到陈淮望的跟前，采访道：“同学你好，听说今天是你告白的两周年纪念日，请问你有什么想对你可爱的女朋友说的吗？”

陈淮望微微一哂。

也许是为了圆一个演员梦，她经常把生活当作舞台，有时候这样的即兴表演一天能上演好几回。

大多数情况下，他能不配合就不配合，可今天不知道怎么回事，居然破天荒地陪她玩起了角色扮演的游戏。思忖半瞬后，他认真地回道：“谢谢她愿意喜欢我。”

就像是真的受访者似的。

闻言，尤霓霓高兴地摸了摸他的头，笑眯眯地说：“不客气哦。”

尽管她已经充分做好“被夸”和“被无视”两手准备，但这个回答还是超出了她的预期范围。

因为简简单单的一句话，一下子就将她拉回到两年前。

那时候她真的连做梦都没想到，陈淮望会说出那句“不是表白，胜似表白”的话。

可是说实话，当时的她比起开心，更多的是困惑，却又生怕他反悔，于是什么都没有问，几乎是毫不犹豫地回了一句“好啊”。

之后她也没有再提过这事儿。

而避而不谈的后果是，尤霓霓心里的不安偶尔发作。

还好这种情况现在已经改善很多了。

比如这会儿她终于可以坦荡荡地问道：“对了，我好像一直忘了问你，你为什么选在那天和我告白啊？”

“因为不想再等了。”

嗯？

凭借敏锐的直觉，尤霓霓听出了一点不同寻常的意味，倾过身子，靠近他一点，打趣道：“听这话的意思，你是暗恋我很久了吗？”

谁知道陈淮望竟然“嗯”了一声。

诚实得让人无所适从。

尤霓霓忽然觉得自己拿他的真心调侃他的行为真是太没良心了。

她慢慢收起脸上的笑容，在座椅上规矩地坐好，半天没说话，不知道在想什么。

经过一段良久的沉默，她突然开口，声音听上去还是那么轻松，将一个长时间藏在心里的顾虑说了出来。

“你知道吗？其实我到现在还不敢相信你喜欢我这件事。”

陈淮望眸光微闪，仍直视着前方的路况，却空出右手牵她，嗓音温和：“大小姐什么时候变得这么没自信了？”

虽然这是他们第一次谈论这个话题，但他看上去并不意外，好像对此早就有所察觉。

尤霓霓没有理会他的玩笑话，一边低头玩他的手指，一边进行深刻的自我剖析。

“我是觉得你喜欢我这件事具有一定的误导性。你想想啊，这么多年来，你的身边只有我一个女生，没有其他人作为参考，才会让你误以为我是最好的，最后选择了我。”

陈淮望轻笑：“你这是在拐着弯地讽刺我见识少？”

“不是啦！我的意思是，如果你愿意让其他人走进你的生命，说不定就会觉得我这个人并不怎么样，也没你想象的那么好，更不值得你喜欢这么久。”

话音一落，不远处的信号灯跳转成红灯。

车在斑马线前缓缓停下。

陈淮望侧头看尤霓霓，脸上已不见刚才的散漫，低沉的声线里是少有的认真和笃定，理所当然地反问：“你就是你，为什么要和其他人比较？”

尤霓霓的动作一顿。

是啊，为什么要比较？

她也从来没有把陈淮望和别人比较过啊。

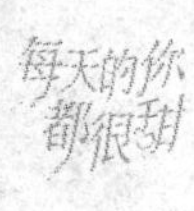

感情是他们两个人的事，不需要通过其他人来证明。

在一瞬的怔忪后，尤霓霓如同被人当头打了一棍子，曾经的不安以及困惑全都被打得不见了踪影。

再抬头时，她露出真正释然的笑容，不再纠结这个困扰她已久的问题，望着窗外，好奇道："我们要去哪儿啊？"

对于最终的目的地，陈淮望始终没有明确回答，尤霓霓也没有追问，就当是给自己留个悬念了。

经过两个多小时的车程，终于抵达终点。

原本尤霓霓已经昏昏欲睡，看见窗外的风景后，被深深吸引，立马清醒。

她不自觉地打开车门，走了下去。

只见远处是连绵起伏的青山，而近处的绿油油的稻田放大了风声，光是这样看着就让人倍感清凉。

尤霓霓站在田埂旁，深呼吸了一口新鲜空气，正想伸个懒腰，却忽然想起什么，"咻"地收回举到半空中的手，后知后觉地注重形象管理。

她环顾四周，问道："我们这是要去探望你外婆吗？"

陈淮望不太常和她说家里的事，但偶尔会提起在乡下的外婆以及常年在世界各地跑来跑去的小姨。

见她一脸紧张，陈淮望笑着打消她的顾虑："老人家最近出去旅游了，不在家。"

"哦……那我们今天是要去见谁啊？"

"我妈。"

更让人紧张了好吗！

话音一落，尤霓霓微怔，连呼吸都不自觉地停下，下意识地抬头看了陈淮望一眼。

她当然知道这意味着什么，犹豫并不是因为不愿意，而是——

尤霓霓低头打量自己的穿着。

上半身还好，可是下半身就不太行了，膝盖以上三厘米的短裙显得一点儿都不端庄。

她担心道：“穿成这样去见你妈妈是不是有点太轻浮了啊？”

“她不在意这些。”

好吧。

反正现在换衣服也迟了。

无话反驳的人放弃了挣扎，任由陈淮望牵着走。

虽然上山依然需要十几分钟，但比起以前，现在的山路好走很多，起码不再是坑坑洼洼的泥巴路。

在尤霓霓不断调整呼吸的过程中，他们来到了半山腰。

山上的空气更加干净，时不时拂过阵阵凉风，在这里似乎压根儿找不到夏天的影子。

尤霓霓却无暇顾及这些风景，所有的注意力全放在几步外的墓碑上。

墓碑四周一如既往的整洁，看得出来有人定期打扫。

不过她是第一次见家长，没什么经验，只能求助身边的人，小声地问道：“我这个时候应该做点什么啊？”

“打个招呼就好。”

“哦……”

听上去好像没什么难度。

尤霓霓松开他的手，独自走到墓碑前，组织了一下语言，开始一本正经地自我介绍着。

“阿姨好，我是您儿子的女朋友，您未来的儿媳妇，我叫尤霓霓。这么久了才来看您，还什么都没给您带，真是对不起……但是您放心，下次绝对不会这样了！您一个人在那边也别担心，我一定会好好照顾望望……”

陈淮望站在一旁，嘴角带笑，安静地听她语无伦次地胡言乱语。

好在慢慢地，尤霓霓适应了这种交流方式，越说越来劲儿，恨不得把陈淮望这几年的生活全部复述一遍。

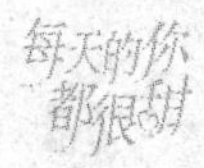

可说着说着，忽然间，她没了声儿，紧盯着墓碑上的照片看。

“怎么了？”陈淮望察觉到她的异样，走了过去。

“我见过你妈妈。”

尤霓霓收回视线，抬头望向他，惊喜道：“以前我们刚搬来桐市的时候，住在隔壁的一位阿姨经常给我们家送东西，没想到居然就是你妈妈！”

怪不得程慈总是对他谜之喜爱，应该早就认出他了吧。

不过——

“我怎么没见过你？”她突然疑惑。

她对他没印象，他倒是一直记得她背着比自己高出一大截的人形立牌的背影。

闻言，陈淮望捏了捏她的脸，低哼了一声：“你那时候的脑子里还能装下除了你哥哥以外的人吗？”

他们以前还真的见过？

尤霓霓被勾起好奇心，大言不惭：“天啊，你该不会当时就对我一见钟情了吧？”

“你这是当着我妈的面污蔑我吗？”

一听这话，尤霓霓瞬间不敢嘚瑟了，改口道：“呸呸呸，我刚才什么都没说！”

陈淮望习惯了她的见风使舵，不予置评，只是朝她伸出手：“说完了就走吧。”

“啊？这就走了？你不和你妈妈说会儿话吗？”

“不说了，以前已经说得够多了。”

他说得轻描淡写，却在尤霓霓的心底激起阵阵涟漪。她脚步一顿，没有牵他的手，而是忽然用力地抱住了他。

陈淮望有点意外，低头问：“怎么了？”

尤霓霓摇摇头。

都说情不知所起，她好像也从来没有细想过自己究竟是什么时候喜欢上

的陈淮望。

如果非要说出一个明确的时间点，她想，大概是从第一次对他产生“心疼”的情绪的时候开始的吧。

现在，这种情绪正在以不可阻挡的势头卷土重来。

虽然对于过去的事，陈淮望几乎都不提，她也基本不问，却依然能够想象得出他曾经有过多糟糕的经历。

他高三休学又转学应该也和这些有关吧。

不能再往下想了。

在情绪溃堤之前，尤霓霓打住越来越发散的思绪，调整呼吸，换了一个轻松一点的话题，闷声道：“我是不是还没有和你说过我有多喜欢你？”

没头没尾的一句话。

但陈淮望听懂了，眼底温柔尽显，轻拍她的脑袋，不急不缓地哄她：“不用说，我都知道。”

他知道，那段差点吞噬他的黑暗期早就已经过去了。

现在属于他的是明亮的、充满希望的，有她的以后。

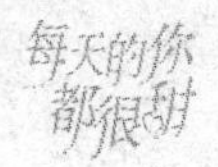